华　章
传奇派

品味无限不循环的人生

金银金图

崇祯宝藏

· 孟繁勇 著

重庆出版集团 重庆出版社

图书在版编目（CIP）数据

金银图.崇祯宝藏 / 孟繁勇著. —重庆：重庆出版社，2021.3
ISBN 978-7-229-15058-7

Ⅰ.①金… Ⅱ.①孟… Ⅲ.①长篇小说—中国—当代 Ⅳ.①I247.5

中国版本图书馆CIP数据核字（2020）第086165号

金银图.崇祯宝藏

孟繁勇　著

出　　品：华章同人
出版监制：徐宪江　秦　琥
责任编辑：王昌凤
责任印制：杨　宁
营销编辑：史青苗　刘晓艳
封面设计：蒋宏工作室

重庆出版集团
重庆出版社　出版

（重庆市南岸区南滨路162号1幢）

投稿邮箱：bjhztr@vip.163.com
北京温林源印刷有限公司　印刷
重庆出版集团图书发行有限公司　发行
邮购电话：010-85869375/76/78转810

重庆出版社天猫旗舰店
cqcbs.tmall.com

全国新华书店经销

开本：880mm×1230mm　1/32　印张：9.75　字数：199千
2021年5月第1版　2021年5月第1次印刷
定价：42.00元

如有印装质量问题，请致电023-61520678

版权所有，侵权必究

目录

第一章　清古传人 / 1

第二章　会展惊变 / 20

第三章　兽人铜炉 / 39

第四章　机密档案 / 59

第五章　万安李家 / 82

第六章　花押之谜 / 99

第七章　护宝世家 / 116

第八章　刀相进士 / 137

第九章　河图洛书 / 157

第十章　九星再现 / 176

第十一章　北郊借宝 / 195

第十二章　易道一体 / 213

第十三章　玉影描图 / 232

第十四章 生门死门 / 252

第十五章 血溅银山 / 272

附　录　小说是时间的艺术：从叙事视角到时

　　　　间轨迹 / 294

第一章
清古传人

"我现在要去新闻社盗一份机密档案，新闻社是涉密单位，武警官兵驻守此地。那份机密档案，存放在社里117.3米的大楼内，武警日夜轮流值勤，盗窃成功的概率几乎为零。"

北京城区西南部，星期二上午九点十一分，二十八层的新闻社大楼对面，国槐树下，沥青铺设的道路延伸，刘亦然靠着自行车后座，手握一支英雄牌钢笔，垫着老舍的著作《骆驼祥子》，在印有"新闻社国内部"字样的信纸上，写下了这三行字。

想了想，刘亦然接着写道："我要盗窃机密档案，按照1992年的相关法律规定，非法盗取属于国家绝密、机密的文件、资料或者其他物品，至少判处有期徒刑十六年。乐观的情况下，走出监狱，也是2008年了。那时，我已经四十岁了。"

刘亦然的眼睛潮湿了，他从来也没有想到，有一天竟然会去自己单位盗窃国家机密档案。他再次抬起头来，看着宽阔马路对面的高楼。

新闻社的大厦，北京二环路以内最高的建筑，如同一支巨笔，向世人展示着它的威严。不久之后，门前的武警战士，出入来往的同事，每个人都会看到他的双手被手铐紧紧锁住。那狼狈的模样，让看到的人会不敢相信，这就是那个高才生，来到新闻社仅仅一年，便以出色的报道获得两次新闻奖的人。

刘亦然努力抑制想要流泪的冲动，他拿起笔，接着在信纸上写道："我要做什么？我要等待合适的时机，几点呢？什么时候进入新闻社大楼？被武警抓住时，我会大喊大叫吗？"

"崔魁师傅，我来到新闻社工作的第一天，是您带着我写的第一篇报道。今天，我却必须要去盗窃，神秘人在电话里说得明白，十六年监狱生涯，换六条人命的安全。他问了我一个问题：刘亦然，你是新闻社最出色的年轻记者之一，哪一个合算，仔细想想吧。"

这一切，源于六个月前。

那是一个下午，他至今记得时间，六点二十分。

刘亦然写完市文化局的一篇报道，将两页稿件交到崔魁的手里。他将采访本、钢笔收拾好，放进军绿色的挎包里，正准备下班。已经荣升副主任的崔魁在办公桌前抬起头，喊了一声刘亦然的名字。

"亦然，从明天开始，你跑故宫的新闻。"

新闻社跑文化口的记者都知道，故宫的新闻，崔魁跟了十五年。

刘亦然道:"师傅,你舍得把故宫的新闻交给我啊?"

崔魁哈哈一乐,道:"我和主任沟通过了,故宫、天坛、地坛,北京文物局,文保这一条线的采访报道,以后都由你来跟了。"

后来刘亦然才知道,崔魁受她的母亲之托,物色相亲对象,列出条件:靠谱,顾家,有上进心。她的姑爷,要有一份正当的职业。当然,必不可少的一个条件,要理解她,爱护她,为了她,甚至可以去死。

那是刘亦然第一次听到她的名字,陈蕾,二十二岁,北京大学博物馆学专业毕业,据说接班父亲,进入故宫博物院文物管理处工作。

崔魁多次采访陈蕾的父母,却没有一次将采写的报道刊发出去。十年来,只要有时间,他都会拎着52度二锅头白酒,去全聚德排上三十分钟的长队,买一只烤鸭,去往灵境胡同,拜访陈刚一家。

是什么样的人,背后有什么样的故事,能够吸引崔魁的关注?故宫有许多秘密,这个人有什么秘密,能够让崔魁采访十年,却没有报道出去一个字?

崔魁是这样告诉刘亦然的,关于陈家的一切。

1983年,他那会儿还年轻,文保一条线的新闻采访,人人都知道新闻社的记者崔魁,年龄不大,见识广,人称"老鬼崔"。

腊月二十三，雪花初降，飘飘洒洒，一夜之间，北京城素裹冰封，严寒至，新春近。第二天，从张一元买了一包茉莉花茶，崔魁来到位于琉璃厂的北京文物商店。那天他准备拜访一位姓刘的老先生，一进门，却看到刘老先生被人指着鼻子骂。

文物商店四个员工，三女一男，拦不住四十多岁的顾客。寒冬腊月，那个人身穿长衫，脚踩单鞋，嘴里嚷着："你这个不识货的先生，你是坐商，不怕说谎歪折了嘴，磕碎了牙。我走投无路，家里养不活人，把脸扔到卢沟桥底下，挖个坑，埋起来，这才闭着眼，叫卖祖传的定窑瓷器。我要价一千，你下巴长着白胡须，他们尊称你为老先生，你眼看着这是只定窑盘，偏偏说它是康熙年的仿制。我家大小七口人，人人可以饿死，但你要说我家祖先欺己骗人，这是拿把夜壶倒在我祖宗脸上啊。"

崔魁赶忙放下茉莉花茶，先拦刘老先生，把他气得乱晃的脑袋安抚稳妥，四只手，两个人，拖着往商店后面办公室走。刘老先生坐在高背椅子上，还伸着脑袋冲外面喊："我要是看错，我把两只眼睛抠下来，给你当玻璃球弹着玩儿。"

崔魁让女店员陪着刘老先生，转身推门又去了商店，只见那人脸色铁青，嘴角上翘，冷笑连连，正对两女一男店员说："我要是欺人，当场碰死，还你家老先生清白。"

刘老先生抠瞎了眼，指定活不下去，家里老伴能哭死过去。那中年人言称若凭物欺人，当场赔命。一件定窑盘，牵扯着两条人命。

左思右想，崔魁给闹得不可开交的两个人出了个主意：请来故宫博物院文物鉴定的大拿，他来看一眼，凭此颜面定名。先说好了，一不赔命，二不抠眼，只辨个真假是非。

中年人气哼哼地同意了。刘老先生闭着眼睛，不说话。崔魁人好心善，把刚买来的茉莉花茶冲一泡，霎时香气四溢，青花盖碗，恭恭敬敬端到老先生手边，听到老先生叹一口气，道："去吧，我死不了。"

骑上自行车，崔魁来到故宫博物院。一打听，几位相熟的老专家都不在，办公室的人说，今天上午国家文物局来了通知，一辆面包车拉走七位老先生，送到北京火车站，去了广州市越秀区。

原来越秀区解放北路的象岗山上，发现了一座古墓，出土文物中有"文帝行玺金印"一方以及"赵眜"玉印，证明陵墓主人的身份是西汉初年南越国第二代王赵眜。

赵眜公元前137年至前122年在位，是南越国第一代王赵佗的孙子，号称文帝。古墓发现之后震惊世界，被称为近代中国五大考古新发现之一。包括故宫博物院在内的多位专家，均被请去鉴定出土文物了。

崔魁从上衣兜摸出一包大前门，抽出两支，先给办公室的人点了，再给自己凑个火，道："难在这儿了，北京文物商店两个人，这就要出人命。我先陪您抽了这支烟，这就过去跟着赔脑袋去。"

办公室的人哈哈大笑："老鬼崔啊老鬼崔，这天下还有你发愁的事？可真是稀罕。"

崔魁也笑了，接着话茬儿，拍了拍自己的脑袋说："我这会儿，脑袋里全是绿豆汤，净等着拿把勺，揭开了盖，舀出去给哪一位能救我的大仙喝呢。"

办公室的人乐了，说："救你容易，就是不知道你能不能接得住。"

老鬼崔，名不虚传，当然接得住。崔魁道声谢，说定了后天东来顺请客，打听清楚，出门右转，前行三百米，进了朱漆红门，来到故宫博物院文物管理处，看到了办公室的人声称的"神不齐"陈刚。

陈刚身穿藏青色的中山装，墨绿长裤，解放胶鞋，鼻梁上架着一副牛角骨的眼镜，岁数不大，和崔魁年龄相仿，却留着三缕胡须。此刻，他双脚不沾地，半蹲在椅子上，闭着眼睛，手拿一个青花小碗，翻来覆去，左擦右摸。

崔魁喊了一声陈师傅，陈刚耳朵没在家。第五声，陈刚抬起了头，崔魁才明白，为什么这个人被称作"神不齐"了。

陈刚听明白了来意，低下头，看着手里那只青花小碗，说道："不去。"

办公室的人讲得没错，崔魁碰了个钉子。

但是，老鬼崔的名声非是白叫。崔魁道："院领导说了，这件事非你去不可。"

陈刚头也不抬，呵呵笑了一声，说："要去也行，拿条子来。没领导的签字，你也不用再来了。"

神不齐的陈刚,今天神在家,一个不少。崔魁没有办法,找到院领导,凭着救人性命的由头,领导也笑了,说:"好吧,让陈刚陪着你去一趟,如果真发现有问题,也是为国家避免损失。"

领导支持,这才开出一张外出公干的批准,写明日期,领导签字。陈刚见了条,放下青花小碗,关了室内灯,锁了院房门,骑上凤凰牌自行车,和崔魁一起来到北京文物商店。

刘老先生和中年人在办公室分坐两列,三名店员旁立,黑漆楠木方桌上摆一只定窑瓷盘,胎骨薄而精细,颜色洁净。

陈刚小心捧起,脖子前伸,不再看盘,头向上仰,如龟行探首,半晌后说道:"北宋定窑,有真无假。"

中年人长叹一声,站起身来,向着陈刚深鞠一躬,道:"我家声名,系在先生身上。"

刘老先生眼一闭,又猛地睁开,精光四射,也站起身来,向陈刚抱拳道:"我今年五十有八,眼看着退休的年纪,艺浅眼拙,向陈先生长见识,何为有真无假?"

陈刚轻轻放下定窑瓷盘,道:"定窑瓷器,从宋至明,到清朝、民国,一直到现在,仿制不断。刘老先生认定它为清康熙年间仿制,我猜原因是虽有竹丝刷痕等符合定窑的明显特征,却无有泪痕,便认定是仿造。"

刘老先生点了点头,接着听陈刚往下说。

陈刚手指向定窑瓷盘,道:"其实不然,所谓定窑泪痕,原是因上釉不匀,入窑烧制时釉水垂流造成的现象。因为流釉呈浅绿色，似蜡泪状凸起，便称为泪痕，常在盘碗等定窑瓷器上出现。从文献资料到收藏玩家，多以有无泪痕作为判断是否是定窑瓷器的标志。"

刘老先生哼了一声，道："倒要向陈先生请教，这只瓷盘没有泪痕，也敢说是定窑？"

陈刚脸上露出了笑容，道："刘老先生，这只非但是定窑，而且还是北宋年间的定窑瓷盘，到如今有近千年的历史了。"

在场的所有人大吃一惊，果真如陈刚所言，那这瓷盘就是国宝级文物了。

陈刚接着说："泪痕，其实是定窑瓷器的一个明显缺陷，而并不是鉴别定窑的必要条件。刘老先生，请看这只盘，泪痕并不是没有，只是细微若无。"

刘老先生再次捧起这只瓷盘，闭上眼，用手指尖缓缓抚摸，突然身躯一振，猛地睁开眼，仔细端详，终于长叹一口气，点了点头。

放下定窑瓷盘，他向中年人抱拳，道："终日打雁，今天被雁啄瞎了眼，对不住了。"说着，叉起双手，就要往眼睛上戳。

中年人抱住了刘老先生，道："容人容事，容事容人，我只想卖了盘，过了难关。"

刘老先生点点头，看着陈刚。

陈刚想了想，道："要价多少？"

店员忙应道："一千元。"

陈刚问中年人："你真要卖？先别忙着点头。"

闻听此言，中年人眼神一定，道："我只救急。"

陈刚从兜里拿出钱包，翻了翻，数清是八十二元，又问刘老先生身上有没有现钞。

刘老先生请假回家取了存折，取出积蓄六百二十元，店里七个人，崔魁借出一百一，凑齐整数一千元。中年人打了七张借条，讲定年月登门还债，怀里揣着定窑瓷盘，出了文物商店，一片白茫茫雪地，弓身独影，向家而行。

这是个什么样的人？作为一个跑故宫文保这条线的新闻社记者，为什么他从来没听说过陈刚？

崔魁看着绿裤配深衣的陈刚，问出了第一句话："陈先生，你有没有时间？刘老先生欠你一个人情，他岁数大了，喝不了酒，因此委托我请你吃顿涮羊肉。"

刘老先生的全部家当，让一张借条打了去，崔魁邀请，陈刚也不推辞，两人相伴，去往台基厂路东来顺，点了铜火锅，两斤手切羊肉，蔬菜若干。从下午五点一直到晚上十点，服务员手提铁壶，火锅里添了五次水，换了四次炭，三瓶二锅头见底，崔魁没从陈刚嘴里套出一句话。

临走之际，崔魁摸了摸一干二净的衣兜，大着舌头拍胸脯，将一辆飞鸽牌自行车抵押在饭店，讲明第二天取车结账。陈刚哈哈大笑，拍了拍崔魁的肩膀，一摇五晃，歪着身子，走进漫天大雪，身后留下一串笔直的脚印。

陈刚是谁？能够仅凭手摸瓷器，辨别定窑瓷器真假，那可是刘老先生，京城大拿，瓷器这行儿里遇到难题，故宫的专家们有时也得向他请教。

院领导面对崔魁的询问，大笑道："崔记者，你跑北京文保新闻，听没听说过清古斋？"

前门大栅栏，清古万向斋。

1910年谷雨日开张，礼请京城古玩行，门面不大，五间房，前后院，学徒十二人，东家掌柜陈玉清。他家古玩买卖有规矩，一个月只卖三十件，收一件，卖一件。

今天卖出一件，再收购一件；收了一件，再卖出一件。门开四方，晚来的客人，品茗谈天地，讲古论今时，只待明日，清眼观赏古玩珍奇。

江湖传言，陈家开店，不为卖货，只为守宝。守得什么宝？陈玉清答得清爽："古玩买卖，哪一家不是守宝？我收一件，卖一件。小本买卖，物力勉强，收到至真至宝，拼尽全力，仅收一件，卖出去有了周转，再收第二件。"

清古斋的名声，因此而来。每收卖一件，必是珍古宝器，动辄价值连城。中华民国历任总统袁世凯、黎元洪、冯国璋、徐世昌、曹锟等，宣誓就任大总统之际，各界朝贺珍品文玩字画，十之八九出自清古斋。

1937年，卢沟桥事变，北平沦陷，日军占领京城八年之久。清古斋在日本军队进城的当天夜间，关门闭户，再不见营业。直至

1949年10月1日下午开国大典,毛泽东在天安门城楼上宣告中华人民共和国、中央人民政府成立,第二天,清古斋的东家陈玉清指挥着十二个伙计,开张迎客。

四个月之后,陈玉清去世,他的独子陈其美孝期出让八百二十一件文物,所得钱款,谨遵父亲遗嘱,全部捐给国家。

当年夏日,故宫在北海团城设立收购点,向社会征集历代书画、古玩文物。主持其事者,为当时文玩界的各色名家。

那一日,正值灿阳当空高挂,北海南门外西侧,一条小路上,悠然慢慢走来了陈其美,蓝袍长衫在前,两名伙计紧跟在后,各捧锦盒。古松古柏,郁郁葱葱,形如伞,冠似盖,一片阴凉之下,陈其美命伙计打开锦盒,宋、明两朝名家书画,共计二十二件,一一展开呈赏。

团城收购点顿时掌声一片,有人询问要价几何,陈其美哈哈大笑,答言不卖。见主事人满脸茫然,陈其美又说:"我不售一文,全部捐给故宫博物院。"

陈其美捐出的何止二十二件书画,而是清古斋一千二百六十九件珍奇文物,价值连城者数不胜数。约定时日,陈其美指挥伙计,装满两辆解放牌汽车,拉到故宫博物院。他一文钱未收,只在故宫博物院院长的办公室,喝了一碗茉莉花茶。狼毫笔蘸饱一得阁墨汁,在无偿捐献收据上写明缘由,一千多件珍奇罕贵的文物自此捐给国家。

清古斋十二名伙计,五名自寻出路,其余七名,被安排去往文物保护管理所等相关部门工作。陈其美直言:"这些伙计跟了陈家多年,仅知文玩百器,身无所长。清古斋家藏所有捐给国家,伙计们就此散去,生活无着,于心不忍,热望政府安排所在,也算是学有所用。"

第二天,陈其美身穿蓝色长袍,来到故宫博物院上班,进入藏品保管部。有人不解,放着清古斋买卖不干,来故宫挣个仨瓜俩枣,到月底领几十斤粮票,敢非脑子痴傻糊涂?

陈其美只答一次,此后任人所说,再不答言:"文物捐给国家,是为稳妥。我陈家没别的本事,眼看手摸,藏品古玩,些微末技,闲着会发霉。去故宫为各位先生打打下手,也算是有生之年为国家做些贡献。"

故宫博物院能人奇士,何其之多?人人却对陈其美、清古斋礼敬有加。自进了故宫,陈其美每日裱画、摹画,偶尔同事拿来破铜器、烂钟表、木器、漆器,只需一杯花茶,几句好话,便手把手教其修复文物。祖学绝技传人,并无隐藏家私之言。

陈其美最拿手的绝技,不是修复文物,而是鉴别宝器。一日,故宫将征集收购的宋、元、明、清珍奇瓷器等放在一处,请来多位专家鉴定。陈其美几次推脱,被先生们四手架一人,拉到现场。

既来之,则安之。有人递过两尺红绸,陈其美把眼一闭,红绸蒙系双目,手伸向满桌国宝。触摸之间,此为明代仿造——旁边的人小心翼翼接过,放置一边——这个是成化斗彩瓷,那个是耀州窑,六十二件珍奇,定年代、分窑址、明宝物,件件不差。

众声喝彩，有人不禁问，不瞧一眼，只凭手摸，定名基准，所为何来？众人声声推崇，赞声连连，陈其美兴致一来，便道："年代、器形、窑艺不同，手感不尽相同。清代景德镇瓷，足边薄。宋代足内施釉斜坡度，足边际小且窄，单手难提。明代足边厚，足边棱角分明……"

又推来一车存疑字画、铜器珍玩，小心摆放，请陈其美品鉴。他一一展开，欧阳询、颜真卿、柳公权、苏轼、松雪道人赵孟頫、赵雍、赵孟坚，等等，不消半日，去伪存真，一众名家听闻，亲临观看，也不免赞叹称许。

清古斋主，名不虚传。此后，陈其美修宝鉴宝，日子安然。"文化大革命"开始后，故宫不再开放。老专家们集中在两间宿舍学习，实为保护不受冲击。后来，故宫博物院大部分职工被下放到湖北咸宁学习，少部分人员留守，陈其美正在其中。

1977年，正值雨水节气，陈其美办理退休手续。第二年，立春时分，故宫博物院统一对外招考工作人员，其子陈刚，以考试第一名的成绩，进入故宫博物院保管部。

陈其美在儿子领到通知书的那一天，挂着松木拐杖，送陈刚一起去故宫报到。六个月之后，陈其美病逝于协和医院。

崔魁听到这里才明白陈刚是谁，为何有这一手辨别文物古玩的绝技。名家之后，果然将门出英才。

自此之后，崔魁只要有时间，就去故宫找陈刚。陈刚漠然处之，不理不睬。三次五次，天天如此，崔魁来故宫，不找院长，不找专家，单找陈刚。两个月后，陈刚烦不胜烦，拉着崔魁来到小肠陈，吃完再去爆肚冯。菜上齐，推到崔魁面前，看着他吃了三碗小肠陈，六盘爆肚冯。

陈刚问一声："饱了吗？"

崔魁不枉称"老鬼崔"，知道陈刚有句话在等着："不饱？咱们接着去下一家，一直吃到你吐。"

若是回答饱了，陈刚准说："饱了，好，吃饱回家，各找各妈。明儿个，咱们还来，我管你一辈子吃饱喝足。"

崔魁没有说话，只是笑得前仰后合，三次拍着大腿看陈刚。足足半个钟头，陈刚被崔魁看笑了，僵硬的脸逐渐开始柔软，在崔魁第四次拍大腿痛痛快快地大笑后，陈刚也开始笑得合不拢嘴。两个人的眼泪都笑出来之后，崔魁听到陈刚叹了一口气，说："我们可以聊，但有一样，不管你听到了什么，不能往外说一个字，更不能写任何和陈家有关的新闻报道。"

崔魁拍了胸脯，以姓氏为保，当面答应。诺如万金，崔魁和陈刚聊了两年，遵守约定，没有写过一个字。

直至那一天下午，距离下班还有半个小时，陈刚突然来新闻社找崔魁，拉着他来到东来顺。两瓶二锅头摆上桌面，三斤涮羊肉齐齐整整，水滚锅热，一盘涮完，再涮下一盘。

酒至七分酣，话聊九分熟。陈刚端起满杯，突然站起身，对着崔魁鞠了一躬。崔魁忙接过酒杯，先回礼，再问话。陈刚醉眼迷离,有事相托。

第二天上午,陈刚自火车站上车,去往江西万安出差公干,说是参加当地一项考古工作,这次时间稍长,半年方回。

冬日将近,陈刚家做饭烧水、烧煤球点蜂窝,苦力出汗的活女人干不了。崔魁约莫着烧完了煤,带上铁锹,领着爱人、儿子,一起去往陈刚家,男人劳累干重活,女人帮忙打下手。

本为半年之约,谁知陈刚一去七年,活不见人,死不见尸,不知所踪。陈刚的妻子赵建雅,不急不躁,从来不去故宫要丈夫,只是在家养育女儿。女儿大学毕业之后,赵建雅七年来第一次来到故宫,见到院领导,提出请求安排陈蕾接班。

手续办齐,通知陈蕾报到,谁知女儿不愿意。她告诉妈妈,她不接受,她要和父亲一样,堂堂正正考入故宫博物院。公开招录考试时,陈蕾以第二名的成绩被录取,随后进入院文物保管部工作。

崔魁为刘亦然介绍的相亲对象,正是陈刚之女,姓陈名蕾。

那一天,崔魁告诉刘亦然,赵建雅提出的相亲对象,条件如下:第一,不想找同行,凡是和考古、文物、古玩有关系的人,再好的条件,也一概不作考虑。第二,一母一女,家里也不招女婿,只求能够礼敬其母,爱护其女。第三,她的姑爷,不求多富贵,以人品为上,但要有一份养家的正派职业。

赵建雅说:"结婚之后,一家人在一起平平安安、踏踏实实过日子便好。"

闻听此言，崔魁的第一反应是，赵建雅如此择婿的原因只有一个：陈刚一去七年，生死未知，她再也不想让发生在自己身上的事情，在女儿身上重演。

尚未见到陈蕾，刘亦然便被崔魁拉着来到东来顺，先见到可能是未来岳母的人。刘亦然局促地坐在餐桌前，拿起菜单还没有点菜，便听赵建雅直截了当问了一句话："如果你爱上我的女儿，为了她，你可以做到什么程度？"

刘亦然抬起头，看了崔魁一眼，心中暗道："怎么会遇到这样的人，你女儿的面我还没见到，怎么知道我一定会爱上她？"

崔魁神色如常，似乎是在告诉刘亦然，赵建雅的女儿，值得回答如此不客气的提问。

刘亦然收起了玩笑之心，郑重其事地回答："如果你的女儿值得我爱，我可以为了她去死。"

然后他看到赵建雅怔住了。在东来顺的服务员端来赤铜火锅，点上木炭，衡水老白干开瓶后酒香四溢的时候，赵建雅的脸上，慢慢露出了笑容。

崔魁和赵建雅选定时日，刘亦然准备妥当，前往故宫博物院。他从来没有想到，他第一次前往故宫博物院采访，受访者，竟然是他的相亲对象。

刘亦然设计了采访提纲，写满一页，又撕掉。再写一页，列出各个角度的问题，看一看，想一想，接着一个问题又一个问题地划掉。

她会不会知道，坐在她对面的新闻社记者，就是妈妈为她介绍的相亲对象？她看着自己的样子，刘亦然都能够猜得出来。她要是笑了，那么，自己会不会尴尬？想到此处，他不免叹了口气，暗道，若到那时，十有八九，他脸上一定会出汗的。

端月时节，恰逢大雪纷飞，寒冬意味降临北京城。陈蕾站在故宫博物院门前二十米左右，身姿俏丽，一袭藏青羊绒大衣，仅露红色棉鞋。刘亦然仿佛看到，透过漫天雪花，阳光躲在陈蕾的身后，寒气如子弹打在自己脸上，可她的笑容，却融化了冰峰。

"你是刘亦然？"

刘亦然点了点头，他想，笑一笑可能会让气氛更轻松一些。打了招呼，彼此寒暄，陈蕾引着他向前走去。

"你是不是，"快到院门口准备进门时，陈蕾犹豫了一下，接着道，"你是不是应该给我看些东西？"

"东西？"刘亦然有些摸不着头脑，暗自思量，我要给你看什么东西？不是应该由你带着我，去往院里看地库未展出文物吗？

陈蕾停下脚步，站在那里，没有任何举动。而且，她不再说一句话，脸上的笑容越来越淡。刘亦然突然明白过来，东西？对了，他手忙脚乱地从挎包里找出记者证、采访介绍信，打开内页，一起递给她。

陈蕾仔细看着证件，笑容再次如牡丹花一般绽放。她把记者证和介绍信放在了一个手工画册里，然后递到刘亦然手里。她在前引路，他在后跟随。

一路行来，刘亦然打开画册，不由大吃一惊，竟然是赵之谦的

17

《悲盦墨宝花卉十二扇面》。他的脚步慢下来，她走在前面，头也不回地道："这不是送给你的，崔叔叔荣升副主任，这是我送他的礼物，你一会儿采访完离开的时候，记得带走。"

刘亦然不知所措，站在原地。

陈蕾走出五步远，察觉刘亦然没有跟过来，于是停下脚步，侧过身看着他笑了，问道："你也喜欢？好好报道故宫，下一次我再做一个画册送你。"

刘亦然仍然没有动身，满脸疑惑地看着她。

忽然，陈蕾哈哈大笑，一边道："你该不会以为这是真品吧？你还是记者呢，我怎么可能把文物当礼物送给崔叔叔？那不是知法犯法？放心，这是我自己临摹着玩的。上次崔叔叔看到了，喜欢得不行，想要一套。我答应了崔叔叔，一直没有时间画。"

"你倒是有时间画好了，拿来吓人。"刘亦然装作语气轻松，紧走几步，跟上她的步伐，接着道，"我写的故宫新闻，假如没你想象的那么好，是不是就没有礼物了？"

陈蕾没有放慢脚步等待刘亦然，反而加快了速度，边走边说："不要让我小瞧你。二十四岁的人了，拿过两次新闻奖，写得不好，你还想要礼物？你有没有自尊心？"

这一刻，刘亦然确定，她知道他是谁。她非常清楚，和她并肩而行的这个人是她的相亲对象。她的话，如同一根木棒，狠狠地打在他身上。似乎为了不在她面前节节败退，刘亦然只得跟随她的节奏回应道："崔魁师傅说，我从今天起接替他的工作，写好故宫的每一篇报道。"

"崔魁师傅？"她有些惊讶。

"我来新闻社的第一天，便是崔老师带着我。"

"崔老师？"陈蕾刻意重复了一遍。

刘亦然索性放开了声音，道："我来新闻社报到的第一天，崔魁就让我叫他师傅。这个称呼叫习惯了，到今天都没有改过来。"

"哦。"陈蕾意味深长地吐出一个字。

"你称呼崔魁师傅崔叔叔？你们认识好久了？"

陈蕾终于停下了脚步，立在一扇朱红大门前，道："走进这扇大门后，你将要看到的是博物院的地下文物仓库。根据相关规定，你不可以写它的具体位置。地库里有大量未展出文物，我们今天的采访工作，就是在新启用不久的地库中，清点、整理、登记在册，并将最新的成果，通过你的新闻报道让外界知晓。另外，我从小就认识崔叔叔，不出意外的话，会认识他更长时间。"

刘亦然点了点头，从挎包里掏出采访本。陈蕾看着他，问道："刘记者，我的回答，你可还满意？"

刘亦然现在相信，她完全掌控了节奏。因为那一刻，他像个傻瓜一样，竟然再次点了点头。看着刘亦然的样子，陈蕾终于忍不住大笑起来，然后正色道："从现在开始，你可以提问题了。"

刘亦然提出第一个问题，随后，陈蕾引领在前，刘亦然跟随在后，走进了故宫最神秘的所在，容纳数万件未展出珍贵文物的地下仓库……

第二章
会展惊变

　　故宫，位于北京中轴线之中，原为中国明清两朝皇帝宫殿，原名紫禁城。1925年成立故宫博物院，历经五百余年兴衰荣辱，昔日神秘的皇家宫殿，向寻常人家打开了封禁。

　　故宫博物院近百万件奇珍异宝，公开展出的藏品，仅仅占全部文物的1%左右。大量未展出文物，出于各种原因，尚未与公众见面。

　　故宫地下文物仓库建成之前，多用故宫区域内的宫殿充当文物库房，字画、雕塑、匾联、瓷器、铜器、古玩等等藏于其内。比如故宫东南西北四个角楼，存放着大量珍贵书版文物，储藏条件不甚理想，一些古建筑年久失修，室内潮湿、门窗不严，故宫相当一部分文物藏品，在简陋的条件下，不能得到应有的保护。

　　陈蕾边走边向刘亦然介绍："仅凭现在的科技、人员力量，上百万件文物仅登记、整理、分类等工作，也得需要五十年的时间才能够完工。这还没有提及对一些破损文物的修复，这是一代又一代故宫人接力去做的事情。"

一间十余平方米的房间内，陈蕾将一张有负责人签字的批件，交由保卫人员。刘亦然从挎包取出证件、相机、采访本、钢笔、画册，两名故宫地下文物仓库的保卫人员一一检查，仔细询问来访缘由。

刘亦然主动配合，五分钟后，他将相机、采访本装进挎包，还是忍不住问道："每一个人进到地库，都要经过这么复杂的检查吗？"

陈蕾笑了，她正在配合女保卫人员，说："记者总是那么好奇吗？这里可是故宫，就算是再大的领导进入地库，也需要走同样的检查流程。"

门禁打开，刘亦然的面前出现了一道钢门，保卫人员走上前去，打开公用暗锁，输入暗码，一声清脆的响声传来，保卫人员扭动把手，用力推开厚重的钢门。陈蕾和刘亦然进入后，保卫人员回身，再次将门反锁紧闭。

陈蕾伸出右手，做出请的姿势，得意地说："现在你的面前，就是保管着数万件文物的故宫地下文物仓库。"

门一关闭，刘亦然的身体立刻被一团阴凉包裹，按照陈蕾的介绍，这座地下文物仓库为全埋式钢筋混凝土构造，恒温恒湿。

地库的入口，一台大型熏蒸消毒机出现在眼前。进入地库的每一件文物，在入库之前都要经历"风淋"式消毒，避免虫蛀和霉变。

转过消毒室,一道向下的铁制楼梯出现在眼前。小心翼翼地走下去,出现了一条狭长的通道,一道又一道铁门横亘眼前,陈蕾每打开一道进入一个通道之后,反身再次紧锁。刘亦然不由道:"我敢说故宫的地下文物仓库,可能是世界上最安全的所在了吧。这是多少道门啊,进去,还要再反锁。真是进来难,出去更难。"

　　陈蕾的脸上再次露出笑容,道:"我们也说不清到底有多少道铁门,每一个人有不同的进入权限。至于说每一个库房里都保管着什么样的文物,只有极少数人知道。你转得头晕很正常。这故宫地下近千间文物库房,通道复杂,文物入库工作刚开始时,我们有时也会迷路。"

　　不知打开了多少道铁门之后他们进入一个库房,刘亦然的眼前,出现了十余排整齐的金属烤漆柜架,那些进入地库的文物,在经过熏蒸消毒之后,会储于柜架之内保管。

　　陈蕾道:"你看到的是中国目前设备最先进的地下文物库房,具有战争防护能力,结构上防水、防潮和防火的功效。所有文物藏品都处于恒温、恒湿、安全、可靠的储藏环境中。"

　　"目前的文物入库工作,已经进行到第二阶段。"陈蕾接着介绍,见刘亦然从挎包内取出采访本,用钢笔一一记下,又说,"刘记者,你这是想把我说的话全记下来吗?你这样做,会让我非常紧张。"

　　刘亦然笑了,道:"其实,紧张的是我,你说过,如果我写的报道不好,我将什么也不会得到。我记下你的每一个字,是为了将报道写得更出色。"

"崔叔叔说得没错,你是一个非常认真的人。"陈蕾道,"那你可不要辜负崔叔叔和故宫的信任,接下来,你将要看到的是难得一见的未展出文物。"

铭刻库、陶瓷库、雕塑库、铜器库、绘画库、拓本库、书法库、戏衣地毯库、织绣库、工艺品库、漆器库、竹木库、牙雕库、善本库等等,三个小时的时间,刘亦然大开眼界,那些只存在于文献甚至是民间传说中的国宝,每一件文物,都装入特制的防震囊匣,静静地保管于地库内。按照陈蕾的说法,即使出现8级以上地震,也不会出任何问题。

两天之后,刘亦然撰写的新闻报道《故宫文物"搬新家"》发表。随后不久,刘亦然收到《陈洪绶扇面十二品》,陈画被世人赞誉为"力量气局,超拔磊落,在仇(英)、唐(寅)之上,盖明三百年无此笔墨"。陈蕾临摹此画,观来几可乱真,崔魁看了也惊讶不已。

刘亦然在崔魁的指点下回拨电话感谢,得到了更大的惊喜。"周六中午,妈妈盛情邀请崔叔叔,"陈蕾的声音通过话筒传来,她迟疑了一下接着说,"还有刘记者,来家里做客。"

六个月的时间,刘亦然熟悉了陈蕾的家和通向故宫博物院的每一条道路。她在北京市体育大学游泳馆,把刘亦然从一只旱鸭子变成游泳运动健将,刘亦然则撰写了九篇关于故宫的报道。

当刘亦然在陈蕾的训练下可以在水下憋气三分三十秒时，崔魁告诉他："赵建雅和我说，她的姑娘喜欢你。恭喜，你已经正式成为陈蕾的男朋友了。"

在两个人确定恋爱关系一个月，正是难分难舍的时候，一场由故宫博物院主办、香港王希贤文物保护基金会协办，名为"文明华夏：中国古代科技文物展"的专题展览，将于7月28日在香港国际会展中心举办。

新闻发布会上，毫无预兆的事情发生了，王希贤直接点名陈蕾加入工作小组。他说："在文物保护方面的合作上，基金会一直捐资给内地多家博物馆，也曾多次合作举办过相关展览。我三个月前从香港来到北京，拜访国家文物局、故宫博物院之后，提议将本基金会收藏的文物，和故宫相关文物一起在香港展出，领导们都很支持。在和相关领导商谈香港展出事宜时，我无意中听说清古斋陈玉清的孙女如今也在故宫工作，此次展览，正好有陈玉清先生捐献的部分文物，有他的孙女参与布展，也是成就一段佳话。"

虽然意外，但故宫方面还是在为此次展览成立的工作小组名单中，加上了陈蕾的名字。层层审批之后，6月20日，故宫精选的六十六件文物，经由海关运往香港，将与基金会六十六件文物一起展出。

文物到港之后，基金会在香港举办了盛大的新闻发布会：中国古代科技文明的主题，多件国宝级文物的展出，得以重新审视中华古代科技对于世界的贡献，引起国际高度关注，成为一时的焦点事件。

在陈蕾去香港工作的一个月时间里，刘亦然每日采访，撰写新闻报道，一个星期通一次电话，更多的时候，通过BP机表达思念之情。毕竟，寻呼机可以一次显示七十五个汉字，显然比长途电话费便宜许多。

七天之后，为期一个月的香港展览就将开幕，而新闻社香港分社将会以大篇幅报道。刘亦然一直关注此事件，并为此接受任务，配合香港分社采访故宫博物院相关人员。

这天，刘亦然从故宫采访完毕，赶到办公室写完稿件回到家时，已经是晚上九点多了。他走进楼道，咳嗽了一声，声控灯啪的一声亮了，进入电梯，"咔嗒"一声，电梯门关闭，嗡嗡的声音传来，升至七楼。出了电梯门，刘亦然掏出钥匙正要打开房门，忽然听到防火门开启的声响，紧接着一只手搭在了他的肩膀上。

他大吃一惊，转过身看到的却是陈蕾的脸。她惊慌失措，眼含泪花，嘴唇抖动，说道："亦然。"话刚出口，她双手紧紧搂住刘亦然，哭泣出声。

刘亦然赶忙抱住她，问道："怎么哭了？对了，你怎么回来了，你不是应该在香港布展吗？"

他一边安慰陈蕾，一边打开房门，喊了一声爸妈，没有人应声。他正要打开灯，陈蕾拦住了他，道："亦然，不要开灯。"

刘亦然不解地将陈蕾扶到沙发上坐好，摸索着打开冰箱，找出一瓶北冰洋汽水，拧开瓶盖递给陈蕾，看着她一气喝下去，这才问道："你什么时候回来的？"

陈蕾没有回答他的问题，却反问道："你今天回来的时候，有没有人跟着你？"

"跟着我？谁会跟着我？"刘亦然越来越糊涂了，又问道，"你怎么会这么想，为什么会有人跟着我？对了，你还没告诉我，还有七天香港的展览就要开幕了，你怎么这会儿回北京了？"

他说到这里，突然意识到一定是发生了什么事。

"我是偷渡回来的。"陈蕾说出的第一句话让他大吃一惊。

"偷渡？我不明白，陈蕾，到底发生了什么？"

"我说出来你不要害怕。"

"我为什么要害怕？你做了什么？"刘亦然握住了陈蕾的手。

陈蕾盯着刘亦然的眼睛，慢慢道："我现在，只能相信你一个人了。"

刘亦然点点头，陈蕾接着说："我做了一件可怕的事。在展览开幕之前，把故宫博物院送到香港展览的文物偷了出来，坐了一艘快艇，在深圳闸门山上岸，偷渡回来。上岸后，一辆黑色的轿车在等着我。两个司机轮班开车，一天一夜的时间，从广东回到北京。"

刘亦然没有说话。他起身，从猫眼里向外看去，门外漆黑一片。

陈蕾接着道："司机直接把我送到建国门外交公寓附近的一栋

小楼，我只看到门前挂牌'中国符号文化研究所'。我按照那个人的要求，把文物送到四楼421房间一个叫赵劲夫的人手中。"

刘亦然把陈蕾拉到他的卧室，关上房门，拉上窗帘。借着窗帘透过的路灯薄光，陈蕾坐在刘亦然拿过来的折叠椅上。

刘亦然这才问道："不要着急，慢慢说。有个人在等着你？我们应该去报警。"

陈蕾叹息一声，道："我如果能报警，为什么偷渡回北京？"

刘亦然心里一惊，意识到了什么，忙问道："你妈妈，到北京后你回家了吗？"

"妈妈说，她看到了父亲。"

刘亦然迷惑不解，陈刚？已经失踪七年的陈刚？

陈蕾道："确切地讲，是我父亲的一件东西，凤血玉佩。这证明父亲还活着，最起码，有人知道他在什么地方。"

"那件玉佩，你确定是陈叔叔的东西？"

陈蕾的眼睛湿润了，道："是妈妈当面和我说的。"

"她在香港？他们绑架了她！以此为条件威胁你偷盗故宫文物？"

"你不要慌。"现在反而是陈蕾在稳定刘亦然的情绪。刘亦然暗暗自责，应该听她接着说下去的。

"在421房间你看见了谁？"

"很奇怪，那个人似乎知道我要来。我把文物交到他手里，他的脸色和白纸一样，只问了我一句话，一个地址，接下来他要做的，就是要到那里找我。"

刘亦然恍然大悟，道："你告诉他来我家？"

陈蕾道："我怎么会主动把你牵扯进来？他说了一句话，让我不得不来你家。"

"他说了什么？难道与我有关？"

陈蕾点头道："不错，亦然。他的话让我恐惧，他说，两个小时后我到刘亦然家找你。"

两个小时后，正是十点。刘亦然看了一眼手上的夜光腕表，这只西铁城牌手表，还是陈蕾送他的礼物。表针指向九点四十二分，还有十八分钟那个人就要来他家。

刘亦然突然意识到，他还没问陈蕾一个至关重要的问题：你偷盗的是哪一件文物？要知道，所有的文物还没有公开展出，为什么会有人指定你去偷盗其中的一件？

陈蕾叹了一口气，道："你还记不记得，三个月前你写了一篇关于故宫文物的报道？"

三个月前，故宫博物院第二阶段的文物入库工作按照计划一步步进行。每一件文物都被小心翼翼地进行"风淋"式消毒，以避免虫蛀和霉变，随后一件件装入特制的防震囊匣，进入故宫地库的某一个仓库。

刘亦然紧皱眉头，努力回忆。三个月前，他曾写出两篇报道，涉及五件未展出文物，到底是哪一件文物让陈蕾一家人身处险境？

陈蕾还记得，香港中环一栋大厦三十二层，那个神秘人坐在阴影之中，看着手下拿着一把锋利的尖刀，在赵建雅的脖子上划出一道血痕。他向陈蕾提出的条件，正是此次展览中一件来自故宫博物院的文物。

那个带着些外国口音、说着不标准普通话的神秘人讲出的内容让她震惊不已："兽人炉消失了四十二年，要不是你男朋友的报道，谁也不知道这件东西藏在故宫博物院。"

兽人炉？刘亦然猛然想起，正是清古斋陈玉清捐献给故宫的珍奇文物中的一件。

此为铜器，铸造于明朝末年，高约二十六厘米，造型古朴，炉身炉盖一分为二。炉盖部分，如重重山峦，层岭起伏陡峭，依山势镂孔。炉身高峰低谷绵延不绝，只见炎日高悬，山野之间有农人耕作，四角铸有青龙、白虎、朱雀、玄武，云气环绕，其间隐约可见人兽出没，一幅人与自然和谐相处的景象。

陈蕾曾听父亲讲解过兽人炉的妙处：炉内焚香，重峦秀峰间镂孔四溢轻烟，犹如大山大川缭绕之云气，铜炉虽小，却呈现出一派壮观天地。

在此次香港举办的文物大展中，兽人炉正是来自故宫的一件文物，虽然独具一格，世间罕见，却也非国宝重器。

按照业内专家对入库文物的定级，兽人炉历史、科学价值逊色，属于艺术价值较高的，定为国家三级文物。

故宫在香港展出的六十六件文物中，价值远超兽人炉者多不胜数，其中不乏国宝级文物，件件价值连城，为何神秘人独独提起这件文物？甚至不惜以陈刚一家三口性命安危相威胁？紧逼陈蕾盗取之后，却又让她偷渡回北京交给赵劲夫？这件深藏于故宫地下文物仓库从未展出过的文物，到底隐藏着什么秘密？

两人正在猜测，门外响起一阵敲门声。刘亦然看向陈蕾，她点了点头，轻声道："赵劲夫，一定是他。"

夜光腕表的时针正指向十点。时间到了。赵劲夫是个什么样的人？此刻两个人对他一无所知。刘亦然站起身，啪地打开灯，从厨房里找出一把水果刀藏在身后向门侧走去，忽然他又停下脚步，示意陈蕾退后，自己向房门走去。

门开了，陈蕾只看到一张几乎变形的脸。赵劲夫似乎压着愤怒，走进屋内左右打量房间，待发现除刘亦然和陈蕾再无其他人后，才道："不要关门，我们就开着门。"

他深深吸了一口气，又说："我不怕你们。"

赵劲夫莫名其妙的话让陈蕾忍不住道："赵劲夫，东西呢？"

赵劲夫死死盯着陈蕾和刘亦然。站在一米开外，刘亦然也感觉到他极度冷静的外表下，埋藏着极度的愤怒。

赵劲夫没有回答陈蕾的问题，紧紧盯着刘亦然道："你是刘亦然？"

见刘亦然点头，赵劲夫抬起手腕看了看表，轻声道："十点零二分，一分不少，一秒不多。刘亦然，时间到了，我受人之托，要和你说一件事。楼下有一辆轿车，司机送我来到你家后，还在楼下等着你。"

"等着我？等着我做什么？"

赵劲夫冷笑道："你是在装疯卖傻吗？"说着他忽然把手中的挎包扔向陈蕾。

"兽人炉。"陈蕾连忙接过，打开挎包，就看到这件未展出文物完好无损地装在里面。

赵劲夫接着道："刘亦然，你现在应该马上下楼，坐上车去北京火车站。在那里，你能找到你父母，他们将乘坐227次列车前往江西万安。十点三十五分，如果你还没到火车站，你父母将会在十点三十八分时，将火车站二楼候车室的玻璃打碎，他们会从楼上跳下去。那个人说了，你父母能不能活着走出火车站，就看你能不能在规定的时间内赶到候车室。"

刘亦然感觉身体里的血液要沸腾了，他近前两步，一把抓住赵劲夫的衣领，将手中尖刀横在他的脖颈上，大声喝道："你这个卑鄙小人，你想做什么？"

赵劲夫连连冷笑，道："谁是卑鄙小人？你不用拿这把刀威胁我，我既然来了这里，就不会怕你们。"

赵劲夫的话让陈蕾意识到，此事显然另有隐情。她抢到刘亦然身边，道："亦然，先不要伤害他，我们可能都被利用了。"

赵劲夫一怔，随后叫道："糟糕！我明白了，快，刘亦然，赶快去火车站，你父母有危险。有什么事我们路上说。"

刘亦然看看陈蕾，直觉告诉他应该先听赵劲夫的话。他冲下楼，赵劲夫紧随其后，陈蕾也连忙关上门跟了下来。一辆黑色尼桑小轿车，引擎突突直响，车门大开，静静地在楼下等待。

　　刘亦然正要坐进车内，突然，赵劲夫夺过刘亦然的尖刀，几步来到车前，猛地拉开车门，一把将司机拉出来用刀逼住："想活命，就乖乖听话。"

　　刘亦然看了一眼赵劲夫，随即去打开轿车后车厢。他没有找到绳索，想了想就把司机的上衣、裤子脱下，将他捆成一个粽子样，塞嘴蒙眼，扔进了后车厢。

　　三个人上车，刘亦然坐在驾驶位，随着尖利的引擎声响起，轮胎摩擦地面，向着北京火车站的方向驶去。

　　车速很快提至每小时八十公里，指针还在向上升。刘亦然调整好情绪，开口道："说吧，你还知道些什么？"

　　赵劲夫神情一凛，道："我所讲的一切，你一定要仔细听。因为，很简单，七天之前，我身上发生的一切和你现在的遭遇一模一样。"

　　陈蕾忙道："你的父母？他们怎么了？"

　　赵劲夫道："至今说来，我仍然怀疑自己的眼睛。但事情真的发生了，我的父母，他们两个人在北京国际饭店二十八层高的空中观景旋转餐厅，竟然在我眼前突然打碎了玻璃，站到桌前，脸露笑容，眼看着就要跳下去。"

　　刘亦然想起刚刚听到的话，北京火车站二楼候车室，距离地面三十余米高，跳下去有死无生。

"你如果想阻止这一切，那么，你就必须和我一样，捡起一片地上散落的碎玻璃，用力划向自己的手腕。只有这样，你的父母才会活下来。当你看到你父母绝望的眼神，那时候你就会明白，我为什么要听从神秘人的命令了。"说着，赵劲夫卷起袖口，露出手腕上的伤痕。

那是一条触目惊心、大约一寸来长的伤痕，刘亦然狠狠地吸了一口气，右脚再次猛踩油门。尼桑汽车的引擎发出怒吼，如同一匹惊怒的奔马掠过夜晚的北京街道，车速很快达到每小时一百二十公里。

赵劲夫接着道："然后，你的父母会被送往医院。在那里，有大夫接诊，如果你不接受安排，你的父母，他们会去抢眼前所有尖锐的物体，然后插向自己的双眼。现在，就在此时此刻，我的父母还在海淀区的医院。若不是医生当时阻拦的动作快，恐怕他们两个已经不在人世了。"

一个急刹车，尼桑车停在北京火车站前广场。刘亦然跳下车冲向候车室。二楼，227次列车，东南角候车室。刘亦然跑过去，偌大的候车室内百十名旅客或坐或站，等待着检票。

他看一眼手表，十点三十六分，还有两分钟。他大声喊着父母的名字，希望能够引起他们的注意。

周围的旅客像看一个怪物一样看着他，看他跳到座椅上，挥动着手臂，大吼大叫。

一名旅客找来了车站工作人员，两个人向着刘亦然跑过去。他们拽住了刘亦然的衣服，硬拉他下来。

"亦然。"陈蕾大声喊道，声音里充满恐惧。十点三十八分，时间到了，刘亦然扭头，顺着陈蕾手指的方向看去，三十米开外，他的父亲手拿一把椅子，砸向了候车室的窗户。玻璃"哗啦"一声碎裂一地，于是父亲拽过一把椅子放在面前，伸出手来，笑模笑样地拉起母亲的手。

赵劲夫边跑边喊，慌忙向着十来米外刘亦然的父母奔去。所有人的目光，都看向努力站在椅子上，慢慢向窗户爬去的两个人。刘亦然大吼一声，挣开车站工作人员的钳制，甩开手臂，边跑向父母边喊道："赵劲夫，赶快，拦住。"

赵劲夫跑在前面，他显然比刘亦然更接近试图跳下楼的两个人。他跑得太快，一时收不住身形，以至于整个人摔在地上。顾不上爬起身，他从地上摸起一片碎玻璃，把左手袖子撸起来，半仰着身体，冲着刘亦然的父母大喊："爸爸，妈妈，你们看。"

时间仿佛凝固了，刘亦然分明看到，他的父母，站在候车室打碎了玻璃的窗户前，转过身来，眼睁睁看着赵劲夫右手拿着一片三角形的碎玻璃，狠狠地划向了手腕。

鲜血流出，如飞雪孤鸿，乱泥入云，滴滴砸向地面。站在窗户边身体向外倾斜、几乎要跳出去的两个人，终于停止了动作。说时迟，那时快，刘亦然已跑到近前，两只手紧紧拽住父母的双腿，周围的旅客也缓过神来，帮扶着将两个人抱到地面。

车站工作人员扶起赵劲夫，找来医务人员为他简单包扎。两名工作人员将刘亦然控制住，他的父母手上脸上在打碎窗玻璃的一瞬间被碎玻璃划伤，一片血迹模糊，所幸并无生命危险。

两个担架送过来，父母被安放其上，准备送往附近的医院。刘亦然正要过去拦，看到赵劲夫摇了摇头，终于停下了脚步。眼看着父母被医务人员带走，刘亦然和赵劲夫被工作人员带往车站派出所。

赵劲夫多番解释，说明确实是父母和儿子闹矛盾，要离家出走，千赔不是，万赔小心。派出所民警联系在医院里的同事，确认两方是父子关系后，进行了严肃的批评教育。刘亦然为父母打碎的玻璃赔付了五十元，这才被放出来。

陈蕾等在北京火车站外，刘亦然拉开车门坐上驾驶座，神情落寞，半晌才问道："赵劲夫，接下来你该告诉我们，还有什么是我们不知道的。"

赵劲夫道："先开车，这里不能久留。不用担心你父母，按照神秘人的指令行事，他们暂时没有危险。"

"我们不去医院？"陈蕾在车后座问道。

赵劲夫道："最起码，现在不能去。如果我猜测没错的话，只要你去医院，那你父母很可能会当场自杀。"

"这是个什么样的人？为什么要这么做？"刘亦然愤怒地喊道，一拳打在了方向盘上。

"七天之前,我和你一样的心情。"赵劲夫坐在副驾驶位置,伸手拍拍刘亦然的肩膀,又接着道,"现在去医院的后果,曾经发生在我身上的一切,都将重演,那时候你将后悔莫及。那一天也是和今天同样的场景,我父母被送往医院。在医院里,他们两个只要看到我,就会不断试图砸碎玻璃。他们会一边脸露微笑,一边用刀划伤自己。把刀夺走,他们甚至会用牙咬向自己的血管,真的是太令人震惊了。而所有一切,神秘人都曾一字不差地告诉过我。当他说过的恐怖场景真实发生在我眼前时,我完全说不出话来。"

"眼前发生的所有事情,有人告诉过你?"陈蕾道。

赵劲夫道:"没错,所有的事情,父母站在二十八层楼高的旋转餐厅,他们在医院里疯了一样地试图自杀。想要阻止这一切,只有拿刀划破自己的手腕,父母才会停止。这些事情的每一个细节,在未发生之前都有人告诉过我。并且,就在陈蕾来我家前,神秘人在电话里告诉我,会有一个名叫刘亦然的人,他的父母,将会发生和我父母一样的事。我现在阻拦你去医院,就是不想让同样的情景再次发生。"

刘亦然牙关紧咬,他刚刚经历过的场景如同一场噩梦,亲眼看到平日里和善的父母做出如此疯狂难解之事,他现在明白,这个坐在旁边的人没有说谎。

赵劲夫接着道:"刘亦然,那个神秘人也告诉我了,如果想要父母安全,那么在七天后会有一个叫陈蕾的女人拿一件文物找我。我需要做的,就是把文物上面的信息破解了。"

"兽人炉文物的信息？"陈蕾不由问道，"那上面有什么？"

"每一个纹式都有特定的含义，"赵劲夫道，"兽人炉的符号，确实每一个都隐藏着神秘信息。"

刘亦然道："这些和我的父母又有什么关系？"

赵劲夫道："这就是我接下来要说的话。我当时和你的想法一样，能否破解兽人炉上的符号信息，和我父母有什么关系。但在我看到兽人炉的第一眼，我就发现我想错了。文物上隐藏的信息完全超出了我的想象，足以让神秘人不惜一切，甚至以多条无辜性命为代价去威胁任何一个人。"

刘亦然沉思着道："你破解了信息，然后找到我家将文物还给陈蕾。并且，你告诉我我父母在北京火车站的事。神秘人这么做，他想要从我这里得到什么？"

赵劲夫道："神秘人不惜以你父母的生命相威胁，他们将人命当儿戏，这么做，就是要你从新闻社盗取一件机密档案。"

刘亦然猛踩一脚刹车，车胎与沥青路面剧烈摩擦，刺耳的声音响起，在深夜的北京街道久久回荡。

车在路边停稳，车厢里一片寂静，只有尼桑车六缸引擎突突地响着。

赵劲夫道："如果我的判断没错，新闻社的机密档案，和这件兽人炉隐藏的神秘符号，有直接的关联。"

这件机密档案，编号E19520912，保管在新闻社大楼某个戒备森严的房间里。

刘亦然大口大口地呼吸,他脑海里浮现出过去的影像,将近六个月来发生的所有事情,仔细地梳理了一遍。

他转过身看向坐在汽车后座上的陈蕾,又看向赵劲夫。许久,他似乎终于下定了决心,道:"赵劲夫,陈蕾,你们必须告诉我,兽人炉,那件未展出文物,到底有着怎样的历史,文物上的纹样符号,隐藏着什么惊人的秘密?"

第三章
兽人铜炉

当听到赵劲夫破解的兽人炉纹样秘密时，刘亦然不亚于看到六月伏天降雪，一件不可能的事发生在他眼前。他立即意识到，新闻社的机密档案，无论付出什么代价，神秘人势在必得。

"兽人炉，那件未展出文物代表着什么？"赵劲夫道，"按照文物呈现的纹样符号，它表现的是农耕场面，涉及中国古代农学科技。我想，这也是为什么会选它去香港展览的原因。只是谁也没有想到，这其中隐藏着一幅中国古代星象图。"

陈蕾取出兽人炉，交到赵劲夫的手上。刘亦然打开车厢内顶灯，略显昏黄的灯光下，兽人炉在他的手掌里散发出奇异的光彩。

"你们看，山川田野间两个农人扶犁，耕牛其田；两个农人跪拜于地，头向天望，一轮太阳高悬；周遭云纹遍布，奇禽异兽林立，仿佛注视着天下苍生。但你若仔细看，这其实表现的并不是太阳，而是一颗大星。"赵劲夫手指向兽人炉上方，"这里有颗星，藏在云纹之中，还有一颗星，被遮蔽在崇山峻岭间，那里的一颗，隐藏于玄武之眼。"

赵劲夫一一指明，在兽人炉上圈出第七颗星时，陈蕾脱口而出："北斗七星图？不过，北斗七星又和中国古代农学有什么关联？"

赵劲夫侧过头看了她一眼，不知为何闭起眼睛，三秒后又睁开，这才开口道："陈蕾小姐，在中国古代，上古先民描述天象和星辰时总会与农耕联系在一起。甚至可以毫不客气地说，星辰天象在诞生之初就是为了指导先民在什么时候进行农业耕作，以及如何耕作的。"

赵劲夫出于什么原因将"陈蕾小姐"四个字说出来，刘亦然并不知道，但是，显然这样的称呼让陈蕾有些不悦。她立即反驳："证据呢？就凭你一张嘴，古代劳动人民种粮吃饭，就要靠天上的星星了吗？"

赵劲夫一怔，没想到陈蕾问出如此问题，不禁笑了，不过他看陈蕾的脸色越来越不好看，只好收起笑意道："中国古代农耕，都是依照历书进行的。现存最早的一部记录传统农事的历书，叫《夏小正》。在中国古代，历法从来不是简单指的年月日，所记载的每一个时间都有具体的农事。比如说，《夏小正》记载'正月，鞠则见，初昏参中，斗柄悬在下'，指的是正月时参星在正南方上空，北斗七星的斗柄指向正下方。在这个时间内，能够影响农耕的时节在历书上记载得清清楚楚。"

陈蕾似乎并不满意赵劲夫的解释，又问道："就算是记载了时节，又如何？"

赵劲夫看了刘亦然一眼，明显是不满陈蕾打断他的话，道："还是那句话，这并非简单按照时节进行农耕劳作。古代帝王通过星象指导农耕，其实暗藏着重农思想与天赋王权的意识，这与在历法中的体现完全是一体的。"

赵劲夫停顿了片刻，仿佛是在等待陈蕾的问题。没想到，陈蕾这次没有说话，她在静静等着赵劲夫接下来的解释。

赵劲夫扬扬眉毛，接着道："中国古代天文学，在初时确实是依历书为指导影响农耕作业，但随着时代的发展，自春秋末期、战国初期起，就从历书明时逐渐转变为占星祈禳。天上的星象如何，成为王权统治是否合法的主要依据。"

"星象和王权？"

"不错。也正因星象和王朝的统治紧密结合在一起，中国古代天文学发生了重要变化。根据天上星象不同，不仅是农耕，从国家发动战争到哪一个人有资格继承王位，事无巨细，往往借助于星象。"

刘亦然问道："这兽人炉上的古代星象图隐藏了什么信息？"

赵劲夫指着炉身上隐藏于云纹崇山中的七颗星道："北斗七星，天枢、天璇、天玑、天权成斗形，称为斗魁；玉衡、开阳、瑶光组成斗柄，即通俗讲的斗纲。你们仔细看，从天枢星向外沿着云气一直走，那里有什么？"

紧随赵劲夫手指的方向，刘亦然看到五倍远的地方正是那颗看起来如同太阳，星象图中最大的星。

"这颗星其实不是太阳，而是北极星。这颗星显在明处，北斗七星隐在纹饰之中。农人遥遥跪拜，七星处于暗处，形成明显的主从关系。"赵劲夫道。

刘亦然和陈蕾都没有说话，等着赵劲夫接下来的讲述。

赵劲夫脸上终于露出了笑容，他从刘亦然和陈蕾的表情中意识到，他对兽人炉纹样的破解已经得到认同，最起码，两个人不再置疑。

"我想，这件文物的铸造者最起码把北极星看得比较重要。而北极星，在古代中国有明确的象征意义，那就是帝王之星。以此再来看兽人炉，意义完全不同了，哪里是什么崇山峻岭、田野劳耕，分明是帝王治下的锦绣江山。"

北极星是帝王星？赵劲夫的说法让刘亦然、陈蕾大吃一惊。

赵劲夫道："是的，在中国古代，北极星并不是随便可以使用的符号，只有王朝的最高统治者帝王才可以使用。如果是普通人用，那是要被以谋反罪杀头的。"

没等刘亦然、陈蕾二人追问，赵劲夫已经接道："中国古代多有文献证实我的判断。比如《春秋元命苞》说：'北者，极也；极者，藏也。言太一之星高居深藏……斗为帝令，出号布政，授度四方，故置辅星以佐功。'孔子也曾说，'为政以德，譬如北辰，居其所而众星共之'。类似文献，多不胜数，有兴趣，你们可以去图书馆查询。正因如此，在古代天权神授的思维下，北极星成为帝王的化身，天神在人间的代言人，即是君王在世间的天象反映。"

刘亦然认真听赵劲夫说完才问道："你的意思是，这件文物是属于帝王的？"

赵劲夫点点头，道："兽人炉纹样隐藏的信息，代表它是某一位帝王拥有的器物。更重要的是，如果我猜测不错的话，还有其他文物存在。但是，据我推断，这件兽人炉既是代表着帝王的器物，十有八九是所有涉及文物中最重要的一件。"

他眼神复杂地向刘亦然看去，道："刘亦然，我不知道那个神秘人为什么要威胁你去盗机密档案，但有一点可以确定，那肯定与这件兽人炉隐藏的信息有关系，说不定是另一件从未展出过的文物。"

听到这里，陈蕾长出一口气，似乎下了一个艰难的决定，对赵劲夫道："你说对了，并不是只有这一件文物，还有其他的文物存在。"

刘亦然看见陈蕾取出摩托罗拉汉显寻呼机向二人晃了晃，道："我相信，你们也收到了相似的信息。"她念出寻呼机显示的内容："陈蕾，找到刘亦然、赵劲夫，马上到中国符号文化研究所。王峰。"

刘亦然拿出汉显寻呼机，果然如此："刘亦然，找到陈蕾、赵劲夫，马上到中国符号文化研究所。王峰。"

"王峰是谁？"赵劲夫问道。

陈蕾道："他是香港王希贤文物保护基金会副会长，我这一次偷渡回内地，就是他安排的。"

"这么说，他也从香港到了北京？"

陈蕾道："先开车，亦然，到了研究所，他会回答你们所有的疑问。"

刘亦然挂挡，踩下油门，车辆向建国门驶去。一路上，谁也没有说话，赵劲夫阴沉着一张脸，从后视镜里，刘亦然看到陈蕾默然无语，目光中似有深意，看了他一眼，随后转向车窗外。

十分钟后，车停在研究所楼下。三个人上楼，赵劲夫拿出钥匙开门，打开电灯，灯管发出嘶嘶的声音，终于啪的一声亮了。灯光铺满房间，一位四十岁左右的中年人，身穿皮尔卡丹灰色西装，架着金丝边眼镜，端坐在宽大的办公桌后。他的身后，站着一个二十岁出头的小伙子，身穿黑色西装，眼神凌厉地看向三人，像是香港电影中常见的保镖。

"对不起，赵教授，我们不能冒险等在门外，只好冒昧先进来了。"王峰站起身来，绕过办公桌，向赵劲夫伸出手来，道，"事情现在很严重，所以请您原谅。"

教授？赵劲夫看起来好像不到三十岁，竟然是教授？

赵劲夫显然看出了刘亦然的惊讶，道："刘亦然，你不要把眼睛瞪得这么大，小心吓坏王会长。他说的是客气话，我是北京大学的副教授，兼着中国符号文化研究所的研究员，副所长。"

四个人分别落座，那年轻人双手合拢，仍然站在王峰身后。

王峰左手拿下眼镜，右手从西装内侧衣兜里掏出一块小小的丝巾，慢慢擦着眼镜，打量着对面坐的三个人。重新戴上眼镜后，他看向陈蕾，道："陈小姐受委屈了，这也是万不得已，没有办法的办法。在所有最坏的结果中，我们只能选择这个最不坏的结果。"

然后王峰转向刘亦然，道："刘记者，你现在恐怕有很多问题要问我。没关系，这是我应该告诉你的，我们特意嘱咐陈小姐，在没有确定一些事情前，有些信息还是不要透露为好。不过，在你提问之前先听我讲完，或许能够消除你的一些困惑。"

王峰接着道："至于赵教授，我们冒昧打扰，也是希望能够得到您的帮助。否则，这一切的后果，我们或许都无法承受。"

"这件事情，需要从八天前说起。我们万万没想到，王会长的太太竟然会像疯了一样，站在几十层高楼的阳台，抱着她最心爱的罗秦犬准备跳下去。"

王峰说到这里，刘亦然和赵劲夫彼此对看了一眼，王会长太太这件事，和北京火车站刚刚发生的事如出一辙。

"那时布展工作得益于陈小姐工作组的高效，所有的文物都已在香港会展中心布展完毕，正在做相关的收尾工作。如果没有那通打到王会长办公室的电话，七天之后，展览会就如期举行，不出半点差错。"王峰的语气平稳，如此紧张的事件，仍然不紧不慢地娓娓道来。

接下来发生的事情，如同噩梦。王太太正是在这一天的上午十点钟，抱着她的爱犬要跳楼，王会长也像是失去了理智，突然拿起桌上的餐刀，割向自己的手腕，太太这才被救了下来。紧接着，王会长接到电话，将要展览的一百三十二件文物，每一件文物的下面，都安装了军用级别的高爆炸药。

赵劲夫问道："你们怎么判断是不是真的有炸药？"

王峰没有理会赵劲夫，他看着刘亦然的眼睛，道："因为，炸药真的爆炸了。"

"爆炸了？"刘亦然不由挺直了身子，问道，"这么说有文物被毁坏？"

王峰道："刘记者说得没错，基金会收藏的一件价值超过二十万港币的元青花大盘，被炸得粉碎。威胁真实存在，并且，他们提出的要求，看似很简单，其实完全难以接受。"

此时，陈蕾也在一旁道："我在那天上午八点走进香港会展中心的电梯，准备去展厅时，不知怎么就失去了知觉。醒来的时候，我看到了妈妈。他们提出的条件，是让我去盗兽人炉。"

王峰道："让陈小姐受惊了。没错，悍匪提出的条件，一是不准声张，更不准报警；二是让陈小姐盗取兽人炉，偷渡回内地。为了显示决心，他们引爆了炸药。我亲眼所见，在厚达三公分的无色玻璃密封保护罩内的元青花大盘，一声轻微的脆响，扬起了一团轻雾，它就在我们眼前变成了一堆粉末。"

"依你们的判断，每件文物的密封保护罩底座下，全部埋设了炸药吗？"赵劲夫不解地问道。

"我们的判断是不可冒险,即将展览的每一件文物几乎都珍贵无比,尤其是故宫博物院的六十六件文物,其中数件属于国宝级文物,能够来到香港展出,极不容易。"王峰解释道,"这次文物展览,申请采访许可的国际国内媒体,已经有五百家之多。包括《朝日新闻》《纽约时报》《华盛顿邮报》等国际媒体都提前预热,并派出了记者。文物出现任何闪失,国际影响不可估量。"

"你们准备怎么处理威胁?就这样听之任之?"赵劲夫显然不满王峰的解释。

"赵教授,我想你误会了。在事件发生后,我们断定有内鬼,当即更换所有安保人员,并且聘请了来自法国的安保专家,他们对此提出的建议,是在看到预期后果的情况下预设最坏的结果。在此过程中,只能选择损失相对小的方案。"

王峰抬起手,做出无奈的手势,接着道:"悍匪在等待我们回复期间,为表明他们的决心,又引爆了第二枚炸弹,这一次,基金会价值三十万港币的北宋定窑小碗被毁。悍匪告诉王会长,在没有得到满意的答复之前,每一分钟,炸毁一件文物。"

讲到这里时,王峰提高了声音,道:"赵教授,刘记者,你们能够想象得到吗?你眼看着一件又一件价值不菲的文物接连被毁,却无能为力。而就在不远处,国宝级文物静静地安放在展览厅里,如果国宝被毁,谁能担得起这么大的责任?我们只能在最坏的结果到来前,选择影响最小的解决方式。"

王峰的语气严肃起来:"所以,为避免可能引发的法律层面的隐患，陈小姐自愿承担盗窃展览文物的风险。"

刘亦然听到这里，不由心生不快，打断了王峰的话，道："为了你们这些大人物的安全，就让我们这些升斗小民来犯罪？承担风险？还自愿承担？你们有保护国宝的自觉，说起来多么让人热血沸腾、冠冕堂皇，怎么不自愿去盗窃文物？你知道她会因此被判多少年吗？她的一生都会因此事被毁掉。"

刘亦然越说声音越大，陈蕾忙拦住了他，道："亦然，不要怪王会长，当时情况危急，我只能这么做，才能让妈妈活下来。"

王峰露出抱歉的神情，接着道："我们选择将兽人炉交给陈小姐，并且因王会长受伤，他全权委托我来处理此事。在这种情况下，我只能安排陈小姐偷渡到内地。同时，我们通过私家侦探社，秘密调查了究竟是谁想对我们不利。毕竟，悍匪只说不允许报警，没有说不能请私家侦探。"

"你们调查出什么了？"陈蕾急切地问道，"我妈妈她还安全吗？"

王峰道："陈小姐，您的母亲，在悍匪没有达到目的前，目前仍然是安全的。陈小姐尽可以放心。"

他将目光转向赵劲夫，道："现在，请赵教授向我们介绍一下，那件兽人炉究竟隐藏着什么信息。"

陈蕾取出兽人炉，交给赵劲夫。他拿起文物，用十分钟的时间，向王峰讲解了炉身隐藏的秘密。

王峰听完，叹了口气，道："没错。陈小姐，在我送你走后，我们不间断地和悍匪保持沟通，我们想要他们明确地告知到底需要我们做什么，同时，私家侦探也探听到一些消息。正如赵教授所讲，这并不是一件文物的事。"

"这么说，你们已经知道了文物里隐藏的秘密？"赵劲夫急切地问道。

"是的，赵教授。我们现在能够确定，那些文物代表着什么。"王峰点头道，"我们得到的消息超乎所有人的判断，那几件文物的信息，指向崇祯皇帝价值超过三千七百万两白银的宝藏。"

明朝最后一个皇帝，崇祯帝朱由检？兽人炉等文物的秘密，是三千七百万两白银宝藏？

王峰接下来说出的真相，让赵劲夫、陈蕾、刘亦然三人面面相觑。

明亡之际，紫禁城存有大量金银。郭沫若、顾诚等根据诸多历史文献研究结果，认为比较可信的数量是白银三千七百万两。

郭、顾等人所言，并非空穴来风。明万历二十四年为始，禁止民间采办矿业，所得悉数入宫。而工部员外郎赵士锦，唯一的工作内容，便是将工部采矿银两提入库中，以供皇家使用，总计超过九千万两白银。

明亡之后，赵士锦将所见所闻写进《甲申纪事》一书，其中记载，李自成攻占北京城之后，从紫禁城搜出金银近三千万两，而这些运往陕西的银子上所铸的年号，竟然是在万历八年之后。这说明这批金银，自1580年被藏于宫内后再未动过。

亡国之君崇祯是否知道他所居住的紫禁城有大量藏银？相关文献记载显示，他在早期入宫即位之后，并不知晓此事。

1627年，即明天启七年，明熹宗朱由校驾崩后，当年八月二十四日，朱由检在皇极殿即皇帝位，大明王朝的年号自此改为崇祯。初入宫，崇祯甚至不敢食用宫中任何食物。魏忠贤闻知此事，预感大祸将至，自知必死。

两个月后，崇祯钦定逆案，扫除魏党。《崇祯宫词》记载，魏忠贤被抓驱出京城，临别之际曾长叹道："上若此，我之祸酷矣。彼亦未为福也。"魏党被捕以刑者，不计其数。宫中太监宫女诸等人人自危，导致虽有金银藏于紫禁城，却无人敢实言。[1]

在多尔衮率军入关、大清王朝定鼎中原之后，康熙五十二年闰五月丁未朔乙卯日，在养心殿后发现窖藏金银达两百万两之多，上铸万历年号。中华民国时期，袁世凯、徐世昌等曾暗中派人搜寻，为政敌知晓，借此大做文章，寻银之事方罢。被称为"蒋介石的佩剑""中国最神秘人物"之一的特务机关军统局局长戴笠，战乱之际也曾多次秘密派人彻查故宫，以寻明朝宫中藏银。据说得两窖金银，资以六百万计，得知者争抢，因此遭遇攻击，后于南京西郊岱山身亡。

1　《崇祯宫词》记曰："盖籍注与厚藏之所甚秘，阁不以告，而上忧勤十七载，亦竟未之知尔。"《国榷》同记："而大内旧藏黄金四十余窖，内监皆畏先帝不以闻。"多部文献记载，互相印证。

王峰讲到此处，站起身来走到窗前，看向北京的夜色，轻声道："最能够证明崇祯藏银确实存在的证据，是陈蕾。"

他转过身，目光复杂地看向陈蕾。

刘亦然噌地站起身来，走向王峰，一边盯着他的眼睛道："你再说一遍？陈蕾？"

话声未落，他的肩膀一紧，接着身体飞了出去，摔倒在地。那个站在王峰身后一直沉默不语的人，不知何时已经挡在了王峰面前。

赵劲夫大喝一声，抄起一把折叠椅，直接砸向那人，被轻巧接住。王峰叫道："王也，住手。"这边陈蕾已伸手将刘亦然从地上拉起来，看着他，却不发一语。

刘亦然被陈蕾拉着重新坐在沙发上，王峰端坐对面。赵劲夫找出四只茶杯，一一倒水，放在茶几之上，这才又坐下来，道："王会长，我们都冷静一下。你慢慢说，你说出的每一个字，不管你从哪里听到的消息，都将被视作重要的信息，直接影响到此事的结果。毕竟，你现在所在的位置，不是香港，而是北京。"

王峰不慌不忙地道："我们重金聘请的侦探，告诉我们一个足以使人震惊的事实，陈蕾的家族和悍匪相识，并且有极深的渊源。"

刘亦然、赵劲夫谁也没有说话，一齐看向陈蕾。

刘亦然心情复杂，迫切期待看到陈蕾一一回应，陈蕾并没有胆怯，却也没有反驳。刘亦然心跳如鼓，他的爱人，竟然和试图炸掉国宝文物的犯罪分子相识？他突然意识到，是她，主动偷盗了兽人炉。这中间，到底发生了什么？

王峰看着陈蕾道："陈小姐，我如果有哪一句话说得不尽准确，请陈小姐当面指正，王某人以死谢罪。"

陈蕾端端正正地坐在沙发上，脸色如常。她端起茶杯，只是问了赵劲夫一句话："赵老师，你这里没有茶吗？"

赵劲夫尴尬地"哦"了一声，站起身来，从办公桌上拿出茶桶打开，将些许茶叶放进一只新茶杯中，提起暖壶倾入热水，这才走向陈蕾，接过她手中的白水，另换茶杯。

陈蕾品了一口，道："凤凰单丛，北京人还是爱喝茉莉花茶。"

王峰没有料到陈蕾如此轻描淡写，仿佛说的不是她，而是另一个人，与她无关。

陈蕾慢慢放下茶杯，才道："王会长说得没错，陈家人一直和那个悍匪的家族相识。"

刘亦然压抑着情绪，问道："为什么？你从来没有告诉过我。"

陈蕾放下茶杯，道："亦然，我也是刚刚知道。因为我知道王会长接下来要说的是什么。这件事情，涉及我家族过去的恩怨。"

王峰道："陈小姐讲得不错，她确实在此前并不知晓悍匪和她的家族的关系。当我们得知此事时，陈小姐已经带着兽人炉回京了。私家侦探将调查结果告诉我们，悍匪立即得知，但对方并没有否认。某种程度上，我们的所作所为全部为悍匪所知。我们不知道他是怎么做到的,但这件事情的发生也导致王会长再次更换安保。同时,这也是为什么我会紧跟陈小姐之后来到北京的原因。"

赵劲夫刚才在打量着王也,这时将目光转向王峰,问道:"难道是悍匪提出新的条件?"

王峰忍不住叹道:"赵教授果然不愧为人中龙凤,悍匪选中你来破解兽人炉上的信息,我们本疑惑不解,一时还将你列为悍匪同伙。如今看来,悍匪并非仅仅懂得使用炸药威胁,他有一个周密的计划。但这个周密的计划因为我们得知他的身份,而完全不一样了。"

赵劲夫正欲开口问询,突然意识到什么,看向陈蕾、刘亦然,见两人谁也没有说话,不由自己也紧闭双唇。

王峰道:"他自称赵义,四十二岁,祖籍凉州,现居美国旧金山,为美国华侨。最不可思议的是,这些内容此前我们并未掌握,而是他主动向我们提供的信息。"

王峰说到此处,刘亦然却发现赵劲夫的眼神,不知为何奇怪地看向他。

"我们目前尚不确定赵义提供的信息的真实程度。但他告诉我们,现在计划有变,本来他的计划是通过破解兽人炉信息,找到崇祯藏宝其他文物的线索。现在既然我们知道了他是谁,那么,他说出了其他文物的名称,并将寻找宝藏的行动限定于五日之内,交由我们来完成。就这样,我们从被害者的身份,突然变为了悍匪同谋。"

刘亦然道："而你们不愿插手此事，于是顺水推舟决定选择我们，由我们来做你们的替罪羊。这就是你为什么来北京找我们的原因。"

刘亦然这才明白，为什么赵劲夫方才看他的眼神会如此奇怪。

王峰苦笑一声，道："我们当然会拒绝他，基金会是为保护文物而存在的，怎么可能去做触犯法律的主体？可是，赵义紧接着做的事让我们不得不考虑。"

赵劲夫道："他又威胁炸毁展出文物？"

王峰道："不仅是炸毁文物，他威胁要炸毁香港国际会展中心。这可是亚洲第二大会议及展览场馆，如果出现会展中心被炸毁的事件，造成的国际影响难以想象。这足以让赵义将香港这座城市变成恐怖分子的乐园。"

赵劲夫笑了，道："你怎么知道我们会答应？"

王峰道："我们认为，陈小姐本人，她有八成的机会会答应参与此事。"

刘亦然气极，不怒反笑，道："成为恐怖分子的帮凶？你是不是疯了？"

王峰并不理会刘亦然的质疑，接着道："她的家族，同赵义的家族同属一个神秘组织。赵义本人告诉了我们整个事情的来龙去脉。"

三百多年前，大明王朝风雨飘摇。崇祯十六年，李自成大军攻占西安。仅仅一年后李自成建立了大顺政权，随后发兵京城。情况危急，京城百姓扶家携口外逃者，不计其数。

在这些逃难的人群中，有一支特殊的队伍悄行于路。骡马巨车托运五百两一锭的白银，上覆青衣，运至不知名所在。战事纷乱，运输愈急，乃至京城骡、驴牲畜一时被逼取殆尽。两月时间，日夜不停，所运金银不计其数。护送此批藏银者，正是崇祯秘密挑选的锦衣卫特设机构奉天司，直接听命于崇祯皇帝。

其后，崇祯皇帝时铸多件器物，指向明宫藏银所在，以作复国之资。明亡之际，李自成攻陷京城，仍然从宫中搜刮出三千万两白银之巨。明末翰林院杨士聪记载，吴三桂引清兵入关，李自成大军从京城撤退之时，紫禁城的太仓库尚有银二十万两，宫内藏银仍未被取尽。混乱之际，监守自盗者，多不胜数。

运送这批明宫藏银的，正是赵义、陈蕾的祖先。此后，崇祯皇帝自缢于煤山，这笔藏银自此消失在历史尘埃之中。

三百余年，巨额藏银不知去向。参与此事的七个不同家族，数代人相安无事，一直守着藏银。直至清末民初，时局动荡，却有人想趁乱取银，由此引发内讧。七门中，绝四户，再无后人。

其他三支，赵义的祖先一家数十口，被杀得只留下两人，身负重伤，四地流浪，迫于追杀，跟随华人淘金潮去往美国旧金山避祸。陈蕾的祖先虽累及多人，却也保存了实力。李家一门，因此事远迁至江西，一时难寻下落，涉及崇祯藏银的宝器至此失散，不知所终。

王峰道:"按照赵义的说辞,陈家祖先正是起心夺宝、杀尽同门的罪魁祸首。为寻宝器所在,他们自此在前门开设清古斋,明为买卖古玩珍奇,暗寻其余宝器下落。"

陈蕾听到这里,终于开口道:"你的意思是,我为了洗脱陈家祖先的不白之冤,只能参与此事,找到文物,证明陈家清白?"

王峰点了点头,又看向刘亦然,道:"为了家族的荣誉,我相信陈小姐会帮助基金会渡过难关。而你,刘记者,在我看来,不会舍陈小姐的生命安危于不顾,也会帮助基金会。如果我说错了,刘记者,你可以直接反驳我。"

刘亦然看着王峰哑口无言,王峰的目光柔软,并无任何威胁的意味。他又看向陈蕾,她没有看他,而是看向赵劲夫。刘亦然突然想起来,陈蕾的妈妈曾经问过他,如果爱上了陈蕾,愿意为她做什么?他犹记得自己当时的回答,可以为了她,去死。

"至于赵教授,"王峰接着道,"我想,你不会眼看着国宝被炸毁的。我们会向你们三人提供所有力所能及的支持。并且,我会协助赵教授一起行事。而王也会跟随刘记者、陈小姐同路,共同将这件事情完满解决。"

刘亦然看了一眼王也,王也微微一笑,似乎在为刚才将他摔倒在地表示歉意。

"如果没有不同的意见,接下来,我们应该讨论下一步做点什么了。"王峰说完这句话,又看向刘亦然。

不仅是王峰,陈蕾、赵劲夫、王也,所有人的目光在这一刻都投向了他。刘亦然如同一个被放在火炭下烘烤的木偶，感到浑身燥热。每一个人的目光都诉说着相同的内容：下一步的行动，盗取机密档案。

王峰端起茶杯，闻一闻凤凰单丛的香气，道："如此香气，现时闻来，却是一股苦涩之气。刘记者，我们在座的每一个人，直至此刻应该都明白了，兽人炉由陈小姐保管。赵义通过赵教授，已经为下一步的行动指出了方向。"

陈蕾道："可是，那里是新闻社，怎么可能从武警驻守的地方盗取一份机密档案呢？"

赵劲夫欲言又止，他将目光转向王峰。

王峰显然注意到了赵劲夫的举动，他点点头，对刘亦然道："赵教授不方便说的话，那么，就由我这个香港人来说吧。从目前的情况来判断，赵义指明的机密档案，肯定和涉及崇祯藏银的文物有关。为了六条人命，刘先生做出的牺牲，待真相大白后，我相信相关部门会理解你的行为。我们作为香港方面，也会为你作证。而现在，我们显然不能轻举妄动，只能遵照悍匪的指示来做。注意，我们在明处，此时是被动的，他在暗处，主动权并不在我们这一边。"

刘亦然的眼睛仿佛要喷出火来，王峰直视他的目光，并不躲避，接着道："刘记者，你要明白，这并不是妥协，也不是为他所逼迫，我们要想办法，变被动为主动。而拿到相关文物，我们就有了和他谈判的筹码。并且，这是在最坏的结果出现之前，我们所能想到的最好的处理方式。在我们找到方法前，暂且按照他的指示来做。"

刘亦然看到陈蕾和赵劲夫点了点头，显然在这一点上，两人均赞同王峰的判断。

他叹了一口气，道："新闻社机密档案保管所在戒备森严，别说盗取档案，就连一只苍蝇也飞不出去。想得到机密档案，谈何容易。"

便在此时，他听到一句话："不一定，某种情况下，你是有机会盗取档案的。"

第四章
机密档案

刘亦然坐在自行车后座,看着对面的大楼。他准备盗取的机密档案,此刻存放于新闻社档案库房。库房位于新闻大楼地下三层,那份涉及崇祯藏宝机密的档案,正在近二十余万份档案之中,被严密保护着。

赵劲夫说得没错,或许只有这一个方法可以寻得一线生机。而那个关键人物,正是自己的师傅、国内部副主任崔魁。

将《骆驼祥子》、钢笔、信纸装进挎包,刘亦然深深地呼气,推着自行车,向前骑行三百余米,等十字路口变为绿灯,拐进自行车道。五分钟的路,刘亦然走了二十分钟,他在心里无数次演绎:面对崔魁,他该如何开口?

崔魁果然在办公室,办公桌上堆满了稿件,他的脑袋淹没在稿源里,从外看去,勉强露出花白的头发。

办公室里还有三个同事在俯身赶稿,没有人注意到刘亦然。他来到自己的办公桌前坐下,放下挎包,拿起玻璃杯,站起来,又坐下。想了想，他轻轻咳嗽了一声，下意识地抬头看了看崔魁，对方仍然没有看他一眼的意思。

看来只能按照赵劲夫的建议去做了。刘亦然伸出右手，将玻璃茶杯慢慢地推向桌沿，眼睛一闭，茶杯掉向地面。啪的一声，办公室里的三个同事都抬起了头。

崔魁终于看到了刘亦然，向他招了招手。

刘亦然先找扫把将地面上的茶杯碎片收拾干净，才转身向崔魁的办公桌走去。

没等崔魁发话，他重重地叹了一口气，抢先道："崔魁师傅，这活儿没法干了。"

崔魁一愣，道："哟，这可稀罕，头一次听你这么抱怨。"

刘亦然不禁暗叫惭愧，露出尴尬的神色，但还是道："崔魁师傅，这间办公室里谁是您一手带出来的徒弟？"

崔魁忍不住笑了，道："别把马屁捧成臭脚，说吧，你这回又惹着谁了？下不来台了？告到社里了？搁我这儿提前打预防针？"

刘亦然道："要是这样就好了，最起码您一双炬眼，明辨是非。"

崔魁又低下头，拿起钢笔看稿子，边看边道："你这有事说事，别给我这儿打马虎眼。我没工夫听你叫屈，你准备开讲《三国演义》？讲个一年半载，我这会儿可没那闲工夫听你讲古，你没看见我手头两篇稿子要看？"

刘亦然道："崔魁师傅，我遇到大麻烦了。这回您不帮我，您一手带出来的徒弟，这眼瞅着就要砸锅。"

"直接说，什么事？别跟我这磨牙花儿。"

"崔魁师傅，您知道故宫在香港举行的文物展吧？"

"嗯，怎么了？"崔魁手中钢笔在稿件上改改划划，仍然没有抬头。

"是崔魁师傅您安排我配合香港分社同事，做好报道相关资料准备的，我可是下了大功夫去做。准备写报道的时候，出事了。"

见崔魁没有搭理他的意思，刘亦然接着道："我准备写故宫文物展的时候，发现需要咱们新闻社的一些档案。而且，这些档案属于机密档案。这报道的任务，可算是完不成了。"

一位同事抬起头，接着话茬儿道："刘亦然，你这是憋着什么坏呢？又要耍着花样坑你师傅？"

刘亦然一笑，拿起崔魁桌上的红双喜暖壶，先将他的茶杯倒满，接着转身给三个同事一一加满茶杯，道："我要是有丁点儿办法，找我师傅干吗？我就差去偷机密档案了，为此判个十年八年徒刑也心甘情愿。"

一个同事笑着道："行，你小子胆儿真肥，还敢偷社里的机密档案。监狱里有你亲兄弟啊，你这就要马不停蹄赶着去看他。"

另一位同事道："你别逗他，咱们亦然不识逗，逗急了，他真敢去偷。他为了写稿子，什么事干不出来啊，什么事不敢干啊。"

"都胡说八道什么？眼里没活干了，稿子都写完了？"崔魁忙喝道，又对刘亦然道，"还有你，站那儿干吗，有事说事，没事回家。"

刘亦然赶忙凑上来道："崔魁师傅，我是没招儿了，恐怕真要去偷档案了。"

崔魁看着刘亦然，道："偷什么偷？什么机密档案？"

刘亦然搬把折叠椅，在崔魁办公桌对面坐下来，道："我要查询的那份档案，怕是涉密文件。"

崔魁道："这么点事，你就要偷机密档案。知道抓住判你多少年吗？"

刘亦然心中一紧，赶紧赔着笑脸道："判我多少年，还不是为了……"

崔魁打断刘亦然的话，道："得了，别跟我在这儿贫。你先报个选题，选题通过了，写申请，领导签批，开单子，去办公厅档案处调档案查阅。"

刘亦然赶忙道："崔魁师傅，新闻讲究时效性，早一天晚一天，效果完全不一样。我现在就写选题单，您批个字，我再拿着找大领导？"

崔魁笑道："你小子倒会说话，怎么着，如果我今天不签，你这报道写不出来，误了事，要算到我头上？说吧，你要查询的档案，涉密到哪一级？"

刘亦然说完编号，崔魁沉思了一会儿，道："你说的是1952年的档案，这份档案我有印象。那是一份新闻社内参，内容写的是……让我想想。"

他伸手端起茶杯喝了一口，道："内参的内容，确实是和一批文物有关系。我当年跑文保这条线的时候，也参考过这份资料。不过，新闻社内参属于涉密文件，分绝密、机密、秘密三级。你说的这份档案，我查询的时候记得属于秘密级。现在过去整整四十年了……"

说到这里他想了想，又道："那份内参还有几张照片，是一批损伤的文物，当时内参反映的问题还引起了一位国家领导人的重视。你写选题单吧，我来批。你拿着去找主任，他要在办公室，签了字后你就可以去调阅档案了。"

刘亦然心里一块石头落了地，一边为自己之前的胡思乱想叹气，一边暗暗佩服赵劲夫，他怎么会知道这事只能向崔魁求助才可能成功？或许真是当局者迷，旁观者清。

刘亦然拿着主任签后的批件，来到新闻社办公厅档案处，查询档案存放于哪一个区域。工作人员领着他来到地下档案室，经过把守的武警查询证件，推开一道又一道厚重的铁门，才看到了存放着档案的高大铁柜。刘亦然明白，如果没有领导签字同意，拿着批件进入地下档案室，偷盗新闻社机密档案的可能性绝对为零。就算是一只苍蝇，未经允许，也飞不进来。

工作人员从档案柜中取出厚厚一叠文件放在桌上，告诉刘亦然："你不能带走，只能在这里看。"

年代久远的档案封面写有编号及日期，1952年9月12日，新闻社内参《文物保管难题待解》。打开档案，数张照片、一篇署名为欧阳白的报道出现在眼前。内参报道明确，新闻社记者在采访时发现，文物管理所因保管不当，设施简陋，致使一批国家珍贵文物受损，其中包括国家一级文物七件，二级文物十九件，三级文物五十二件。

内参右上角，如崔魁所言，确实有一位国家领导人的批示。刘亦然反复看了五遍内参报道，仔细琢磨每一个字，试图找到其中的线索，但仍然一无所获。将内参放下，他的目光转向档案中的几张照片，他拿起来，一张一张仔细查看。

照片皆为黑白照。第一张照片显示的是近百件文物堆放在某个房间里。第二张照片，是七件文物整齐排列在一张八仙桌上。第三张、第四张、第五张均为排列的文物。

刘亦然拿起第六张照片，两件文物特写，一只铜鼎缺条腿，一幅字画满是污渍。看到第七张照片的时候，他的心骤然一紧，他立即意识到：这张照片中，显示的正是王峰所讲的文物中的一件，虽有明显破损，表面纹饰模糊，锈迹遍布，仍然能够大致辨认出，这就是青铜盘。

刘亦然意识到，悍匪一定要看到这份涉密档案，原因并不是档案中有什么破解文物符号的信息，而是在涉密档案中，记录了这批从未展出的文物在什么地方出现过，曾在哪一家单位保存，青铜盘正在其中。

放下照片，刘亦然重新拿起内参，再次翻阅这份曾经由国家领导人批阅的内参报道，一个单位名称，包括单位所在地、相关负责人的名字赫然出现在眼前。

走出档案室，进电梯，回到办公室，和崔魁师傅打了声招呼，他取了办公桌前的挎包，急忙赶往中国符号文化研究所，陈蕾、赵劲夫、王峰、王也四个人一直在等待他的消息。一路上，他没有感觉到发现新线索的激动，而是心事重重。

听到刘亦然的消息，四个人一时无语。半晌，赵劲夫才道："你带来的消息，证明了悍匪的判断到现在为止都是对的。这就说明了一点，他完全掌握了整个事件的节奏。我们现在还不知道，王会长说的拿到文物就有了和悍匪谈判的筹码这个判断是不是正确。"

赵劲夫的话让王峰皱起了眉头，他正待说话，大哥大的声音响了起来。王也把电话递给他，王峰将大哥大放在耳边，听到对方说话脸色不由一变。随后，他把免提打开，众人听到一个带有外国口音的声音传来，说着蹩脚的普通话："我相信刘记者拿到了地址，接下来，请刘记者和陈小姐去江西万安村，找李小军。而赵劲夫先生，请你和王峰去刘记者提供的地址，不管你们用什么方法，把那件文物取来。不要耍花样，否则，你们将看到会展中心的国宝变成了一堆破烂。"

电话里传来"嘟嘟"的声音，对方将电话挂断了。

刘亦然看到陈蕾脸色惨白，心中一动，问道："你听过他的声音,是不是他?"

陈蕾点点头:"我永远记得这个声音,再有礼貌的措辞也掩盖不了。"

王峰道:"赵教授,你有理由去担心,悍匪拿到想要的东西会不会还接着把展出的文物全部毁掉,这我们现在无法判断;但我们能够判断一点,悍匪如此大费周章,目的只有一个,那就是取得崇祯藏宝。"

陈蕾看出了王峰的不满,道:"王会长,赵老师的担心,很有道理。否则我们就算是得到了文物,那也真是在犯罪了。"

王峰点点头,接着道:"我理解陈小姐表达的担忧,我们之所以暂时答应悍匪,是因为无论从哪一个角度衡量,三千七百万两白银的价值,经济方面的巨大利益,都足以让一个人疯狂。悍匪没有理由在有机会得到这笔惊人的财富时,反而还会去毁掉展览文物。要知道,那些文物都登记在册,他无法在黑市上买卖。相对而言,他取得藏宝更划算。"

陈蕾道:"我们现在有一件兽人炉,亦然带回的信息说明了第二件文物的去向。还有其他文物不知所踪。假如真的找齐了文物,我们难道要交给悍匪?"

王峰还没有说话,刘亦然已经接口道:"我们现在无法和悍匪交手,他在暗处。我们不知道他在什么地方,而找到全部文物,才有机会抓到他。"

王峰点头称是。赵劲夫道:"刘亦然的判断没错,我们唯一的机会,是在找到所有文物之后,把藏宝的线索掌握在自己手中,悍匪便会有顾虑,我们也会从被动变为主动。"

王峰道:"接下来,请刘记者和陈小姐去江西万安,我们想要拿到文物,必须得到李小军的配合。如果能够劝说李小军站在我们这边,我们的胜算会更大。"

"他如果不答应呢?毕竟,陈蕾的祖先还有杀人抢宝的嫌疑。"刘亦然道,"李小军的先辈,是不是也一直在寻找陈家人?一些情况不明朗,万一有危险……"

王峰道:"刘记者,你说的情况也有可能发生,所以我派王也跟你们去,此行所有的开销都由他负责。而且,他从小在泰国学习泰拳,参加过新加坡格斗大赛,得过三届冠军。安全问题,你们不必担心。"

赵劲夫疑惑地问道:"王会长,我和你去找青铜盘,难道你不需要保护?"

"只要赵教授能够保护自己,王某人还是有些力气能保护自己的。"王峰哈哈大笑,又道,"陈小姐,刘记者,你们找到李小军后来天津找我们。我和赵教授拿到青铜盘,破解了上面隐藏的信息,就去天津会合。"

白海文物管理所,正是刘亦然在机密档案上看到的那件文物的地址。和刘亦然、陈蕾告别,王峰嘱咐王也订机票等事宜后,赵劲夫启动研究所的桑塔纳轿车,王也打开车门,王峰随即上了后座,引擎轻轻鸣响,向着北京城外驶去。

白海文物管理所，距离北京市约一百六十公里。两个小时左右的车程，王峰一路闭目养神，没有说话。赵劲夫随便闲话几句，见王峰言语谨慎，也就没再多说什么。

车至目的地，他们向门卫说明来意，进了办公室，接待人员极为奇怪地问："你们为什么要看所里未展出的文物？"

赵劲夫还没有回答，就听一个声音叫道："劲夫，你怎么在这儿？"

他回过头，只见门外站着一个人，正是他的北大同学张禾，在市博物馆上班。

"我看到院子里停着你们研究所的车，还想着是不是你来了。"张禾道。

赵劲夫反问道："我还没问你，你不在博物馆里好好上班，来文管所干什么？"

张禾哈哈一笑，道："我来所里办事，博物馆最近办一个展览，借所里的宝贝用用，来和所长说说好话。这位是？"

赵劲夫介绍了王峰，张禾忙伸出手热情地说："王会长，久闻大名。我还见过贵会的王希贤会长。两年以前，贵会来到我市博物馆，捐款支持了我市的文物修复工程，想起来了吧？"

王峰笑道："张馆长，这可是我第一次来贵市，不过我听说过这件事。"

赵劲夫向张禾说明来意，张禾拍拍胸脯，道："那笔捐款，当年也批给文管所一部分,王会长是贵客,又是为了文物保护查询底档,应该问题不大。"

张禾为人豪爽,在前面引路,领着两人去所长办公室。果然如他所言,文管所所长爽快地安排办公室查询1952年的文物登记。半个小时左右,办公室拿来两张单据,交给了所长。

在看到其中一张单据的刹那,赵劲夫脸色一变,同时也明白了一件事,为什么不能让陈蕾来文管所。那张单据正栏写着文物明细,共十二件。右下角,蓝色字迹写的是两个人的名字:陈其美、李玉明。

王峰显然也注意到了这两个人名。

两人彼此对看一眼,王峰的疑问恰恰是赵劲夫的困惑:如果文物中隐藏着崇祯藏宝的信息,为什么陈其美会将文物上交至文管所?李玉明,这个人又是何方神圣?陈其美上交文物时为什么他也在场?他为什么没有阻止陈其美?当时发生了什么事?

四十年前的事,文管所经手的当事人已经去世,没人能够说清当时的情景。好不容易找到一位退休人员,这才知道,当年征集接收时文物本来是完好无损的,1952年7月下了一场大雨,连下十七天,引发了洪水灾害,文管所房倒屋塌,虽经抢救,还是有数百件文物被水浸泡、砸损了。

新闻社记者当年采访灾情时,专门就此情况写了内参。一位国家领导人看到内参后,批下意见,这才拨款重建文管所相关建筑,并在全国文保系统排查隐患。

另一张单据为文物交接单，1963年5月7日，由文管所交接至白海博物馆。赵劲夫看着单据，猛地一激灵，问道："张禾，这十二件文物，单据上面写得清楚，已经交接到你们博物馆了。你有没有印象，现在博物馆里有没有这几件文物？那里面有没有一个青铜盘？"

"快三十年了，这么久的时间，我得去馆里查一查。"

赵劲夫一把拉过张禾的手，道："等你查完，黄花菜也凉了。老同学帮忙，现在一起去你们馆里参观参观。"

张禾惊讶地张了张嘴，只好与所长说了几句借展文物的事，所长痛快地答应了。随后，三个人告别出门，来到院里，张禾要去骑自行车，被赵劲夫一把扯过来，锁上车锁，钥匙拔下来，塞进张禾的上衣兜里。张禾只得笑笑，坐进轿车的副驾驶位置。赵劲夫发动引擎，三人赶往白海博物馆。

青铜盘被从文物库房中取出，放置在张禾宽大的办公桌上时，赵劲夫、王峰两人连忙近前仔细观看。只看了一眼，两人就不由有些吃惊，谁也没想到，本以为破损不堪的铜盘却如新铸一般。

张禾介绍道："按照资料记载，馆里接手这件青铜盘的时候，整只盘满是锈迹，破损严重。也正是王希贤会长的捐款，让博物馆有了资金，去修复包括青铜盘在内的近百件文物。"

"这是一件明代末期的青铜祭祀用器，一体两面。"张禾对王峰道，"您看，经过修复之后，纹样清晰，是青铜器常见的纹样。盘的正面，是一个向上天祭祀的巫师铜人。盘的反面，是一个规则圆形,代表着一轮太阳高悬。类似的图案,常在祭祀场景中出现。"

王峰看向赵劲夫,道:"赵教授,张馆长的介绍真是让我大开眼界。"

赵劲夫摇了摇头,道:"老张啊,我的张兄,你说得不对。这不是青铜祭祀盘。"说着,他戴上放在桌上的白色手套,拿起铜盘,指着"太阳"道:"你们来看,这个太阳,是由一条阴刻,画一个非常规则的圆圈,除此之外,任何装饰性纹样全无。依我看,这并不是太阳,而是太虚图。"

太虚图?张禾明显怔住了,道:"劲夫,你不要开玩笑,我知道你的博士论文是关于中国纹饰符号的,但我说的结论,可是博物馆十二位研究员经过考证后提出的观点。啊,你刚来不到十分钟,说一句话,上嘴唇一碰下嘴唇,就把专家们的结论推翻了?劲夫,你说这种话,是要讲证据的。"

王峰忙安慰张禾道:"张馆长,不要着急嘛,听听赵教授的意见。"

赵劲夫手指在青铜盘上沿阴刻画圆,边画边道:"这个圆圈的符号,实际上是中国古代关于宇宙诞生的概念。老子的《道德经》里说'无名天地之始',就是说,天地始于无处。明代张景岳《类经图翼·太极图论》首句即称'太虚者,太极也,太极本无极,故曰太虚'。他与老子等人不同的是,他将这个观点用一个符号表达出来了,就是一个规则圆形。"

"《类经图翼》是一本什么样的著作？中国古代医学经典著作，"赵劲夫翻过青铜盘的另一面接着道，"如此一来，我们再看这一面的纹样，这人形就不是祭祀的象征了。"

"不是祭祀？那这些纹样代表着什么？"张禾问道。

纹样流动如水，形成同心圆，此为涡纹；反转回旋，另样云纹，暗藏自然界的天地日月风雷山泽龙虎鹿猪等；龙凤首尾相接，纹样分解、复合，甚至重组，造型夸张变形，甚至抽象隐喻，与商周时期青铜器基本纹样相仿。

不同之处在于，符号中这些抽象夸张甚至变形的动物纹样，在中国古代医学中有特定的含义。比如说，龙纹代表肝神，朱雀象征心神，虎的符号代表着肺神，双头鹿的纹样，意思为肾神，凤凰的纹样，则是脾神。

张禾仍然很谨慎，问道："你是说，就因为青铜盘另一面的太虚图，出自一本中国古代医学著作，你就判定这些纹样与中国古代医学有关系？"

"张兄，那你就太小瞧古代的医学了。"赵劲夫忍不住开了一个玩笑，手拿青铜盘，将铜人那一面向着在场的所有人。

铜人向天，身体线条由各种纹样组成。初看起来，确实如同祭祀的巫师，人形起立，双手平伸，掌心向前。但是，如果只将目光聚焦在铜人上，构成铜人形象的纹样线条就被忽视了。

"如果我们将组成铜人线条的纹样，叠加到另一面的太虚图上，会得到什么？"赵劲夫将青铜盘竖立，面向张禾。

张禾比对了一下，想了想，从办公桌抽屉里找出一张白纸盖在青铜盘上，又从桌上的笔筒里取出一支铅笔，小心翼翼划动，片刻一张较为清晰的纹样拓图就做好了。当他将图叠加在太虚图上时，不由轻呼一声："阴阳五行图！"

"是，我的张老兄。五行相生相克的理论起于战国晚期，对中国古代文明的形成产生了巨大影响，其中对中国古代医学的影响，体现最直接的就是《黄帝内经》。"赵劲夫道，"《黄帝内经》将五行学说与人体病理表征、天地自然等分别对应，形成了古代医学理论体系。"

张禾若有所思，道："彼此之间相生相克。"

赵劲夫点点头，道："张兄说得极是，正是五行相生相克。中医诊病，对应肝心脾肺肾。肾为五行之水，养肝；肝为木，济心；心属火，火热温脾；脾化生水谷，精微充肺；肺乃金，以助肾水。彼此之间相互制约养息。"

王峰也不禁问道："赵教授，你的意思是说，这些符号纹样暗藏五行循环，表现的正是中国古代医学关于自然界的力量对人体影响的理解？如果是这样的话，那些由符号纹样勾勒出的人形图像又是什么？"

赵劲夫再次从桌上拿起青铜盘，右手指向构成人形线条的符号，沿着人形行走，问道："你们看到了什么？"

"纹样构成的线条，"张禾疑惑道，"除了这个还有什么？"

王峰没有说话，他的眼睛紧盯着赵劲夫的手指，恍然大悟，赞叹道:"古人的智慧,真是不可思议。"

听了这话,张禾有些惊讶,道:"这里面有什么?没有理由你们看出来了,我没有看出来。"

他再次将目光聚焦在青铜盘纹样上。

赵劲夫笑道:"来,你把手指放在盘上,摸一摸这些你看了无数次的纹样。"

张禾半信半疑,但还是听从赵劲夫的建议,接过青铜盘,右手食指轻轻触摸。

赵劲夫再次建议:"张兄,如果你闭上眼睛触摸,那么这些纹饰中隐藏的秘密将马上出现在你眼前。"

张禾瞪了他一眼,道:"赵劲夫,我为什么要听你的?"

话虽如此,他还是仰起头,半闭双眼,手指在青铜盘上滑动。他的神色越来越严肃,终于又睁开眼,目光随着自己的手指,触摸青铜盘。

半晌之后,张禾放下青铜盘,道:"赵劲夫,这次你又说对了。这些纹样上满是有规律的突起。那么,这些看起来毫不起眼的突起代表了什么?"

赵劲夫道:"代表着人体经络。而这一点,说明了人形不是祭祀天地,而是平面化的针灸铜人。"

江西之行,是空手而回?还是能够把李小军带回来?

在去往机场的路上,刘亦然一直在为陈蕾担心,毕竟,如果悍匪所讲是真，那么李小军与陈蕾的家族显然有争夺崇祯藏宝的过节。内斗之惨烈，彼此伤亡深重，四门绝户，李家仅保住一件，而陈家独得四件。

虽然过去了近百年的时光，但过节能否为时间冲淡，仍然是未知之数。李小军家族或许遍寻天下，找不到陈家人身在何方，现在他们却自己送上门去？刘亦然仅仅是想想，便头疼不已。

幸亏王峰安排了王也同行，凭他的身手，刘亦然相信，只要李小军没有武器，不掏出手枪，将黑洞洞的枪口指向他，王也还是能够应付的。

王也订的是头等舱机票。在等待登机的时间，他在机场商店为陈蕾挑选了一顶白底红碎花的帽子，雷朋墨镜，一个LV的小包。刘亦然不由面露尴尬，三件商品价值超过一万元。他在心里算了算，这是多半年的工资。他并不吝啬金钱，为了陈蕾，一切当然值得。但问题在于，刘亦然的存折在家中第二层抽屉里，远水不解近渴。

售货员微笑着接过王也的信用卡，正在开销售发票。

王也道："谢谢，我不要发票。"

刘亦然忍不住了，接口道："小姐，请开一张发票。抬头就写个人的名字。"说着，他从挎包里拿出纸和笔，匆匆写了一张借条，塞到王也的手里："回京再还给你。"

王也笑道："刘记者，你不要误会。王会长为了感谢你们的帮助，临行之前就已经特地交代过，此行一切费用全部由基金会承担。我为陈小姐选的这些商品，没有别的意思，只是更符合此行的身份。"

陈蕾也笑了，定睛看着王也，道："王也，我看你才是误会。亦然他要不付钱，我就不要了。"说着，她将LV小包往柜台上一放，碎花小帽一摘，黑色的长发披散肩头，侧身看着刘亦然，眼角笑意如月光在夜空流泻。

王也接过借条，很绅士地道："那恕我失礼，暂且收下。"

刘亦然也看着陈蕾。她颇有深意地冲着他一笑，眼神交接处，看到她向王也处不经意地侧了一下，刘亦然瞬间明白了她的意图。两人不由都是一笑。

直至上了飞机，空乘人员引着陈蕾和刘亦然进入头等舱，一切安顿下来，两个人开始窃窃私语，小声欢笑，不绝于耳。刘亦然看王也的眼神分明是在向他抗议，无声地诉说："你们两个人，是在取笑我刚才的行为吗？"

片刻之后，王也实在无法忍受，起身和空乘人员商量，换到了头等舱最后一排的位置，要来一副耳机，听着音乐闭目养神，只管睡去了。

三十分钟后，波音飞机进入了三万米高空。陈蕾轻声道："王也去后面了，我们小声说话，他听不到。亦然，我一直没有和你说过陈家的事情，因为我也是在香港听悍匪的讲述，才知道陈家祖先过往的。"

刘亦然道："那你妈妈呢？她也不知道吗？"

"亦然，在那么危急的情况下，妈妈能说什么？"陈蕾的神情落寞，"不过，我在知道陈家的事情时，倒是想起一件事，爸爸从小就教我修复古董、辨别真假，也是有原因的。"

刘亦然转过头看了一眼最后排的王也，他睡得正香，甚至能够听到轻微的打鼾声，这才说道："你这手临摹的功夫，都能赶上原作了，那时我就知道，你们家非等闲之辈。"

陈蕾笑了，在刘亦然肩膀上轻轻捶了一下，道："你猜错了，该打。我学的这手功夫，在三百多年前一直就有。那七个家族各掌握一门技艺，不可私相传授，违者群起攻之，难说没有灭族之祸。也因此各方才保持了平衡。"

"那其他家族呢？"刘亦然问道。

"悍匪在香港时亲口说过，护宝世家七门绝技，四门失传。气门、宗门、藏门、典门到底指的是什么，现在没有人知道了。仅余三门，斗者一门，勇者为先，先祖为锦衣卫奉天司麾下，赵义当时亲口承认，他是斗者一门后人。"陈蕾接着轻声道，"陈家一门，描真无假，辨宝明物，祖先供职司礼监。堪舆之术，正是江西李家，原为明朝钦天监属下天文生，我们去找的李小军，正是这一门的后人。"

两个半小时后，航班平稳地降落在南昌机场。王也在机上眯了一觉，下飞机时显得精神气十足。刘亦然和陈蕾在后，他在前，倒也不计较。不过不知为什么，他走过了四辆出租车，并不理会司机热情的揽客，而是直接坐进了第五辆出租车。

司机殷勤地打开车门，刘亦然和陈蕾坐上了后座，这才意识到，王也非常谨慎，他不知道对手是否会派人来内地。避开前四辆出租车，正是出于这方面考虑。如此说来，接下来的行程，他们只能一切小心行事了。

挂挡，踩油门，司机打了把方向盘，避开排队的出租车，驶向机场外的公路。

车开了十分钟，王也道："你也不问问我们要去什么地方，你拉上我们就走？"

司机笑了，道："你没看到吗？前面四辆车的司机眼神都能把我吃喽。按规矩，上一辆坐上乘客，下一辆才能拉人。你们直接坐到我的车里，他们能没有意见吗？再待下去，我这车想走也走不了。对了，你们要去什么地方？"

"兴国万安村。"

司机一听就笑了，问道："你们三个，看这打扮，是从南边来的吧。也是跑到万安学风水的？还是请风水先生？"

陈蕾来了兴致，问道："你怎么知道？他们两个人的脸上写字了？"

司机乐了，按了一下喇叭，得意地道："我就是万安村的人。从机场去万安村的客人，十有八九，要么看风水，要么学风水。敢说你们有例外？"

刘亦然不置可否，笑了笑，问道："这个万安村有什么名堂？

据你说来，居然能吸引这么多人？不知这里的风水先生手段怎么样，看得好不好，是不是有传说中那么灵？"

路途长远，久坐无聊，刘亦然的一句话，让司机话口张开，犹如泉水盘山过林，永截不断。

江西兴国万安村，六百多户，专职风水先生四百余人，平均每一家半便出一名跑风水的。祖师爷是杨筠松，原为唐僖宗朝国师，官至金紫光禄大夫，是唐朝著名的地理风水学家，因为用地理风水术行于世，使贫者致富，所以世人称其为"救贫先生"，后人由此称其为"杨救贫"。

他因避黄巢之乱，便携秘籍弃官云游天下，想找一块吉壤定居，后来到了万安这块风水宝地，便搭草寮居住下来，广纳弟子，传道授业，创建了风水形势派。自唐、宋、元、明以来，从这里走出了许多风水先生。

尤其是明朝，历代先生均有供职于钦天监。明朝开国皇帝朱元璋建南京城、后来永乐皇帝迁都北京，紫禁城的修建，明十三陵、明长城，均是由万安风水先生择的宝地。

万安村自此以风水知名，来自东南亚、港澳台甚至欧美的风水爱好者也来万安村，找个旅店住下，请先生，观地理，学风水。

风水，行业内正式的名称为堪舆学，民间俗称看风水。想弄明白什么是风水，要从为什么请风水先生讲起，从古至今，上下两千年，不外乎三类人：掌握权势者、拥有财富者，以及生活工作等方面出了问题的人群。

所求的,无非一平安、二人丁、三财富、四升官。

司机最后总结道:"很多来的客人都问,什么是风水?简单来说,就是帮福主选地方,阴宅、阳宅、风水局,所谓相地之术,不是奇门遁甲,也不是跳大神,更和各种稀奇古怪的仙术没有关系。"

陈蕾道:"那你们村里的风水先生有什么规矩?"

司机按了一下喇叭,又打开了话匣子。

万安村先生出门看风水,先在家里拜祭杨公。按老规矩,年初的时候,按皇历算出哪些日子是八座日,就是对风水先生本身有忌讳、有损伤的日期,八座日不开罗盘。农历十一月期间不看,阴天、有雾的天不看。一天之中,早上六点后、下午一点前,是看风水最好的时间。阴宅则是下午一点以后可以看。

万安村的规矩,传男不传女,传内不传外。学风水,还看天分,有的人一眼就能看出布局,有的人讲一天也不明白何为山形地势。万安村中,家家户户都有祖辈留下的风水相关书籍。这些就成了风水先生的不传之秘,传承之间,学到的仅是家学。

刘亦然笑道:"司机师傅,你说得天花乱坠,那你是不是也会看?"

司机笑道:"家里倒是有三四百条风水口诀,我可没从头背到尾。左青龙,右白虎,前朱雀,后玄武,中间勾陈土。峰主丁、天主贵、水主财,这些我知道,但一到实地看风水,没天资,看不出来。"

虽是万安村里人，司机却不会看风水。据他说，他家本是两兄弟，他自认没天分，爷爷不愿意教，弟弟悟性高，爷爷带着他常去外面跑风水。虽然如此，但生在风水村，就算是不教，家里大小常情也能接触不少知识。

比如清明节扫墓，家族人聚齐，到了家族墓地，长辈看一看，说："这个地方土太高了，要铲掉。那个地方的树，要换个方位。"话里言语便是风水。

从小耳濡目染，不会看也能讲出几句风水经，何为壬山丙向兼亥巳，何为金蛇挂树形，穴位点在蛇的七寸，院门丙方正是蛇口，壬山兼子向。

司机说到这里，不由叹了一口气，道："现在请风水先生的人多了，挣钱，我也想去看。可我也会想起爷爷的话，要是你没有学会，就不要去害人；你学会了，再去跑。你懂得就去做，不懂就不去做。我小学五年级没有读完。四十五了，再拿起书，看不了，只有死记硬背，记忆力又差，心里没底。爷爷的话犹在耳边，担心自己没学好，看风水害人害己，没有多大勇气学。"

陈蕾不由笑了，道："你这司机师傅，倒也实诚。"

司机也笑了，道："有钱，谁不乐意挣？我只懂一点毛皮，往深了说，我还没有那个本事。上千年的风水术，多少代人了，在村里就是个吃饭的手艺，养活万安村男女老少数十代人，这是事实。话说回来，万安村也没什么其他资源，土地少，靠山山不多，靠水水源浅。只有老一辈的传承这点东西了。"

第五章
万安李家

针灸铜人,初见于宋,《太平圣惠方》里记载翰林医官王惟一曾制铜人两具,高度与成年男子相近,人形正立,两手平伸,掌心向前,和青铜盘所刻一模一样,分毫不差。

宋天圣针灸铜人,共标注三百五十四个穴位,这些穴位与人体经络相连。青铜盘纹样上的突起物,代表的是人体三百五十四个穴位,此又与铜盘所刻相同。更为奇特之处在于,五行循环结构纹样隐藏着更大的秘密。

赵劲夫说到此处,也不免有些激动,他指着铜人纹样道:"你们看,这里有七颗明显大于其他突起物的纹样。"

王峰失声道:"北斗七星!"

赵劲夫道:"不错,最大的一颗突起,是北斗七星中的第六颗星,开阳。你们再看,以北斗七星为坐标,你们看到了什么?"

王峰道:"赵教授,你就不要再卖关子了。恕我直言,在文物符号纹样方面,你的见识远远超出我。张馆长和你是同学,他自然明白你接下来要说什么。"

张禾脸上露出尴尬的神情,道:"王会长,我倒是想接茬儿说话,可是才疏学浅,力有不逮啊。再说了,劲夫的学识,我必须承认,不仅是超过我,在我们四十来个同学中,他排第二,没人敢自称第一。这也是为什么他年纪轻轻,不过三十岁年纪就能成为副教授的重要原因。他要没点本事,符号文化研究所怎么可能聘请他当副所长?说起来,在所长职位归属未定时,就他一个副所长,一切还不是由他说了算。"

这半是严肃半开玩笑的话,让赵劲夫不由哈哈大笑,道:"你不损我,你浑身难受。"

张禾正色道:"我没有一点嘲讽你的意思,我确实是不知道,我要知道这是北斗七星,你这所长位子就是我的了。还坐标?我真没看出来。"

赵劲夫收敛笑容,将青铜盘半侧面向张禾和王峰,道:"北斗七星为坐标,在《黄帝内经》中说的是时空中的南北子午线,正是以此为依据,《黄帝内经》计算人体气血的规则。也是以此为核心,中国古代医学解释了人体生命规律。"

"你们再来看,"赵劲夫示意,让王峰将方才那张拓印有纹样的纸拿过来,比对到太虚图之上,手指向铜人五官,道,"你们看这里,沿此而下,口、鼻、眼、耳……"

王峰双眼紧紧盯在拓纸上,口中喃喃自语,终于道:"没错,太虚图,即太极图。易有太极,始生两仪。两仪生四象,四象生八卦。赵教授，铜人五官，口、鼻、眼、耳等等，分别合辙太极八卦。"

听到王峰的回答，赵劲夫略显惊讶，他没想到王峰能够看出来。他又看向张禾，张禾道："我也说上两句，不知道说得对不对。铜人叠加至青铜盘另一面，结合成为太极八卦，头部的位置是乾，腹部的位置是坤，眼睛离位，耳朵坎位，丹田是震位，鼻子是巽位，艮位是背部，口部则是兑位。"

话至此处，张禾忍不住重重地叹气道："唉，看来是我们眼拙了。这件文物，单只一面分别来看，完全不知道是怎么回事，只是普通的事物。劲夫兄，你通过文物符号纹样分析背后的意义，两面叠加在一起，方才显出这件文物的价值所在。这一体两面的设计，真是奇妙绝伦，世间罕见。看来我们把青铜盘定为普通文物，是学识欠佳、定位不准啊。"

王峰向赵劲夫竖起大拇指，道："真是完全没想到，一件普通的青铜盘竟隐藏着这么多秘密。赵教授，果然名不虚传。"

赵劲夫微微一笑，道："中国古代文物上的符号纹样含义复杂，背后其实是中华文明五千年思维最初的体现。古代先民，他们把对世界，甚至对宇宙的理解，通过一个又一个神秘的纹样符号，留在了我们今天看到的各种各样的文物上。"

王峰转向张禾道："张馆长，我们此次寻找这件文物，是准备筹办一场关于中国古代科技文明的文物展。这场展览在香港国际会展中心举行，我们基金会将收藏的文物和故宫博物院的一些文物合并展出。所有文物,都和中国古代科技文明有关。今天,我们在贵馆看到的这件文物,与中国古代医学有密切关系。我有一个不情之请,如果可以借展,不仅是对中国古代科技文明的丰富呈现,也将会轰动国际的。"

张禾道:"中国古代科技文物展?在香港展览?什么时间?"

王峰道:"五天之后,我们还有时间。而且,我们将邀请三位贵馆的工作人员前往香港参观。哦,对了,参展的所有费用由基金会提供。还有,为了感谢贵馆对展览的支持,我们将依照惯例,另外提供一笔捐款,以支持贵馆的文保工作。"

张禾想了想道:"这个我得向馆长请示一下。你们稍等。"

片刻之后,一位五十来岁的中年人由张禾引着来到办公室。握手寒暄之后,这位博物馆的一把手同意了借展的请求,并答应明天办理相关手续。

王峰道:"多谢馆长的大力支持,只是展览在五天之后就要召开。能否尽快办理?如果能够让我们今天稍晚些时候办完手续,带走这件太虚铜人盘。我们将保证原物归还,感激不尽。"

馆长闻听不由一怔,问了一声:"这么急?"张禾低声耳语了几句,临时电话请来两位副馆长,四个人沟通半响。

张禾道:"最快下午三点,你们可以办完借展手续。但是我们有一个条件,如果王会长无法接受,那么,这件文物我们不能交给王会长。"

王峰额头微微出汗,看向赵劲夫。赵劲夫明白王峰的意思,不能将受悍匪威胁的真相告诉张禾,而拿不到一体两面太虚铜人盘,悍匪随时会炸毁文物。真是进退失据,一时两难。

真相,说,还是不说?

刘亦然留神看王也,他一直沉默不语,和在飞机上一样,靠着副驾驶的座位,拉起安全带,闭目养神。

于是,他提高了声音道:"那你们万安村里这么多风水先生,请风水的人又多,一定很富了。"

司机哈哈大笑,道:"富?坐在家里,双手一招,口中念念有词,钱就从天下掉下来了?风水先生是神仙啊?没那回事。"

二三十年前,万安村的村民几乎没人从风水中得益。那时候没人敢公开谈论风水术,整个村庄不承认有风水先生,似乎这门技术从来没有存在过。那时看风水是封建迷信,谈论风水,后果很严重,那是违法。

无奈村里地少人多,一人三分薄田,十口人打下来的粮食省着吃小半年,到二三月准断粮。肚子吃不饱,只得偷偷给人看,请风水先生的人家也没钱,只换得一两斤粮米给家人果腹。

司机道:"白天不敢看,凌晨五六点,天刚蒙蒙亮,我爹被村里人请去看阳宅,正拿着罗盘定位,没注意村里干部来了。七八个人围上来,那时候我才六岁,就瞧着爹被工作组拉走了。害怕,惊恐,我回过神来跑回家,我娘听到消息,呆了半晌,只说了一句,罗盘拿去就拿去吧,人能回来就好。直到傍晚人回来了,罗盘没收了,被严肃批评教育了，乡里乡亲，也没太难为人。"

刘亦然装作不经意地问道："李小军，他们家看得准吗？"

司机从后视镜里看了刘亦然一眼，问道："你要请的风水先生是李家？你姓什么？"

刘亦然一时有些疑惑，问道："我请先生，难道还要盘问户口吗？"

司机脸上露出笑容，道："老板您误会了，因为李家与别家不同，我知道你们姓什么，才能接着说下面的事。"

刘亦然注意到，司机话刚一出口，王也就睁开了眼，转头看着司机。

对于司机的话，他更觉得莫名其妙：找一个人，还要问姓什么？若是李小军来问，还算情有可原，一个素不相识的司机也要问姓名？他心里想着，还是道："我姓刘。"

司机喃喃道："你姓刘，刘姓，恐怕你要白来一趟了。"

"为什么？李家不给姓刘的人家看风水？"王也终于好奇地问了一句。

江西万安李家，在村中无人不知。六十年代，李小军的爷爷天天挨批斗，熬不过去就搞了点毒药包在纸里，藏在枕头下。晚上躺在床上彻夜难眠，手里拿着毒药包，摸来摸去，纸皮破了一层，又包一层，包了一层，又破了一层。实在难受的时候，想着不活了，最终还是没舍得。

谁也没想到，到了八十年代，老先生再次拿起了罗盘，这时候,万安村风水先生出去也没人说了。

那年李小军他爹还年轻,家里兄弟姐妹三个,唯独他跟随父亲学了风水术。出门看风水,去哪里?李家爷爷拿出信来,祖先曾有人去了北京,他们那边的后代在八十年代初特意写信过来,邀请万安村李家先生前去。当时村里的风水先生,都是这样出去的。

司机越讲越兴奋,八十年代的万安村,每家每户,都有一封封信摆在桌上,昏黄的灯光下,一家人静静地看着。几经商议,出门看风水,先到村大队开证明,说到外地探亲,拿了证明,才能到粮店换全国粮票。

那时候,村里七八十个风水先生,人人手里拿封牛皮纸的信,上面写清地址,广东、福建、浙江、河北、河南等等,拎着包,里面装上罗盘、换洗的衣服,单人独行出门去了。

从万安村走路一个小时到梅窑镇乘坐班车。车来了,人人叮嘱:"出去脚踏四方,方方吉利。"

村里女人只说一句:"年轻人走自己的路,睡自己的床铺,不要乱来。"

李小军他爹曾说过一件事。他娘在他裤腰里缝了三十九块九毛九,有零有整,图个吉利。花的时候,提前取出来,一碗稀饭三分钱,一根油条四分钱,中午吃点好的,一碗肉面,不过二两粮票两毛钱。一晚大车店,管开水管铺盖,花费两毛钱。汽车倒火车,火车倒汽车,五天之后,到了北京大兴。

按信上找到地址,福主一看,是故人之子,祖上曾来此地看风水，做阳宅，他们现在仍住在先生择的宅子里。吃完饭，福主接着李家人在村里转，问他哪个宅子好，哪个宅子孬。一三五七答上来了，福主点点头，这才为他介绍生意。看一个阴阳宅，一般六块到二十块，做个风水局，收费一百至二百不等。

一家一家看过去，一村一村转过来，一县一县跑过来，李家人在北京待了七个月，农历三月出门，九月这才转回家，回到万安村。正值割稻田野，出门在外的风水先生全回来了，谁挣到了钱，第一件事，就是盖房起屋。

李小军他爹挣了六百多块，给父母，父母不要，说："这是你挣来的，留着花。"后来父亲做主，经全家商量，在老屋附近给他盖了两间新房，和之前六百斤谷子做聘礼从外地娶的媳妇搬去过日子了。

司机说到这里，似乎有点迟疑，刘亦然催了一声，这才又道："万安村看风水，福主请，先生至，李小军他们家却不同。他们李家，从明朝开始，到现在三百多年了，祖辈只给六姓福主看风水。这六姓人家，养活了他们祖辈三百年。"

刘亦然听到这里，忽然有点明白他接下来要说的话了。王也不由转过头来，看了陈蕾一眼。

果不其然，司机道："世代只为六家服务的风水先生，在村里只有李小军他们一家。也正因如此，村里名气最大的，也是他们家。不管你怎么说，出多少钱，多大的官，除了这六家人，李家谁也不看。所以你们说来请李小军家看风水，我第一个要问的，是你

89

们姓什么。姓名不对，人家李小军家金贵，不给看。"

陈蕾不由好奇道："他们李家有这么神吗？"

司机晃晃脑袋，道："有一次李小军他爹喝醉了，说了一件事，有一次，他家祖先被请到北京，为一家古玩店测风水。那家老板只提了一个要求，防火。这家老板人有名，在前门开了一家门脸儿，名叫清古斋。"

前门大栅栏，清古万向斋。

刘亦然看向陈蕾，她的睫毛似乎颤了一下，于是轻轻握住她的手。陈蕾手一动，眼睛看向他，示意无事。

清古斋的古玩仓库，一年烧一次，年年失火，每次发生火灾，清古斋主据说不急不躁，甚至每至火情发生，他带着家里人，安排伙计，搬了板凳，安置方桌，张一元茉莉花茶一泡，请来好友，一起观赏熊熊大火。

每次烧完，清古斋主都会请来左邻右舍，若有连带烧着损毁的按价赔偿。清古斋财大气粗，但是其他商家仓库受累，买卖生意没法做，于是一齐要求请人来看风水，否则，对不住，清古斋仓库去找其他地方，哪怕是告到衙门，也不能容他。

别人请来的风水先生，清古斋主不要。他一封书信请来了万安李家人。李家人来到京城，勘察了仓库，重设风水局，自此之后，再没有火烧仓库之事了。

刘亦然听得入神，不由问道："李家人真有这么厉害？李小军的父亲怎么说的？"

司机边开车边忍不住笑起来，似乎在他的记忆里，这是一件让人失笑的事："当时村里人好奇，追着问李小军的父亲。他大着舌头说，我家祖先给出的风水建议很简单，仓库附近的建筑形成风口，风道直接面对仓库。夏日无风三尺浪，退无可退，有点火星即着，火借风势，越烧越大。把风口理顺，风势渐缓，有火也烧不起来。"

"恐怕没这么简单吧。"刘亦然不置可否。

司机道："你说得没错。连你都不信他的解释，万安村里到处都是风水先生，怎么可能会相信？"

陈蕾道："那他是怎么解释的？"

司机哈哈大笑，道："他啊，李小军他爹啊，正要说，被他老婆一把揪住耳朵，直接踹了三脚，一路打回家里。第二天再见到他，问起这件事时，他宁肯自己打自己的嘴巴，也不承认说过这些话。还有，他自那次之后再也没喝过酒了。"

馆长、张禾及其两位同事笑眯眯地坐在沙发上，端着茶杯喝着。他们的镇定只说明一件事，如果不满足博物馆的条件，即使涉及崇祯三千七百万两白银的太虚铜人盘就在眼前，王峰和赵劲夫仍然会空手而回。

张禾提出的要求，让王峰一时难以作答。张禾道："我们支持在香港举行的展览，这也是向世界介绍中国悠久灿烂的古代科技文明。但是王会长啊,你们借走的文物,如果按照正常手续,就算是加急加快,各方大开绿灯,那也至少需要一周的时间。"

王峰面露感激之色,道:"张馆长方才所讲合理合情,这不是现在情况特殊嘛。"

张禾笑了,道:"理解,理解,所以啊,王会长,你们想尽快借走,我们馆长临时召开了办公会,为配合香港展览的日程,最后商定可以尽快办理借展,但你们要提供担保。并且,我们希望不是个人担保,而是由王希贤文物保护基金会出具担保凭证。"

王峰想了想,道:"既然馆长召开了会议,是集体的决定,我们当然理解。不过,请各位给我一些时间,我要向王会长请示,说明实际情况。"

馆长道:"王会长需要请示,我们提供一切条件,电话、传真,除了不能给你派架飞机现在飞回香港,其他的事情,我们完全配合。"

说完馆长和其他班子成员起身告辞,留下张禾招待赵劲夫与王峰,按照王峰的要求,找了一间有国际长途电话、传真机等设备的办公室。

让王峰一个人在屋内打电话,赵劲夫扯着张禾的肩膀低语了几句,张禾不解地道:"现在这个时候,你不说帮忙,还有这个闲心?"

赵劲夫道:"老同学,你要不送我去,我自己开车去。不过是费点事,我下车打听,也不过是打开车门,下来问声路。"

张禾呵呵一笑，道："我真是服了你了，还真是任他风急雨骤，你是闲得脚后跟痒痒。行，我送你去？多久以后接你回来？"

六个小时后，张禾接上赵劲夫，再次回到博物馆。办公室里，一只特制的铝箱装着太虚铜人盘。海关、文物局、博物馆等相关部门在场，馆长与王峰签字后握手合影，太虚铜人盘交到了王峰手中。

一行人告别，赵劲夫发动桑塔纳，王峰将铝箱放在后座，自己坐在旁边，喇叭声响，缓缓开出白海市，向天津方向驶去。

上了公路，王峰不由叹了口气，道："赵教授，这次能够拿到太虚铜人盘，难度相当大。只是，我在那里脑焦神躁的时候，你不见人影，能不能告诉我，你消失了六个小时，到底去了什么地方？"

赵劲夫从后视镜里看向王峰，看脸色看不出他是真恼火还是假生气，于是笑道："王会长啊，我要去的地方非常重要。不过，王会长真是手眼通天，短短时间，竟然能办妥所有手续。"

王峰左手拍了拍身边的铝箱，道："赵教授神出鬼没，犹如天外神仙，哪里知道我们这些干事情的人的苦，虽然都姓王，但我是副会长，不是会长，以基金会名义向外担保的事，我是有责无权，做不了主。"

王峰一边抱怨一边道，他和王希贤通电话，第一时间得知悍匪再次炸毁了基金会价值二十二万港币的颐和园旧藏粉彩百瑞尊瓷器。王希贤在电话里咳嗽声连连，告诉王峰，情况越来越危急，稍不如意，对方根本不容人商量。这给了基金会非常大的压力。

王峰将这边的情况汇报给王希贤，王希贤不知与谁小声商量，随后告知他将会与白海市政府相关领导沟通。如果顺利，稍后会有人直接联系他。

五个多小时后，市政府一位副市长带着相关部门来到白海博物馆。两下里沟通，王峰这才了解到，因王希贤文物保护基金会曾于两年前捐款，这次他打电话给当地一位主管文保的副市长，详细说明了因由，并言明将按照相关政策提供担保，只是希望手续快一些。传真机传过来担保法律文件，完成文物借展相关手续，王峰这才借走了太虚铜人盘。

王峰道："赵教授，这件文物的担保金额达到三十万港币。我想，你的判断最好是正确的。否则，若出现纰漏，基金会的信誉将遭受难以估量的影响。"

赵劲夫道："王会长，正是为了此事，我才消失了六个小时。我们破解了兽人炉、太虚铜人盘纹样符号的含义，但是，你肯定也想到了，这些信息目前并没有一条指向崇祯藏宝。"

王峰点点头，这也正是他的困惑。

赵劲夫接着道："其实，关于文物隐藏信息的真实性，我们都忽视了一件事，崇祯藏宝是真实存在的吗？如果真实存在，那么，这些文物所含的信息一定会指向某个藏宝地；反之，将不会有任何意义。所以，为了搞清这一切，必须要确认一个前提，如果真有崇祯藏宝，那最有可能的藏宝地在什么地方？以此反向推理，或许能为我们破解文物符号的意义提供帮助。"

王峰不得不承认赵劲夫的推理是正确的,连忙问道:"这六个小时,你得到了什么有效信息?"

张禾送赵劲夫去了白海图书馆,他翻阅了和崇祯末年有关的能查到的所有书籍、文献。他第一个需要确认的信息是,危机四伏之时,崇祯明明有机会南迁,他为什么不走?

崇祯十七年初三日,崇祯密召李明睿入宫。在德政殿内,崇祯皇帝第一句话便是问李明睿有何御敌计策。李明睿请皇帝屏退左右,提了一个建议:"危急存亡之秋,唯有南迁一计,可缓目前之急。"但是崇祯自己也知道很多大臣反对,就让他一定保密。[1]

此后,崇祯在朝上向大臣明言:"朕非亡国之君,事事皆亡国之象。祖宗栉风沐雨之天下,一朝失之,何面目见于地下!朕愿督师亲决一战,身死沙场无所恨,但死不瞑目耳!"

崇祯本意是有大臣劝解,南迁之策得以实施,未料想,没有一个大臣当朝提出此议,却有大臣愿代皇帝出征。南迁之议再次受挫。不得已,崇祯乃秘令天津巡抚冯元飙收集漕船,作为南迁之用,秘密停泊直沽口。

另一方面,崇祯多次秘令大学士陈演,请皇帝南迁。但是,陈演恐惧于劝驾南迁之罪,以各种理由推脱,崇祯一时无计可

---

[1] 《明季北略》卷二十"崇祯十七年甲申"记载,崇祯闻之,言道:"此事我久已欲行,因无人赞襄,故迟至今。汝意与朕合,但外边不从,奈何?此事重大,尔宜密之,切不可轻泄。泄则罪将坐汝。"李乃退下。

施。作为明朝皇帝,自己不可能主动提出南迁。明英宗被掳之时,瓦剌大军压境,谁动议迁都,遭万人唾骂,记于史册,丧国失土的罪名,哪怕是一国之君也难以承受,崇祯皇帝不得不自思何以处置。

崇祯十七年三月,李自成大军势如破竹,大同投降。消息传到京城,李建泰上奏:"贼势大,不可敌,愿奉太子南下。"

这是第一次有大臣公开劝说崇祯南迁。随后,崇祯皇帝召见百官,将奏疏拿出,遭到激烈反对,兵科给事中光时亨甚至以死谏阻,并公开声称,谁提南迁,必杀无疑,否则不足以安天下人之心。而正是此人,在李自成攻破北京城时,第一个率兵投降。

崇祯进退两难,只得表态将死守宗庙社稷。[1]自此,崇祯已知南迁必不可行,以身殉国才可保国君最后一丝颜面:什么地方也不去,国君死社稷,与京城共存亡,谁劝南迁,心中再想去,也不能去了。

赵劲夫道:"之后,李自成大军进军神速,自山西起不到两月就攻进了京城,崇祯根本没时间将大量藏银运至南方,更不可能留在紫禁城让李自成等起义军夺去。他的藏银之地,只能是在靠近京城之处。"

---

[1] 《小腆纪年》中载,崇祯言道:"祖宗辛苦百战,定鼎此土,贼至而去,何以责乡绅士民之城守者,何以谢失事诸臣之得罪者,且朕一人独去,如宗庙社稷何?如十二陵寝何?如京师百万生灵何?逆贼虽极猖,朕以天地祖宗之灵,诸先生夹辅之力,或者不至此。如事不可知,国君死社稷,义之正也。朕志决矣。"

城破之日，崇祯皇帝将太子朱慈烺、三子朱慈炯、四子朱慈炤急召入宫，命太监将他们分别送往外戚家避藏。此后，皇子们下落不明，引发了明末清初的"真假朱三太子"疑案。之后，崇祯又派宫女逼太后自缢，剑砍公主，最后在太监王承恩的陪同下，来到煤山自缢身亡。

消息于四月中旬传至南京。大臣们以崇祯三子难以寻觅，国不能一日无主为由，从各地藩王中选择，拥立福王朱由崧为帝，改元弘光。此后陆续有隆武政权、绍武政权和永历政权等，最终，南明政权均被清军所推翻。清军进入北京后，几个月内便占领了黄河以北的大部分区域。此时李自成撤向陕西西安，山东、山西、河南、京畿重地，几乎整个北方都为清朝军队占领。

赵劲夫继续道："南明政权，北有清军，南有张献忠，西北则有李自成大军，维持东南一隅已是艰难，更别提打向北方。崇祯藏银由南明朝廷取用，更无从谈起。更何况，崇祯皇帝当时将三子送出宫去，藏银作为复国之资，有皇室三子在，护宝藏宝者不可能将其交给南明朝廷。"

王峰点点头，听赵劲夫接着分析："随后清朝定鼎中原，政权稳固，直至清末民初，护宝者纷起内讧，不惜大开杀戒，争夺隐匿有崇祯藏宝信息的文物。近百年后，兽人炉在香港展览，被悍匪得知，这才有了这次事件。因此，依照我的判断，崇祯藏宝极有可能至今仍在，藏银所在地大概率在河北、天津一带。"

"按照赵教授的分析，我们这次来天津找丁鑫，他手上有一件文物……"王峰不由激动起来。

他停顿了一下，才道："丁鑫此人，五十二岁，据说中年之后才入商界，以批发小百货起家。1990年上海证券交易所开市交易，他是第一批涉足股票市场的人。以此淘得第一桶金后，他进入国际贸易行业，获利颇丰。这个人不同于别人，不仅有钱，而且会花，会挣钱，更会享受。他艺术天分极高，辨物识宝，堪称奇绝。自己也有一个小型博物馆，人称'津门第一逍遥寓公'。"

他看着赵劲夫，郑重其事地道："他心眼多得很。我建议，赵教授无论看到这件文物有多惊讶，破解出任何信息，话不尽说，给自己留些余地。"

赵劲夫哑然失笑，道："王会长心思缜密，我倒没有考虑过多。不过，你说的倒也在理。这次见到文物，无论有什么隐秘，我们两个人单独交流。"

第六章
花押之谜

车行了一个小时左右,司机指着前方道:"前面就是万安村了。"

此刻,车辆沿山梁而行,毛竹遍栽,郁郁葱葱,绿荫掩映下的村庄,俨然一幅太极图。远远望去,黄土崦犹如一座石桥,呈长条形,大头指北,小头指南。

听三人发出啧啧赞叹声,司机得意地道:"你们看到了吧,造型够奇特吧,也觉得很神奇对不对?这就是罗经吸石。古代的风水大师出行必备三件工具:罗盘、包裹、雨伞。祖师爷杨筠松当时就看出万安村是宝地,这块罗经石,如同一只罗盘啊。"

王也道:"你是万安村人,把我们送到李小军家,这一百块钱不用找了,就是你的。"

司机呵呵直乐,嘴角似乎要扯到天上,接过钱来放进上衣兜里,道:"你就算是不给我这一百块,我还是要把你们这些大老板送到地儿的。我们村里人不糊弄人,实打实地可是为老板服务到家。"

七拐八绕，车上了村庄道路。村口牌坊林立，都是历代皇家御赐，还真如司机所说，御笔题写匾额，或为礼仪之乡，或为德隆日盛字样。村落民居依水而建，蜿蜒如九曲黄河，一派水乡景色。青砖灰瓦，马头墙高耸，长空如载，恍若巨石向上，防风挡火。双坡屋顶，半露半掩，红砂石筑就漏窗，好一派南方俨然居家，天然自如景色。

　　司机道："你们这些大老板，可看出这些民居的布局了？你们看，形势派风水布局，在万安村民居中几乎每一家都能看到。开天门，闭地户，水口精致，可达天人合一的境界了。这下你们明白，为什么东南亚的老板们都来村里请先生了？"

　　说着，他轻轻一踩刹车，车停在了一间民居前。三人下了车，司机指着眼前的建筑道："老板，这就是李小军家，占据的是村里上好的风水宝地。"

　　王也那一百元人民币显然让司机对三人颇具好感。他不管不顾，把自己知道的李小军家的事全部讲给了三人听。

　　陈蕾倒也好奇，她实在没看出这所建筑和村中其他民居相比有什么特殊之处。

　　果然，司机热情地向陈蕾讲解道："这是龙龟，龙的头，龟的背，主吉祥如意，属于瑞兽。风水学上，龙龟常常被用来化却灾难。说来简单，在每个不同的风水先生手里，用法也不一样。李小军家的厉害之处，就在于龙龟的用法恰到好处，龙龟被放在三煞位。风水先生常说：要快发，斗三煞。龙龟在位，逢凶化吉。"

说话间,司机已经引着三人进了院子,叫了一声小军。只见一个二十五六岁的年轻人,着一套白色丝制衣衫,脚穿一双黑色布鞋,正在院子里轻捷走动,飘逸如仙。不知是不是没有听到喊声,他脚下不停,依旧走着奇怪的步子。

刘亦然看向司机:"他这是在做什么?"

司机没有回答刘亦然,却悄声对王也说:"估计你们不认识,小军这可不是随便走的,他以丁字步站位起始,出脚先左后右,步法如同锯齿,这叫十方飞天神王罡步。"

近前来似乎听到李小军口中念念有词,两手势如掐算,细听也还是听不清他念的是什么。刘亦然看向司机,他耸耸肩,小声道:"你听不清小军具体在念什么,我站在你身边,耳朵和你一样,也是听不清。不过,我倒是知道他念的什么。"

陈蕾道:"他念的是口诀。"

司机大笑。此时,李小军终于收势,过来和司机说话。司机向他介绍了三人,道了声谢,这才出门回家去了。

李小军将三人让进客厅,坐在方桌前的木椅上,转身进了屋。刘亦然看着他的背影,刚才他注意到李小军浑身大汗,白衣贴在身体上,那确实不像是随意走动,仿佛身体承受了万斤之力。

片刻,李小军换了一身衣服出来,短袖汗衫,蓝色长裤,白色运动鞋,手里端着一个托盘,上置茶壶茶杯。他沏了三杯茶,这才问道:"敢未请教,列位高姓大名?"

刘亦然还没有搭腔,就听陈蕾学着李小军的腔调道:"我们来自北京，我在故宫博物院工作，未敢妄称大名，姓陈名蕾。"

陈蕾名字一出口，李小军端茶杯的手一抖，茶水溢了出来，众人都能感觉到他浑身紧绷，一张脸瞬间变了。

刘亦然见此情景，不由心中暗暗叫声糟糕。瞧李小军的脸色，他可能知道陈蕾是谁。这两个家族因崇祯藏宝的恩怨，争抢那几件文物，看来他是知道的。王也一见李小军面色异常，同样非常紧张。两人彼此换个眼神，王也微微点头：若有不测，他来打，拦住李小军，刘亦然带着陈蕾快跑。

只听李小军冲着屋里喊了一声："娘，家里来客人了，您出来一下。"

人未至，声先闻，随着一声回应，一个五十岁左右的中年妇女到了客厅："谁来了，偏要我出来见见？"

李小军指着陈蕾道："这是从北京来的，她说她叫陈蕾。"说完似乎有点不敢看陈蕾一样，把头扭向了一边。

李小军的母亲不错眼珠地盯着陈蕾道："你真叫陈蕾？你爹是不是叫陈刚？"

陈蕾神色疑惑，但还是肯定地点了点头。

李小军的母亲三步五步几乎像冲过来一样，一把抓住了她的手。

刘亦然暗叫不好，喊了一声："王也。"

王也早已到了陈蕾面前，一把将李小军母亲的双手扯开，就势要推。李小军大喝一声，抓向王也。王也身形微侧，闪到一边，李小军的母亲就脱手了。

刘亦然拉起陈蕾的手正要往外冲，只听李小军的母亲大喊一声："我的儿，你这是要去哪里？"

刘亦然一怔，还没反应过来，只听李小军的母亲喝道："小军，赶快住手。"

原来李小军和王也眨眼间已过了两招，王也没想到，李小军和自己这三届泰拳格斗冠军得主交手，竟丝毫不落下风。

李小军的母亲道："我的儿，你爷爷是不是叫陈其美？"

陈蕾万万没想到，李小军的母亲竟然会知道她爷爷，不由点点头。

李小军的母亲接着道："你既然是陈其美的亲孙女，我的儿，你可是来了。小军，你快过来，她就是你媳妇。"

陈蕾一副茫然的神情，呆在那里，不知所措。刘亦然更是大吃一惊，不敢相信自己的耳朵。王也半张着嘴，看了看刘亦然，又瞧向李小军，最后目光落在陈蕾身上，这都哪儿跟哪儿啊？

刘亦然回过神来，知道中间肯定有什么问题，但是，王也的表情又分明像在问他："如果李小军是陈蕾的丈夫，那你刘亦然是陈蕾的什么人？"

刘亦然当然是陈蕾的男朋友，而陈蕾，按照李小军母亲的说法，却是李小军的媳妇。关键问题是，陈蕾竟然一时无法否认。如此错综复杂的关系被王也说出来时，赵劲夫和王峰一时都忘了自己的太阳穴上，还顶着两把上膛的五四式手枪。

五小时前，江西万安村这件吊诡的事发生时，赵劲夫、王峰两人正在天津。

丁鑫的私人收藏小型博物馆，位于天津市北郊，一栋三层深红色独栋小楼，被数排白杨树遮挡，绿荫团映，临街繁华处，好一个清凉幽静所在。行至楼前，深红色的砖墙，高悬黑底金字匾额，上书"雅昌集珍馆"，题写留名的是一位当世书法大家。

门前早有一男一女两人等候，引领赵劲夫、王峰进入楼内。宽阔的大堂，有百十平方米，黑金大理石铺地，明清家具闲置。透明玻璃内，一件件不知哪朝哪代的瓷器、字画、古玩高低摆放，灯光照射下，果真如小型的博物馆。

赵劲夫注意到，若是看累了，在每一个供人休息的座位上，均有小册子。封面是一件北宋定窑盘瓷器，看来是镇馆之宝了。内页正是丁鑫本人的经历简介，以及雅昌集珍馆的藏品介绍。

工作人员引领两人简单参观，随后引至三楼，奉茶焚香，请赵劲夫、王峰稍候片刻。五分钟左右，品茶一道，丁鑫来了。

握手寒暄间，赵劲夫只觉手上一紧，还有些微痛，丁鑫掌中之力超出他的意料。分别落座后，丁鑫开口道："王希贤会长在香港可好？听说最近他遇到一点麻烦。"

王峰笑道："丁先生耳目灵通啊，没错，我们会长夫人最心肝宝贝的罗秦犬丢了。会长本是宽解夫人，谁知几句话没说对，气得夫人要跳楼，好不容易哄过来了。"

"还是王会长会讨夫人喜欢啊。"丁鑫也笑了,又道,"也好,解决了家事,我们谈谈公事。还真是应了那句话,我们素不相识,也是有缘之人。如果不是王会长打来电话,向我提出要求,你们还真是看不到这件难得的宝贝。"

说着,丁鑫招手,叫来一个年轻的姑娘,姑娘转身离去,再回来时,手里托着一个朱漆大盘,放在楠木八仙桌上。

丁鑫道:"这就是你们要看的文物。咱们先看宝,再说价格。看对了,怎么也好说;看不对,再怎么说,也不如喝杯清茶,咱们交个朋友。"

一件押印摆在盘中,蹲龙纽,青白玉质,古朴端方。中间押字一枚,字体花纹繁复,遍布全印。

丁鑫道:"我请了几位古玩界的朋友,都看不准。两位怎么看?也让我长长见识。"

赵劲夫谦让几句,拿起来仔细看了看,道:"这件文物中间最大的纹样符号,实为崇祯御押。由草书写就,笔画交错叠压,虽怪异难认,但仔细看来,是为'国主由检'四字。围绕着崇祯御押,则是诸多不同的花押印纹样。"

花押印,如同一枚印章,最早大约使用于五代后周时期,文字、图案、纹样等相结合。有些花押印是以使用者的姓氏为核心的,周围刻有纹样,可以使用在文书或者是田亩契约上。

花押印也可以防止伪造公文。将印章从中间分为两半,一人一半,刻有不同文字花押,作为证据凭信。花押的目的之一,正是以其难以伪造的特性为凭据来防伪。

赵劲夫讲到此处，丁鑫面露微笑，道："哟，真没瞧出来，遇到个行家。单凭你认得崇祯御押上的四个字，也说明你不是泛泛之辈啊。王会长，这是你从哪里请来的高人？"

王峰介绍之后，丁鑫收敛起笑意，道："真是没想到啊，王会长为这件文物可下了血本，竟然请来了北大的老师。我这里尊一声赵教授，还未敢请教，你这眼睛毒，还看出些什么了？"

赵劲夫听了丁鑫的话，心中一动，道："丁先生，我这里说的，您早就知道了吧。在座的人中，我猜除了他，都知道这是一件什么样的文物。"

赵劲夫手指着王峰，王峰道："说得没错，我在香港也见过一些文物，也不至于到见宝不识、孤陋寡闻的程度。但是，丁先生所藏的这件宝贝，我还是初次听到，此前未曾见过。也请丁先生多多赐教。"

王峰的话，显然让丁鑫颇为受用，他说："这件宝贝，赵教授说得分毫不差，确实是一件花押。但这件宝贝和其他花押完全不同。我第一次见到时，还以为是件赝品，怎么是个四不像，但是仔细一看，还真是有一些讲究。"

丁鑫放下青花盖碗茶杯，走到桌前拿起花押，道："这件花押最初使人生疑，原因很简单，它不是一个单独的崇祯御押，又无法证明出自明朝皇宫，所以价值大打折扣。这上面除了崇祯御押外，还有这么多的花押纹样，看起来杂乱无章，围绕着'国主由检'四个草书字体。"

赵劲夫心中一动,仔细看着丁鑫手中的这枚花押。

丁鑫道:"赵教授讲得没错,花押的存在目的其实很简单,一为防伪,二为凭信,三为签名。尤其花押印不仅在皇宫使用,在民间各行各业,买卖、合同、票据、当铺、钱庄,几乎用在社会各个领域。"

他指着花押印道:"为什么说它是个四不像?你们看这里,一头猪的纹样。再看这里,一头羊的纹样。纹样中间有文字,里面是花押主人的姓氏。仔细数一数,这枚花押印中有十六个纹样。"

赵劲夫道:"是不是这些文字有什么讲究?"

丁鑫道:"还是赵教授机灵,不过天下的聪明人可不止你一个。我当时请了天津多位治印大家,他们在花押、治印方面研究了几十年。可着全中国,也找不到比他们更精通花押印的专家。我每人付了一千辛苦费,他们研究了一天一夜后得出结论,这就是一枚不知道哪家大商户,在某个喜庆或重要的日子做的一枚普通花押印。"

"问题在于,无论是什么人,就算是一个巨富商人,也是不可以用一枚皇帝花押印的。"丁鑫脸上笑意融融,眼眉一挑,接着道:"皇家之外,甭管你官多大,势力多强,有多少金银财宝,明末归明末,再怎么着,崇祯还是皇帝。既然是皇家御用私章,试问全天下除了崇祯本人,谁还有这么大胆子去铸造这枚青白玉花押?"

赵劲夫看了一眼王峰，他不动声色。

丁鑫接着道："王希贤会长从香港打来电话，特意交代说你们来看这枚花押。我虽然不是什么文化人，艺术造诣比不上赵教授，但我不是个傻瓜。人吃五谷杂粮，就算是不认得字，也有个世道教育人。这枚花押，没点故事，能够把你们千里迢迢地勾来？"

听到这话，王峰不由笑了："王会长怎么交代我怎么行动。他这个人，高深莫测，丁先生还不了解？我哪里敢去多问一句。我只是带着耳朵、装着眼睛，把我今天在丁先生宝地看到的、听到的，一字不差、一眼不少地向王会长汇报。其他的，王会长为什么要看崇祯御押，我还真是不清楚。再说了，它是不是真是崇祯御押，还在两可之间。"

丁鑫哈哈大笑，道："一张好嘴啊。王先生，王会长，我的王老哥，你话里透不出一点风声，还怀疑我这枚花押是假的。好，明人不说暗话，我现在就可以告诉你，这枚花押，还真不能保证是崇祯皇帝的。"

青白玉质的崇祯御押，被丁鑫抛起，又接住，掂了掂分量，这才又道："因为这枚花押形制不对。明思宗崇祯御押只有一方，青白玉质，蹲龙纽，印面长11厘米，宽9厘米，通高11.2厘米，钮高6厘米。崇祯帝《九思》，其上正中崇祯御笔朱文大印中间便是墨书崇祯御押，证明花押确实为崇祯私章。"

说至此处，丁鑫将它放在桌上，道："这枚花押，长11厘米，宽9厘米，高15.2厘米，明显少了许多，周围花押纹样遍布，中间崇祯御押,看起来如同群臣叩拜,怎么看怎么不像是随意所作。明朝还没有亡国,天下谁有这个胆量,敢去私刻崇祯的御押?"

丁鑫看着王峰,走过去热情地拍了拍他的肩膀,这才接着道:"另有一点,我的王老哥,恐怕你也想到了,你是个聪明人,只是不说罢了。说说吧,我看看咱们俩是不是想到一块儿去了。"

王峰微微一笑,道:"丁先生抬爱,我哪有什么其他想法。你方才所讲,我都是第一次听到。只不过,丁先生在讲的时候,我确实有些感悟。我们现在看崇祯御押很简单,并不复杂,去博物馆就可以了。但是,正如丁先生所言,在三百多年前,明朝还没有亡国,崇祯仍然在位,普通老百姓,甚至是一些明朝官员,也没有多少机会看到崇祯御押。"

丁鑫哈哈大笑,道:"所以啊,明朝未亡国的年代,谁会看到这枚花押?谁又敢冒杀头之罪,私刻皇帝御用私章?我一接到王会长的电话就知道,王会长看中的这枚崇祯御押,这里面一定有我不知道的内情啊。"

眼神一敛,丁鑫的神情严肃起来,他回身坐在太师椅上,端起茶杯吹了吹茶叶,喝了一口,闭上眼睛似乎是在回味普洱茶味,猛地又睁开眼,道:"很简单,你们既然来找我,那么,你们是知道这件文物的秘密的。假如说我的宝贝有秘密,你来了不告诉我,这够朋友吗?"

放下茶杯,丁鑫啪地一拍桌子,大声喝道:"不但不够朋友,明知不说,这是想蒙事啊。这就不是朋友了。"

话音未落，门外进来六个大汉，三人一组，将赵劲夫与王峰围了起来。

王峰倒也不急，反而招呼赵劲夫，两个人又坐回了椅子上。王峰端起茶杯，品饮一口，这才道："丁先生的话，远非待客之道啊。"

丁鑫怒道："你来我这蒙事，还有脸说我不尽地主之谊？"

王峰放下茶杯，眼睛都不眨一下，仿佛丁鑫的怒火是发在旁边不相干之人身上的。等到丁鑫的胸膛不再起伏剧烈，他才接着道："丁先生，我们两个人第一次见面？"

丁鑫仍未消气，哼了一声，并不答话。

王峰笑道："丁先生，气大伤身。我和丁先生，因王会长之约，头次见面，也是首次见到丁先生所藏崇祯御押。这枚印章，听你这么一说，我和丁先生的判断一样，里面是有一些隐秘的。丁先生研究了这么多年，请来津门治印高手，还未参透。我来此宝地还未过一个小时，丁先生觉得我能猜出多少？"

丁鑫也笑了，道："王老哥，你的话把我气笑了。你以为我真是傻小子吗？你把赵教授请来何干？听你方才所说，赵教授是谁？他是中国符号文化研究所的副所长，你请他来，不就是为了破解崇祯御押上的秘密吗？"

王峰脸色一变，一时没有说话。

丁鑫呵呵冷笑，接着道："怎么了，不说话了？王老哥，你说的话，要不是我研究这枚花押多年，差一点就全信了。你既然来了我这里，又是怀着叵测之心，你这么做，我也不用客气了。你们好好想一想，这枚崇祯御押到底隐藏着什么秘密。我给你们腾个地儿，想出来了，告诉我，你们平平安安走出这个房间。想不出来，也好办，让王会长来领你们离开。我倒要当面问一问他，朋友，是这么做的吗？"

说着丁鑫起身，六条大汉跟随，走出了房间。赵劲夫耳听"哗啦"一声响，淡黄色的木门锁紧了。两个人被锁在三楼的房间，左右四顾，这才发现，房间竟然没有窗户，那扇锁住的门，是唯一的出路，显然这是一间密室。看来丁鑫在请他们进来时，早就想好要如此行事了。

王峰苦笑道："赵教授，你要是没有破解出来，我们还有一线生机。如果你破解出来了，我们就死定了，丁鑫不会放我们走的。我猜，车里那件太虚铜人盘也已经让他拿到手了。现在，你快告诉我，你没有破解出崇祯御押隐藏的秘密吧？"

赵劲夫脸色一变，叹了口气，道："王会长，我还真是破解出来了。"

王峰不由"哎哟"一声，道："真是没想到，'聪明反被聪明误'这句俗语，应到我们身上了。你怎么就破解出来了呢？丁鑫请来全中国最厉害的治印方面的文物专家，花了一天一夜，也没有破解出来，你站在这里没有六十分钟，你就破解出来了？"

赵劲夫也苦笑不已，道："丁鑫请的是治印、花押方面的专家，他怎么会想到，请来全中国最顶尖的印章专家，也是破解不了这枚御押的秘密的。因为，这枚崇祯御押，实际上是一种汉字寓密系统。"

王峰不由一惊，道："汉字寓密系统？你是指这些花押字？"

赵劲夫道："这其实不是花押字，这是明代谜格。"

明代盛行灯谜，无论朝野庙堂，文人雅士常制作一些灯谜，猜制特定的规则与格式，称之为谜格。常见的谜格有千秋格、卷帘格、双钩格、皓首格、徐妃格、梨花格、回文格、媚头格，等等。

"谜格规整，射谜娱乐。崇祯御押上的十六个字，丁鑫以及他请的那些专家忽视了一点，并不能以现在的文字含义去理解。"赵劲夫道，"我在白海图书馆查询相关文献时意识到，所有的文物，都不能以现在的语境去理解内在的含义。那个时候，我觉得无论文物的信息包含着什么秘密，一定指的是三百年前的事情。"

王峰恍然大悟，道："是的，你说得没错。丁鑫也是一个聪明人，他没有想到这件事，是因为他把所有的注意力都聚集在了花押上。这也是他出现判断失误的重要原因。"

赵劲夫点头称是，道："如果我们以三百年前明代的语境来理解这花押，其意义和现在不同。正如我们现在学认简化字，有《新华字典》作为指导。三百多年前的明代，也同样有一本字典，指导人们认字学习。"

朱元璋开国之后，仿周礼治天下，凡礼乐文物咸遵往圣，赫然上继唐虞之治。于是车同轨，书同文，成为朱元璋的目标。他决定向世人颁布一部字典，参酌九经子史，考订前贤之失，辨正殊方之讹,下令宋濂、乐韶凤等"以中原雅音为定"编写《洪武正韵》。

朱元璋期望这部字典能够洗千古之陋习,成为天下百姓人人能够明白、理解并且在生活中使用的韵书,可谓"正音"之始。明朝开国皇帝的气魄,已经试图超越秦始皇了。

主持编撰者宋濂在《洪武正韵》序言和凡例中表示,为这部明代御定韵书,先找毛晃、毛居正父子编写的韵书《增补互注礼部韵略》作为参考。朱元璋对此行为极为恼怒,他要的是开天下之先的字典,不会容忍借宋人字典编著之事。

皇帝不满意,下令重新校正。但天下之先,何其之难,事实上还是借前人所修文本,重修之后,刊行天下,成为明代官方定名的标准,由此全国所有使用文字的场合,必须遵守《洪武正韵》所列文字规范。

问题在于,明朝十六帝,享国二百七十六年,至崇祯皇帝自缢于煤山,《洪武正韵》文字不能为民间认可、广泛使用,只在明代官方机构的文档中使用。明人文献多记载此事,其中明乔世宁撰《丘隅意见》曾记道:"《洪武正韵》又止用于奏章,而生徒未尝遵守,学官无所驳正。"

赵劲夫讲至此处,王峰道:"你的意思是说,这十六个花押字,所依字例,是《洪武正韵》?"

赵劲夫道:"没错,你听我慢慢讲给你听。"

两人的声音越来越低,半响,赵劲夫高声道:"王会长,你现在明白了吧?"

王峰还没有作答,只听到开锁的声音,屋门开启,丁鑫在前,六条大汉紧随在后。王峰还没有来得及说话,只见丁鑫一抬手,六条大汉近前,分别掐住王峰与赵劲夫的胳膊,直接拖到八仙桌前,把茶杯及崇祯御押拿开,把他们的脸直接压在桌上,两个人的太阳穴被两支五四式手枪顶住了。

丁鑫呵呵冷笑,道:"你们两个人,鬼花样真不少。你们以为说到一半,什么谜格,什么《洪武正韵》花押字,破解了崇祯御押的秘密,我就可以和你们坐下来商量商量?少做梦了,很简单,把知道的全说出来,有半个字不对,一个字,一根手指。"

赵劲夫、王峰整个身子被压在八仙桌上,两个人的手都被大汉紧紧拽住,闪着寒光的尖刀在二十根手指上比画,两个人的中指被尖刀轻轻划出一道又一道白色的痕迹,一丝鲜血慢慢渗出,流向桌面。

丁鑫道:"我这个人,非常痛快,有恩报恩,有仇报仇。你们两个拿我当傻子玩,我也拿你们当个靶子耍一耍。左右的,你们听好了,只要他们两个人说得不对,我眉头一皱,先砍指头,再把脑袋给我一枪崩出豆腐脑来。"

两支五四式手枪哗啦一声上膛,顶在赵劲夫、王峰的太阳穴上。危急时刻,只听一个女人的声音传来:"丁鑫,你给我住手。"

赵劲夫听得声音熟悉,接着便看到陈蕾、王也、刘亦然,还有一个小伙子冲进屋里。

丁鑫看着这一行人,指着说话的女人问道:"你是谁?"

那个小伙子抢先道:"她叫陈蕾,是我媳妇。"

赵劲夫、王峰听到这话大吃一惊,不由看向陈蕾。奇怪的是,陈蕾竟然没有反驳,刘亦然却说道:"她叫陈蕾,她是我女朋友。"

丁鑫显然也被搞糊涂了,指着陈蕾分别问两人:"她是你老婆,她也是你女朋友?"

王也道:"你们都没有听错,他真是陈蕾的丈夫,而刘亦然,也确实是她男朋友。"

丁鑫更加疑惑了,看了看两个男人,又看了看陈蕾,沉声道:"谁是谁的也不行。今天要是没个好结果,你们谁是谁的老婆、老公,都走不了。"

陈蕾不慌不忙,道:"你要真敢开枪,我明白无误地告诉你,你丁鑫,就是个无耻小人,负义之徒。"

丁鑫大怒,从大汉手中抢过手枪,枪口指向陈蕾的眉心,呵呵冷笑道:"姑娘,我不知道你是何方神圣,但今天你若是不讲清楚,明年今日,就是你的忌日!"

第七章
护宝世家

刘亦然感到无法呼吸，濒死时刻无非就是如此情景：胸膛如遭重击，耳朵钻进去一支巨大的喇叭，眼看着王也的嘴唇在动，他是在说什么？突然，一切都静止了，眼前的世界变成了纯白色，声音没有了，眼前的人渐渐消失，什么都没有了，什么也不存在了。

不知过了多久，刘亦然的眼睛慢慢恢复了。他的身体有些摇晃，脸上有些疼痛，只听到一个人在叫他的名字："刘亦然，你真是要死了，这个时候怎么不说话？"

陈蕾，一个自己愿意为她去死的女孩儿，竟然是李小军的媳妇？他完全不能接受，太阳穴突突直跳，如果这件事是真的，那么自己现在所做的一切，不全部变成一个笑话了吗？

李小军的母亲拉着陈蕾的双手，问道："你是陈其美的孙女，那你就是我的儿媳妇了。"

陈蕾挣脱她的手，道："您是谁？我从来没有见过您。"

李小军道："你不要激动，坐下听我娘慢慢讲。"

王也悄声道:"刘亦然,你也不要急,事情没有搞明白之前,你需要保持冷静。你是一个拿钢笔的人,你自己想想,你能打得过李小军吗?"

刘亦然强迫自己冷静下来,拉着陈蕾的手坐在四方桌前,王也挨着陈蕾。李小军的母亲也坐下来,李小军站在她身后,不时拿眼睛瞟陈蕾。

刘亦然实在无法忍受,自己的女朋友莫名其妙成了另外一个男人的媳妇,而且,这个男人就站在他对面,一双眼睛偷偷看向他深爱的人。

他咳嗽了一声,道:"李小军,我觉得你应该懂得基本的礼貌,你这样总是盯着我的女友看,非常失礼。"

李小军的母亲听得这话,不由笑了,道:"你先别着急。姑娘,你也不要动怒。还有这位小伙子,你的功夫不错,不过在我们家里,你占不到便宜。所以,都冷静下来,听我慢慢说。"

陈蕾指着李小军,道:"他爷爷叫什么名字?"

李小军的母亲看了一眼陈蕾,这才道:"我的公公,他的爷爷,姓李,名玉明。"

陈蕾的脸色瞬间变了,几乎惨白如纸。她紧咬嘴唇,用力抓住了刘亦然的手。刘亦然就是在这个时候,更深刻地意识到此事不妙。

李小军的母亲接着道:"姑娘,看你的神情,你是知道这件事的?"

刘亦然看向陈蕾，万分不愿地看到她仍然没有说话。不说话，那看来这件事她是知道的。刘亦然的手被她越来越用力地紧握，他的心，又开始疼了。

李小军的母亲道："姑娘，你不说话，我就接着说下去，讲一讲这里面是怎么回事。我们李家祖先与你陈家祖先，世代交好，这个事情你是不是听你爷爷说起过？"

陈蕾摇摇头，李小军的母亲一怔，随即明白了什么似的，叹了口气，接着道："你是从你父母口中，知道此事的？"

陈蕾仍然没说话，但是点了点头。刘亦然的手越来越疼，几乎要被她扭断了。

李小军的母亲长舒一口气，道："不枉我李家为你陈家牺牲这么多，总算是没有瞒你。你的爷爷陈其美，在你还没有出生的时候，就与我的公公李玉明，两个人约定，生儿子，结为兄弟，生女儿，成为亲家。在你出生之后，你爷爷陈其美修书一封，告知李家此事。得知是女儿，我的公公送了一块凤血玉佩，作为定亲之礼。"

听到此话，刘亦然突然想起来，陈蕾正是在香港见到了凤血玉佩，才确认他的父亲陈刚还活着的。

李小军的母亲道："小军，你去屋里立柜第三个抽屉里取出那封信，拿给陈蕾姑娘看一看。"

那是一封用毛笔书写的信件，竖写，繁体字，一一写明，先述近情往事，再写陈蕾的出生年月日，最后结尾，邀请李家周岁前往道贺，讲定一十八岁，聘礼结红，择吉日亲上加亲。

陈蕾慢慢看完了信，才道："您说的是事实，但中国的法律不保护包办婚姻。我根本不认识您的儿子，怎么可能会和他成亲？而且，我父亲不是在七年前将这门亲事退了吗？"

李小军的母亲神色一变，道："退亲？不对，你父亲陈刚七年前是来过万安村，但是，他来我们家也没提及退亲一事啊。他和我的丈夫出门，一去七年，至今没有回来。"

陈蕾忙道："您知道我父亲去了哪儿吗？"

李小军的母亲道："你父亲出门时没有和你母亲说过这事吧，同样的事情，我丈夫在出门的时候也没有和我说。他只是在临走时嘱咐我们娘儿俩。"

说到这里，她不由轻声哭了起来。小军赶忙过来，握住了母亲的手。

陈蕾道："我只记得爸爸走时，妈妈抱着我哭了很久。在爸爸走出家门的那一刻，妈妈突然放下我，拿了一把菜刀追了出去，我亲眼看到她把刀架在自己的脖子上，只要爸爸再向前踏出一步，那么她的血将洒在爸爸的身上。"

李小军的母亲，此时目光温柔，看着陈蕾道："姑娘，你受委屈了。"

陈蕾接着道："我没有受委屈，我妈妈受委屈了。无论她怎么哭，如何说，爸爸都没有停止脚步。我不恨爸爸，但是妈妈从此之后再也没有提起爸爸的名字。而且她告诉我，这辈子，她永远不想再见到他。从那一天开始,我就知道,我没有爸爸了。"

刘亦然这是第一次听陈蕾说起此事,不由握紧了她的手。

李小军的母亲道:"姑娘,你没了父亲,我的孩子小军,同样也没了他爹。那天晚上,你父亲来到我家里,我看到他的第一眼,就知道要出事。果然就是,我丈夫明白无误地告诉我,他要跟着陈刚走。你父亲说了一句,他要借走我的丈夫,而且,不知道哪一天才能回来。"

李小军的母亲眼泪又流了下来,好一会儿才止住伤心,接着道:"姑娘,你父亲他当时没有说起悔婚一事,更没有把凤血玉佩还给李家。他来到我家里,借走了我的丈夫,借走了李小军的亲爹。只是喝了三碗酒,叫了我一声弟妹,给我家祖先上了三炷香,磕了三个头。一去七年,生死不知。"

李小军为母亲端来一杯红糖水,看着她喝了下去。李小军的母亲这才又接着道:"小军他爸爸踏出家门要走的时候,和我们娘儿俩说了一句话,他说:三年为限,如果三年没有回家,那就带着孩子另嫁吧,不用等我回来了。他的话一出口,我就知道,他可能永远不会回来了。"

回忆起伤心事,李小军的母亲又哭了起来。陈蕾站起身,走到李小军的母亲身边,搂住了她。

李小军的母亲拉起陈蕾的手,道:"孩子,我们李家祖先,三百年来,与你们陈家是出生入死的情谊,你们陈家无论遭了多大的难,第一个送命的人,不姓陈,姓李。我婆婆曾说过,做李家的儿媳妇，看到陈家人来借走自己的丈夫，不要哭。我当时听了，觉得不可思议。怎么会有人明知送命还要去？可当这一天真的来了时，我才发现到底心里有多痛。"

陈蕾看着李小军的母亲，眼睛泛起潮红，道："他们说去干什么了吗？"

李小军的母亲道："小军的爹走时，不让我们娘儿俩问，不许提，那时候小军也懂些事了。他自此之后，勤练所学，就是为了有朝一日，能够找到他爹。你们来到我家里，我就知道你们是做什么来了。"

刘亦然不由反驳道："我们来做什么了？你怎么知道。"

李小军的母亲道："你是陈蕾的朋友，不用激动，慢慢说。"

王也呵呵冷笑起来，道："你儿子认错了人，你这当妈的也认错了人。他可不是陈蕾的普通朋友，他叫刘亦然，是你儿媳妇的正牌男友，未来的老公。"

李小军的目光看向刘亦然，他母亲吃了一惊，忙问陈蕾道："孩子，他说的，可是真的？"

陈蕾点点头。

李小军的母亲松开了陈蕾的手，又握住，道："没关系，没有成亲就没关系，你还是我家的儿媳妇。"

陈蕾显然很不同意这句话，道："阿姨，我说的话，虽然您听了可能会不高兴，但是，我还是要说。我和您的儿子都没有见过，刘亦然才是我爱的人。"

李小军的母亲神色一变，道："孩子，你这话说得欠妥。为人一世，一诺千金。说了不算，算了不说。三百年前，我们李家祖先在万难之时对你陈家许下诺言，这份诺言没有写在纸上，也没有刻在碑上，它就留在李家人的心里。为了这一句话，陈家成仁成义，李家舍身送命。多少代以来，陈家人只要上门，我们李家就要赔一条人命。百年来，四代人，我们李家连送九条命，这才换来你陈家的一颗心，许下这门娃娃亲……"

　　李小军母亲的话句句如刺，刺得刘亦然坐不住了，刚想开口，就听王也道："阿姨，我听了半天，实在忍不住，也要讲几句。依我这外人来看，您这话说得也欠妥。三百年前，上几辈子的事情了。现在是二十世纪九十年代，《婚姻法》都颁布四十多年了，哪一条写着国家允许娃娃亲的？你还拿娃娃亲来说事？依据呢？再说，这两个人的感情，不是用来还债报恩的，你就算把你儿子和陈蕾绑在一起，那还是陌路人。"

　　李小军不由喝道："你胡说八道些什么，这里哪有你说话的份儿？"

　　刘亦然也提高了声音喝道："你这是封建思想，一言堂吗？怎么，发火？想打人，好，你来打我，我是陈蕾的男朋友，我们早就商量好了，年底前领证，明年春节结婚。"

　　李小军的脸上红一阵白一阵，李小军的母亲也急了："你放肆，这是在我家里，你们想要做什么？"

　　刘亦然压住心中怒气，正要开口，只听王也哈哈大笑道：

"这是在你家,不过,人家不爱你儿子,怎么着,你们是要抢儿媳妇吗?"

李小军的母亲道:"千百年来,女人要守妇道。抢儿媳妇?她还没有生下来,就注定是我家的儿媳妇了。"

陈蕾闻听此言,站起身来,生气地道:"对不起,我不是一件东西,谁想要谁要,谁要抢谁抢。"

李小军连连摆手,急切地向陈蕾解释道:"你不要生气,我妈不是那个意思。"

王也冷笑着道:"哎哟,还没怎么着呢,这就哄上陈蕾了。刘亦然,你还能看得下去?我都替你着急,我要是你,直接干他。"

李小军大怒,喝道:"来来来,你小子别不服气,我不把你干趴下,不姓李。"

王也猛地起身,回道:"好,打不服你,我是你孙子。"

两下里正要动手,李小军的母亲啪地一拍桌子,把那只盛着红糖水的杯子拿起摔在地上,喝道:"李小军,你这是要造反?"

见母亲发了脾气,李小军刚才还像一只好斗的公鸡,现在耷拉了脑袋,肩膀一松泄了气,不发一言地站在母亲身后,只是还用一双眼偷偷瞄向陈蕾。

陈蕾眼含怒气,双手发抖地拿起包,道:"看来,我妈让爸去和你们家退亲是对的。王也说得也没错,封建的不只是思想,我们完全是两路人,不可能成亲。"

李小军的母亲反而笑了,道:"原来是我们封建,你们陈家来到我李家让我们李家的男人去送命的时候,怎么不说封建?现在要悔婚,说我们李家封建?我知道了你为什么要悔婚。你这手上的LV包,来村里请风水先生的富家女,人人手里有一个,我们也见过。你这身衣服,全身的行头,至少是我们家一年的口粮钱,我们李家养不起你,怪不得要悔婚。你们这次来就是来羞辱我们李家的,对不对?"

听了这话,陈蕾也被气笑了,转头道:"刘亦然,我为什么要忍受这种侮辱?一个从来没有见过的人指责我不守妇道?"

刘亦然觉得脸上如同被人打了一掌,火辣辣的疼,眼看着陈蕾快速出了李家大门,立刻追了出去。陈蕾在前面边走边哭,没想到,李小军也跑了出来。刘亦然还没追上陈蕾,他早已赶到她身边,一副无从解释的模样,但还是先伸开双手,拦住了陈蕾。

陈蕾往左边走,李小军拦住左边,陈蕾往右边走,李小军又向右边。陈蕾怒气上来,一脚踢在李小军的腿上,喊一声滚开。李小军竟然不急不恼,还是拦住陈蕾,任她踢蹬,却不说一句话。

刘亦然赶上前来,护住陈蕾,一把推开李小军。这时王也来到近前,拉开架势,挡在了前面。

李小军这才道:"王也,先不要打,我和你打不着。我追出来,是想问陈蕾一句话,你既然不是来认亲的,那么,你能不能告诉我,你来李家是要准备做什么?"

陈蕾原来也是气糊涂了,几乎忘了正事,这时冷静下来,整理思绪将事情经过原原本本地告诉了李小军。她妈妈赵建雅到香港看望陈蕾，谁知被悍匪绑架。悍匪以此威胁陈蕾，盗取故宫博物院未展出文物兽人炉，并拿出了凤血玉佩，陈刚的生命安危，也同样会因陈蕾的决定而发生改变。

刘亦然注意到，陈蕾讲到兽人炉及凤血玉佩时，李小军问了两个奇怪的问题：第一，是不是只有兽人炉；第二，有没有看到太虚铜人盘。

突然他的BP机响了，是赵劲夫发来的信息："太虚青铜盘，1952年捐赠给白海文馆所，捐献人是陈其美和李玉明。"三人不禁看向李小军。

李玉明？刘亦然突然想到，正是李小军的爷爷，也正是他，与陈其美为后代定的娃娃亲。他将BP机信息拿给李小军看。李小军显然吃惊不小，道："陈蕾，你等等，我跟你们去。但是，我需要和我娘说一声。"

李小军只和陈蕾说话，并没有理会刘亦然与王也，这让王也非常生气。他说了两句，李小军似乎没有听到，也不作答，转身进了家门。没一会儿，李小军再次出来，请陈蕾进去。

王也道："李小军，你也太不拿正眼看人了。你拿我和刘亦然当空气吗？还只请陈蕾进去？"

陈蕾也道："刘亦然在哪里，我在哪里。你要是只请我一个人进去见你妈妈，我现在就可以告诉你，我不去。"

李小军看着陈蕾坚定的眼神，只得邀请刘亦然一起进去。刘亦然却另有想法，李小军身手强悍，王也的判断没错，自己完全不是他的对手。若是他和陈蕾进去，万一有什么意外，只能被他当成一个沙袋打。

于是，刘亦然指向王也，道："我在哪里，王也在哪里。土也要是不进去，我也不进去。"

李小军苦笑道："你是怕打不过我？刘亦然，你也真是小瞧我了。我李小军，从来不屑于欺负弱者，更不会干那种龌龊的事。"

李小军再次进门，没多久，便听到里面碗盆摔碎的声音，李小军母亲愤怒的声音如此之大，高墙外面的人听得一清二楚："李小军，我真是白养了一个儿子，见了媳妇，你就忘了娘。"

刘亦然看向陈蕾，她认真地看着他，道："刘亦然，你的想法，我知道。你要是顺着这个逻辑想下去，那真的是赔了夫人又折兵。"说完这句话，她像突然意识到了什么，脸腾地红了。

如此模样，让人心疼，刘亦然不由拉住她的手，将她揽在怀里。那一刻，说不清是他在安慰她，还是她的话，安慰了他。

李小军脸色有些红，隐约还有五个手指印，看来他母亲是真发火了，奈何拦不住儿子。他走到近前，道："你们三个人都进来吧。只是，无论听到我娘说什么，陈蕾一个人回答就行了。刘亦然，王也，你们两个千万不要说话。"

然后，李小军又嘱咐了陈蕾几句，这才引着三人进家。

李小军的母亲见到三人，不瞧刘亦然一眼，只向陈蕾问道："三百年了，我们李家为你们陈家牺牲许多，我就想问一句，你们为何不守约？现在又让我的儿子去帮你们，你自己想想，这句话说出来，我会不会答应？"

李小军忙插话道："因为爷爷……"

话刚出口，李小军的母亲道："你不要说话，没人拿你当哑巴。她是三岁小孩子，不会说话吗？我要听你说？"

陈蕾道："阿姨，您不要生气。刚才我们收到条信息。"

她把BP机上的信息给李小军的母亲看，又简单述说了事情原委。李小军的母亲越听越激动，最后竟哭了起来，道："我就知道，你们陈家来人从来没好事。七年前，你爹来，把小军爹带走了，至今生死不知。现在你又来，要把我儿子也带走。留下我一个人。这是要我的命啊！"

李小军"扑通"一声跪在地上，声音哽咽地道："娘，您不要伤心。陈蕾的爹活着，那我爹肯定也没死。我这次去，不仅是因为咱们家的太虚铜人盘，还要去找我爹。娘，您放心，我想知道爹在哪里，我要把他带回家来，我们一家人团聚。"

李小军的母亲抹了一下眼泪，拉起儿子，道："我的儿，你和你爹一样，死心眼。"

她又看向陈蕾，道："我的儿，你只要不成亲，还是我儿媳妇。小军是个好孩子，你们以后慢慢交流，我相信，两个人会有感情。"

刘亦然本来看得心中也有些难受，听到这话，不由想开口。陈蕾悄悄拉了他一把，他这才把话又咽回肚子里，只是瞧着李小军。

李小军的母亲看了刘亦然一眼，又道："你是叫刘亦然吧？"又转向陈蕾，"我的儿，此去难说没有危险，这个人，他保护不了你。"

刘亦然忍不住道："你也不用激我发怒，我只说一句，我和陈蕾铁定要结婚的。"

李小军的母亲冷笑道："现在的事，谁能说得准？我们李家，为陈家人命都可以不要，你可以吗？"

刘亦然几乎被气笑了，高声道："我当然可以。"

李小军的母亲道："可以？你可能不知道害怕两个字怎么写。二十多年前李家和陈家定下的亲都能变，你才认识她几天？"

她又嘱咐李小军道："小军，你耳朵听清楚了，陈蕾，她是你媳妇。她说你和她没感情。好，他们两个人还没结婚，只要不成亲，儿子，你就有机会。你去吧，娘也想明白了，你要让她爱上你，该是你的媳妇，你就把她抢回来。"

王也再也忍不住，笑出声来。刘亦然狠狠地瞪他一眼，王也倒完全不在乎刘亦然的眼神，耸耸肩，露出同情的意味，表情分明是在说："刘记者，你真的遇到麻烦了。"

李小军的母亲回屋，再出来的时候拿着一个挎包，道："你和你爹回家的时候，你要不把她一起带回来，你就直接一头碰死在门外算了。"

她又对陈蕾道："我的儿，我李家对得起你陈家。无论你喜欢不喜欢，你现在说任何话，都为时过早。我们李家为陈家送过九条命，他们刘家能为你们陈家做什么？"

她又看向刘亦然，道："你说你愿意为陈家付出，好，这一次路上凶险，你说过什么话，你自己掂量掂量。"

闻听此言，刘亦然的胸中不由生起一团火气，刚要开口，左手一疼，原来陈蕾用力掐了他一下，一面冲他轻轻摇头。

李小军的母亲见此情景，不由冷笑道："多长时间的感情，也不如生死一刻。你现在护着他，不知真到了紧要关头，他能不能舍命护你？"

陈蕾没有回话，只是看着刘亦然的眼睛，轻声道："亦然，她是在挑拨我们，你不要听。"她又对李小军道，"你记着，无论你为我做什么，我希望你只是代表你自己。"

陈蕾的话让李小军的脸又红了。随后，他接过母亲手里的挎包，在堂屋祖先牌位前跪下，上香三炷，这才告别母亲，和三人一起出门去了。

李小军找了一辆车，说好送四人前去机场，费用八十。刘亦然、陈蕾、王也坐在后排，李小军坐在前面副驾驶的位子。车辆出村，转向公路，驶往机场。

车刚出村，王也便问道："太虚铜人盘是你们家祖传之物？"

半晌，李小军没有回答。

王也接着道："李小军，听到不答，不算好汉。"

李小军眼望前方，仍然没有说话的意思。

陈蕾也有些好奇，问道："太虚铜人盘是你们李家的？"

李小军的脸红了。王也看了刘亦然一眼，又瞧了瞧陈蕾，不怀好意地笑了。

只听李小军明显有些紧张的声音道："那件太虚铜人盘，听我爹讲过，是一体两面的青铜盘，在我家祖辈流传。哦，对了，那件文物有拓纸。"

说着，他从挎包里取出一个油纸包裹，解开麻绳，里面是一个黄灿灿的罗盘。他把罗盘拿起，从下面取出折叠得方方正正的纸来。打开来，是两张图，一面绘有圆形，另一面是无数奇怪的纹样，仔细看，似是人形图样，左右对称，双手平伸，掌心向前。

李小军道："圆形图叫作太虚。另一面的人形，是三百五十四个穴位图。"

王也道："穴位图？你不要告诉我，你会点穴。"

李小军似乎没有听到王也的话，并不理睬，接着道："太虚铜人盘之前一直是在李家存放的。我听我爹说过这事，你爷爷陈其美，有一天夜里突然来到李家，自此太虚铜人盘就不见了。爷爷回家，也只在祖先灵前祭祀，从不说铜人盘下落如何。爷爷去世之前，只留下这张拓印图。"

刘亦然听出来了，李小军一直在对陈蕾说话，王也的话，还有自己之前的话，他从来不认真听，也从来不回话。只有陈蕾说话，他的耳朵才仿佛是耳朵。

这个发现让刘亦然哭笑不得，附耳悄声告诉陈蕾，她忍不住哈哈大笑，笑得王也、李小军莫名其妙。她笑够了，看着刘亦然。

刘亦然本以为她要说什么，没想到她只是看着他，微笑如许，眼如月牙。

车至机场，王也订票，四人坐上飞往天津的航班。从李家出门，到飞机落地天津，一路之上，李小军对陈蕾的问题，知无不答，言无不尽。

连王也都看出来了，李小军这个人死脑筋，对一个人好，那是真好。而且，陈蕾如果有一点不开心，脸色略变，李小军立刻不言不语。

王也悄悄地对刘亦然道："你能做到这一点吗？你做不到。你看，陈蕾现在对李小军已经不那么抗拒了。最起码，李小军给她端杯水，她没有扔掉，而是接过来。你这女朋友，你再不看紧点，我看就真的变成李小军的老婆了。"

接着，他又大声地道："刘亦然，看起来，这个李小军是要和你公平竞争啊。你可要小心。"

刘亦然看了看陈蕾，她根本没有任何答话的意思，只是拍了拍他的手，似乎是让他放心，又似乎让他不要听信王也的胡言乱语。刘亦然有点不明白，她这到底是什么意思？原先的一个眼神、一个动作，彼此知心的状态，仿佛卡了壳。

他刚有此想法，就看到陈蕾的眼睛瞪着他，双唇如同绣蝴蝶鱼，仿佛是在责怪他。她这样的神情，反而让刘亦然放下心来，知道默契仍在。王也一路看在眼里，只是呵呵直笑，也不再说话自讨没趣了。

出租车缓缓停在天津北郊雅昌集珍馆前，王也结账，四个人下得车来，一眼便看到馆前的桑塔纳轿车，没错，那正是两路人马分开时赵劲夫与土峰所驾驶的车。刘亦然与王也交换眼神，明白来对地方了。

进门说明来意，工作人员让四人稍等，他上楼通报，留四人在一楼参观。数百平方米的大堂，如同博物馆展厅，一件件文物摆放有序，件件价值不菲。大堂中央，透明玻璃罩内，摆放着一件北宋定窑瓷盘，下方写有介绍。

陈蕾突然轻叫了一声，李小军如同鬼魅一般，瞬间冲到她旁边，把站在陈蕾身边的刘亦然吓了一跳。

陈蕾也没抬头，只看着定窑瓷盘的介绍，道："别紧张，我没事。我惊讶的是，这个叫作丁鑫的人，我认得。"

王也走过来，手里拿着一本小册子，道："他是叫丁鑫，你是怎么知道的？"

刘亦然接过小册子，封面上正是定窑瓷盘，翻过来，第一页照片是丁鑫本人，下方有简介，讲述了雅昌集珍馆的筹建经过。其后十余页，则为集珍馆藏品介绍。

刘亦然正想问陈蕾怎么会认识丁鑫，集珍馆的工作人员下楼了，道："丁总说了，今日有事，不见客。请各位改日再来。"

王也道："我们早在两日前，便约好今天相见的。王峰会长和一位赵劲夫先生，他们告诉我们，两个人已经到了雅昌集珍馆拜访丁总。我们刚刚从江西飞到天津，说不定你们丁总的今日之事，就是在等我们。麻烦您再去通报一声。"

工作人员道："我今天当值，没见到您刚才提的两位先生。另外，我已经将各位的姓名、来意向丁总汇报了。但今日不巧，丁总确实另有安排，请各位留下联系方式，丁总何时有空，我们提前与各位联系。"

刘亦然显然并不相信，赵劲夫的车就在外面，他们却说没有见过。他突然意识到了什么，向王也看去。王也看到他的眼神，脸色微变，突然一把搭住工作人员的手，顺势将他掀翻在地上。

刘亦然蹲下身来，指着王也道："这个人，他叫王也，是三届泰拳格斗冠军。你的脑袋要是硬，就不要说。今天有没有两个人来拜访丁先生？"

王也一用力，只听得那人胳膊一声响，人已经哎哟连连，不断地点头。王也再问，他这才说出三楼有个密室。

王也叫声不好，手上用力，那人头一歪，晕了过去。他从那人衣兜里找出一串钥匙，带着三人快步走向内厅。眼前一道大门紧闭。他们一把把钥匙试来，打开门后，一条长约二十米的通道出现在眼前，通道尽头是一部电梯。

三人上了电梯，摁下三楼。王也道："情况不明，一会上了三楼，要是打起来，李小军，你知道怎么做！"

随着电梯门开启，赵劲夫的惨叫声隐约传来。几个人冲过去，只见赵劲夫、王峰被几个身穿黑色西装的大汉压在桌上，两把枪正

133

对着他们的太阳穴，旁边一个中年男人道："你们听好了，只要他们两个人说得不对，我的眉头一皱，先砍指头，再把脑袋给我一枪崩出豆腐脑来。"

说时迟，那时快，陈蕾立即高声喊道："丁鑫，你住手。"

丁鑫转过身，问道："你是谁？"

李小军大声道："她叫陈蕾，是我媳妇。"

李小军的行为大大出乎刘亦然的意料，他根本没来得及多想，也喊出一句："她叫陈蕾，她是我女朋友。"

可气的是王也，他没有解释，反而煽风点火，道："你们都没听错，他真是陈蕾的丈夫，而刘亦然，也确实是她男朋友。"

两把枪指在赵劲夫与王峰的头上，这两个人完全被眼前的一切搞糊涂了。陈蕾没有反驳王也，更没有理会李小军和刘亦然，只对丁鑫道："你要真敢开枪，我明白无误地告诉你，你丁鑫，就是个无耻小人，负义之徒。"

丁鑫显然被激怒了，将枪口指向陈蕾的眉心，呵呵冷笑道："姑娘，我不知道你是何方神圣，但你今天若是不讲清楚，明年今日，就是你的忌日！"

刘亦然立即挡在了陈蕾面前，李小军也护住了她。王也慢慢向几个大汉走去。

丁鑫笑了，道："可以，你有两个人替你挡子弹。你猜我这枪里有多少发子弹？我告诉你，这把枪里有十二发子弹，算一算，我能打死你们三个人几次？"

陈蕾让刘亦然与李小军不要轻动,随后,她向前七步,一直走到了丁鑫面前才停下,道:"我就在你面前,你可以随时开枪。不过,在你开枪前,我劝你接下来要仔细听我讲的话。否则,你误杀恩人之子,日后岂非惭愧?"

丁鑫一怔,仔细看了看陈蕾,问道:"你是叫什么名字?"

陈蕾道:"丁先生,我叫什么名字不重要。九年前,你是不是在北京文物商店卖过一只北宋定窑瓷盘?但是,你没有卖出去,而是有人借了你一千元?"

丁鑫道:"笑话,这件事行里人都知道。你说的话,一字不差地印在雅昌集珍馆宣传册里。你说起人人知道的陈年旧事,就想换他们的命?"

陈蕾道:"可是,你的宣传册里没有印你要价一千元。北京文物商店的刘老先生不收,直说丁先生的北宋定窑瓷盘为假。"

丁鑫神情一变,慢慢收起手枪,道:"陈年旧事,也并非隐秘。"

陈蕾一笑,道:"丁先生,你说你家大小七口人,人人可以饿死,说祖先拿假定窑瓷器欺己骗人,这是拿把夜壶倒在祖宗脸上。这些事,可算隐秘?"

丁鑫把手枪放在桌上,坐了下来,道:"这些事,算得隐秘。"

陈蕾接着道:"新闻社记者崔魁,不知丁先生可还记得。他去故宫博物院请来了一个人。这个人不用眼睛看,只用手摸,言明北宋定窑瓷器有真无假。此后,这人问清丁先生索价几何,掏出身上所有的钱，以名作保，丁先生一张借条，那一天取走了一千元。"

丁鑫猛地站起身来，问道："陈刚，他是你什么人？"

陈蕾面露笑意，道："丁先生，陈刚正是我父亲。"

丁鑫面上坚冰瞬间融化，笑着走过来，拉住陈蕾的手道："故人之女啊。那一千元，救了我一家七口人的命。仔细算起来，我与你父亲怕也是有七八年时间没见面了。不知他可还好？"

说着，丁鑫挥手，几个大汉放开赵劲夫、王峰，吩咐手下拿来创可贴简单包扎两人手上的伤口，随后将枪支、尖刀收起，又请六人入座奉茶。

陈蕾站起身，向丁鑫深鞠一躬，这才道："丁叔叔，刚才情况危急，不容缓说，只好得罪，先救下人。现在，我向丁叔叔赔罪。"

言谈之间，陈蕾说明来意，丁鑫面露难色，道："孩子，你要是早来片刻，这会儿什么事也没有了。你们什么也不要说了，快走吧。"

陈蕾有点搞不清楚了，是什么事让丁鑫急切地要让他们走？正在此时，一个阴沉的声音传来："丁鑫，我以为你是我兄弟，你拿着我的崇祯御押，却出卖我？今天，你们谁也走不了。"

十余把黑洞洞的枪口，指向六人。丁鑫满脸堆笑，站起身来，道："杜先生，你误会了。我没有……"

话未说完，"啪"的一声，枪响了，丁鑫胸前鲜血流出，慢慢地倒在地上。

第八章
刀相进士

"你忘记了一句话，丁鑫，谁来找崇祯御押，扣住他。你现在不是在扣住他们，你是在帮他们逃走。"杜先生看了看勃朗宁手枪冒的蓝烟，将目光转向赵劲夫、王峰等人。

丁鑫的六名手下，全部被缴械。刘亦然等人，人人头上，一把手枪顶在眉心。

杜先生蹲下身来，手枪轻轻扫过丁鑫的额头，在他前胸伤口处重重地按下去，道："这么多汗，放心，你不会死。这一枪是教训你，你差点害我失去了崇祯御押。"

丁鑫忍着剧痛，道："杜先生，你误会了。赵劲夫，王峰，是你要找的人。他们四个人，是我的朋友。"

杜先生笑道："丁鑫，你以为我是三岁小孩子？你说什么我都会信吗？拿过来。"

随着一声吩咐，一名手下拿过一个铝制的箱子，放在桌上打开。王峰脸色突变：太虚铜人盘。

杜先生站起身来，把枪放在桌上，这才拿起太虚铜人盘，和崇祯御押并置。他左瞧右看，对赵劲夫道："赵教授，说说看，这两件文物有什么秘密？"

王峰道："杜先生……"

他话刚说出口，杜先生眉头一皱，一个手下冲过来，拿枪指向王峰。王也身形一动，护在王峰身前，只听手枪"哗啦"一声上膛，已顶在王也两眼之间。随后，两名手下围过来，乱拳捶击，直至王也口鼻流血。

杜先生道："做人嘛，为什么长着两只眼睛，一张嘴呢？这是老天爷教育人们，要多听，少说。我这话还没有说完，你打断我，非常没有礼貌啊，王会长。"

王峰没有说话。杜先生转过脸，接着道："丁鑫，你的一切，都是我给你的。你拥有这座雅昌集珍馆，没有我让给你，你能潇洒地当'津门第一逍遥寓公'？你有恩不报，你做得对吗？"

陈蕾道："杜先生，你再不让人给他包扎，他会因失血过多而死。"

杜先生哈哈一笑，道："我刚刚说过，我最讨厌有人打断我说话。你们都挺有骨气啊，一个个不怕死。"

话音未落，两名手下冲着陈蕾就过来了。刘亦然忙挡在她前面，立刻有人把他的衣领揪起，眼看就要暴揍一顿。但是，谁也没看清怎么回事，那两名手下便飞了出去，众人反应过来时，李小军已被五个人围了起来。

杜先生哈哈大笑，道："你这个姑娘，真是有两个男人为你奋不顾身啊。好，我现在就把你的脸打成五花肉，看看这两个人怎么救你。"

他正要动手，只听刘亦然道："杜先生，你来到集珍馆，我想不是为了打人好玩。这样太失你的身份了。你来这里，无非是为了三千七百万两崇祯藏银。"

丁鑫大吃一惊，他显然没有料到，崇祯御押，竟然隐藏有如此秘密。

杜先生走到刘亦然近前，道："你这句话刺激到我了。你接着说，说得清楚，丁鑫就算是死，他也明白他刚刚错过了什么。"

刘亦然道："你先让人给丁先生包扎，否则我就算是说清楚了，他死了，也死得糊涂。"

杜先生仰天大笑，道："好，就依你。不过，你如果……"

赵劲夫此时接口道："杜先生，没有如果，你能够把崇祯御押放在集珍馆等着我们来，原因只有一个，你虽然知道这件文物涉及崇祯藏宝，但你还是没有弄明白，这件文物到底有什么作用。"

杜先生收敛笑容，神情严肃，道："好，我最喜欢明白人。"他又坐回了椅子上。

陈蕾简单为丁鑫包扎，血止住了，丁鑫惨笑道："你父亲救我一家七口，今日这一枪，我也算还债了。只是，我也没有想到，这件崇祯御押竟然隐藏着这么大的秘密。"

杜先生道："丁鑫，就是因为你不知道，我才把崇祯御押放在馆里，吊他们前来。你要是知道了，难保你不会起异心。你始终是个人，不是神。是人，就有七情六欲，那可是三千七百万两白银的藏宝，你要现在说一声，你的心没有动一下，我马上就放了你。"

丁鑫道："杜先生，你阅人无数，但你或许也看错了我丁鑫。我答应帮你，也是因为你曾经对我有帮助，而不是为了崇祯藏宝。但你对我的帮助，不值得我拿命去还。"

杜先生一怔，呵呵冷笑，正要开口，只听赵劲夫道："杜先生，这件崇祯御押，实际是崇祯皇帝的一道密疏。"

这句话将杜先生吸引了过来，不再理会丁鑫，问道："崇祯密疏？怎么讲？那十六个花押字？"

赵劲夫道："明代自开国皇帝朱元璋起，便制定了严格的保密制度，应用的场合非常广泛，最重要的场合之一，就是明代皇帝与大臣的交流，也因此被称作密奏或密疏言事。大臣给皇帝进呈密奏，进而影响朝局的事件，在明朝存续期间层出不穷。"

杜先生道："赵教授，你可知道一句俗话？"

赵劲夫道："杜先生的意思是说，我说的每一个推定，都需要证据来证明？杜先生，你拿到崇祯御押有多长时间了我们不知道，但是我可以明确一件事，那就是杜先生在得到崇祯御押之后，一定请人研究过。"

杜先生冷笑一声，把玩着桌上的勃朗宁手枪。

赵劲夫接着道："我想，杜先生既然认定这件文物背后隐藏着三千七百万两白银的信息，那我可以猜一下，你是在知道了崇祯藏宝的消息后，才去主动寻找文物的，而不是得到崇祯御押，再去破解此物信息的。"

勃朗宁手枪"哗啦"一声上膛，杜先生将枪口指向赵劲夫，道："你猜得不错，你果然是打开宝藏唯一的钥匙。说下去，这件崇祯御押，能够做什么用。"

赵劲夫心中一动，神色未变地接着道："杜先生，明代朝廷有内阁言事，有难飏言敷奏者，太宗许密封进呈，谓之密疏。尤其到正德皇帝、万历皇帝、嘉靖皇帝，特别是崇祯皇帝使用密疏最为常见。正如方才所说，权倾朝野的一些明代要人，如刘瑾、魏忠贤等，他们的倒台和张永进、杨涟密疏弹劾有直接的关系。而政敌间的斗争，密疏更是常用的手段，比如说严嵩，以进密疏的方式将他的政敌夏言赶尽杀绝。"

杜先生指着桌上的崇祯御押问道："明朝皇帝使用密疏多少我不管，你怎么见得这件崇祯御押就是密疏？"

赵劲夫叹口气道："明朝皇帝使用密疏，几乎是每一代皇帝。凡为密疏，必须亲自书写，不得假手他人。尤其是崇祯皇帝，那时君臣关系恶劣，互相并不信任，密疏成为君臣之间联系的非常重要的手段，以至于崇祯皇帝明文规定，凡是密疏，皆不发抄，若不请明，谁敢宣布？"

杜先生道："你是想说，正因如此，崇祯藏宝一事是通过密疏办理的，因此未被外人得知？"

赵劲夫点头道:"不错。崇祯时代君臣之间的密疏,往往会通过通政司以及会极门送交皇帝,除皇帝本人外,其他任何人都没有开启密疏的权力,否则便是死罪。而皇帝向下送达密疏,更是隐秘至极,尤其是重要人物之间的密疏往来,皆由崇祯皇帝亲笔书写,也就是说,一对一的关系,只有写密疏的皇帝和接到密疏的臣工才知道密疏的内容。"

"并且,明代二百七十六年,使用特制匣具传递密疏的仅有崇祯一朝。"赵劲夫接着道,"如果我猜得不错,杜先生得到这件崇祯御押之时,应该还有一个小匣。"

杜先生哈哈大笑,道:"不枉赵教授,所当名声是真货。不错,我在得到这件文物时,确实有一个朱红小匣。"

赵劲夫道:"小匣上面,必写着崇祯亲书,某日某时送阁;匣内必有原封,上有崇祯皇帝亲批票签。也正是匣内票签,让杜先生认定崇祯藏宝一事为真。随后,杜先生四处寻访,如果我猜得没错,这件崇祯御押让你钓来了不止一件文物。"

杜先生奇怪地看着赵劲夫,道:"你猜一猜,我除了这件崇祯御押,还得到了几件?"

赵劲夫没有答话,想了想道:"不管得到了多少件文物,杜先生明白了一件事:没有这件崇祯御押,你永远得不到藏宝。原因很简单,这崇祯御押是一件取宝凭证。没有这件凭证,哪怕是集齐所有文物,你也不敢进入。原因同样不难猜测,崇祯亡国之际,送太子出城,秘密将三千七百万两白银运出紫禁城存放,期望太子复国，因此必有看护之人，并且，必有凭证，方可取宝。"

杜先生道："赵教授的破解，句句为真。我为什么没有早发现你？如果早几年知道你，那么，这三千七百万两白银的荣华富贵，岂非早就到手了？这真是我的失误。"

赵劲夫苦笑道："想来杜先生早已猜到了，这方崇祯御押取宝凭证的秘密就藏在这十六个花押字中。只是，杜先生不知道这些字到底意味着什么。"

"赵劲夫，这不正是你的价值所在吗？"杜先生手拿勃朗宁，瞄向王峰、丁鑫、刘亦然、李小军、陈蕾、王也，指向每一个人头上时口中发出一声响，模仿枪支击发的声音，这才接着道，"你的价值，就在于破解文物隐藏的全部信息，我们谁也做不到，只有你来破解了。你说，我讲得对不对呢？"

赵劲夫眼见被赤裸裸地威胁，心中明白，如果破解不对，那么这人显然不会轻易放过他们。他额头上微微出汗，眼神一凛，看向王峰，恰巧王峰同样在看他，两人眼神一碰，赵劲夫下了决心，接着道："杜先生，这十六个花押字，之所以你没有参悟，是因为它使用的是《洪武正韵》。"

杜先生嘴角一撇，冷笑道："赵教授啊，你也太小瞧人了。我请的专家，或许在某些方面比不上你，但也是鼎鼎大名的业内大腕，也算是叫得上号的人物。他们怎么可能用现在的语言去领会明朝的文物？"

赵劲夫听到杜先生的话，不易察觉地眼角一动，接着道："你们猜到了,仍然没有得到答案,因为你们没有想到,这十六个花押字,其实是谜格。"

说完这话,他紧张地悄悄攥紧手心,如果他的猜测有误,那么接下来将完全处于被动状态,别说这件崇祯御押,这几个人的性命也将不保。关于三千七百万两白银,杜先生讲的未知之事越多,他们七个人越危险。他只能凭着胆子一搏。

杜先生果然不再言语,只是看向那枚崇祯御押,半晌方道:"你接着讲,这个谜格的谜底是什么?"

赵劲夫暗暗松了口气,走上前问道:"我能不能借来一用?"

杜先生想了想,将花押递给他,道:"不怕你威胁我,这地上全是地毯,你想摔它?我看你没那个本事。"

赵劲夫一听,反而不接崇祯御押了,道:"杜先生,我现在直接告诉你答案,你怕是不会满意吧?"

杜先生哈哈大笑,道:"没错,你要是直接告诉我答案,我还是不高兴。我倒要看看,是什么样的破解过程,能够抵得上我请的那十七位教授级专家。他们这些人真是白吃了干饭,作为国内外顶级的文物专家,竟然白生了一双眼睛,对不起那花白的头发,都没有看出这是谜格。"

赵劲夫这才从杜先生手中接过崇祯御押,指着那十六个花押字道:"这些字,是一种古老的谜格,曹娥格。"

此话一出,杜先生不由叹息了一声,却没再说话。

赵劲夫道："杜先生的叹息，其实我非常理解。你要早知道这是曹娥格，不出半个小时，就能破解崇祯御押的秘密。"

杜先生将手中的勃朗宁手枪，轻轻放在左手，又倒到右手，来回五次之后，才说道："赵教授，有人和我说过，我能不能得到崇祯藏宝，关键并不是集齐了文物，而是找到一个像赵教授一样的人，来破解隐藏其中的信息。否则，就是价值连城的宝藏放在我眼前，我也如同一个睁眼瞎一样，看不见，得不到。今天看来，我能够遇到你，这笔宝藏就有半成在我口袋里了。只要你答应和我合作，你就能得到丰厚的回报。"

赵劲夫道："杜先生瞧得上，我也深感荣幸，只是，道不同，不相为谋。"

杜先生笑道："只要是人，就有利欲之心。你现在不同意，是我给出的价码不够。每个人都有一个价格，无论是财，是名，是义，还是其他，总有一样，是能够撩拨你心的。我不着急，这笔宝藏将近四百多年未见天日，何必急于一刻？"

赵劲夫心中焦躁如火，但仍然极力保持神色从容，道："杜先生，那么，现在是该把我们押起来的时候了？"

杜先生意味深长地道："不着急，赵教授，你都已经把话说到这个份上了，你接着破解。否则，丁鑫挨这一枪，他都不知道价值有多大。"

事情再次回到正轨，赵劲夫这才不紧不慢地接着道："灯谜十八格，曹娥格为最古，来源于东汉女子曹娥。此女因父亲溺亡投江而死，会稽上虞令度尚听闻，立碑记之。蔡邕见碑文写得极佳，便在碑的后面题作：黄绢、幼妇、外孙、齑臼。所射谜底，黄绢有色之丝，射'绝'字，少女隐藏于幼妇之中，外孙则为女之子，谓之'好'，齑臼为捣蒜之器，盛物辛辣，暗比受辛，合之为古体'辞'字。加起来，则为'绝妙好辞'四字。"

赵劲夫一边说，一边指向崇祯御押上的字。杜先生将手枪放在桌上，一边听一边口中念念有词，手指蘸着茶水，不停地在桌面上画来画去。在赵劲夫讲完之后，桌面上出现了四个大字："明取，凭押。"

赵劲夫道："杜先生聪明如许，只是没想到这是谜格。若早一步想到，恐怕那笔宝藏早就被杜先生取走了。"

杜先生眼睛紧闭，半天方才睁开，道："有句俗话说得好，天下聪明者多得很，每个人，都在某一方面是个睁眼瞎。不错，赵教授，崇祯皇帝将这笔宝藏的信息，分别藏在了不同的器物上。而崇祯御押，相当于是皇帝的私人印章，效力等同于传国玉玺。没有这件崇祯御押，哪怕是皇亲国戚，太子驾临，也是取不走宝藏的。"

赵劲夫看向丁鑫，道："杜先生也正是因为这个，才深信崇祯宝藏至今仍在。这也是杜先生为什么大动干戈，不惜开枪打伤丁鑫先生的原因。因为这件文物确实干系甚大，而丁鑫先生一时未明，杜先生怒气攻心，差一点失却了文物，这才开枪打伤丁鑫。"

杜先生闻言一阵狂笑，眼神猛地盯向地上的丁鑫，道：

"三千七百万两白银,你们在场的人,哪一个的命能与这批宝藏相提并论?"

突然,他大喝一声,道:"这下你明白了,丁鑫,你为什么会招来这一枪,你这颗子弹挨得不冤。很简单,就算是你知道这笔宝藏,你也会为此毫不可惜地杀掉我。"他又看了丁鑫两眼,"丁鑫,你没有意识到,你面前的这个赵劲夫是打开七十亿藏宝大门的钥匙啊。你要是早知道,就没我什么事了。"

然后,他狠狠挥手,向手下发出命令:"把赵劲夫、王峰带走,其余的人拉到北郊工地,一个不少,全埋进水泥里,用作人头桩。"

丁鑫脸色苍白,虚弱地道:"你这个疯子,你还不知道……"

杜先生猛然打断他道:"不知道什么?"

丁鑫看着他的眼睛接着道:"你不知道,还有更大的秘密。"他神色变化,语气却透着坚定。

杜先生盯了他一阵,终于慢慢近前蹲下来,道:"有什么秘密?丁鑫,你说出来,我让你死得痛快些。"

话未说完,王峰大喝一声,王也头一低,避开枪口,出手抢夺。李小军猛地跳起,踢飞了左右两支手枪。王峰同时出手,捡起枪来,啪啪两枪,室内灯光立时熄灭。黑暗中一片混战,枪声不绝。

杜先生大喊道:"都别开枪,小心我的御押。"枪声停了,黑暗中只听得拳脚格斗之声,痛苦嚎叫之音。灯再亮起时,杜先生、赵劲夫、王峰，以及杜先生的十余名手下，太虚铜人盘、崇祯御押都不见了踪影。

丁鑫吩咐手下，先派人把住楼内各入口，穷寇莫追，这才对陈蕾等人道："赵教授方才看向我，其实我心中已然有数了。我知道，杜飞一直没有阻拦赵教授说话，那就代表他已经下定决心，想要灭口了。所以，我才吸引他的注意力，让其他人出手。没想到王峰也被抓走了。"

陈蕾道："丁叔叔，先不要说了，赶快送你去医院要紧。"

丁鑫苦笑一声，道："枪伤怎么能去医院？先不要管我，时间紧迫。我告诉你们，杜飞说错了一件事，我听说过崇祯宝藏，只不过一直没有相信而已。"

刚说几句，丁鑫就抑制不住地咳嗽了几声。他平顺气息，这才又道："杜飞之外，还有一个人相信这事，同样在寻找和崇祯宝藏有关的文物。据我所知，他现在拿到了一件非常重要的东西。只不过，杜飞想买他的，他也想买杜飞的，一直没有谈成。"

刘亦然道："丁先生的意思是，事不宜迟，我们要去找这个人？"

丁鑫的手下这时进了室内，抬来一个用木板制作的简易担架，将丁鑫抬到上面。丁鑫道："你们拿着我的名片，我会派人送你们去他的私人会所。他叫吴心刚，人很神秘，到天津三年，我竟然摸不到他的底。他手里有一件涉及崇祯宝藏的文物。你们直接告诉他在雅昌集珍馆发生的事，他绝对不会任由这笔宝藏被杜飞一人独得的。你们与他合作,还有可能救出赵劲夫和王峰,阻拦杜飞。"

话完,他就由手下抬着担架,自去相熟的私人诊所处理伤势了。刘亦然、陈蕾、王也、李小军四人坐进一辆丰田牌面包车,由丁鑫的手下驾驶,开出雅昌集珍馆,向吴心刚的会所驶去。

深夜十点,北郊路上车辆稀少。四人坐在车上一时沉默。

过了一会儿,刘亦然道:"我们对吴心刚此人没有一点了解,他也不会平白无故帮我们,如果提出什么条件,我们怎么应对?"

听到他的话,驾车的人开口道:"从前天津卫从来没有吴心刚这号人,三年前,他突然出现在天津。光听口音,听不出是哪里人。他是见人说人话,见鬼说鬼话,什么地方的方言土语都能够说上几句,和人打交道,做生意,又密不透风,谁也不知道他的来历。"

陈蕾道:"丁叔叔说曾调查过他?"

那人道:"丁总的习惯,是和谁做生意先要摸底。吴心刚的会所,经营国外各种酒,丁总的公司,主要的业务是国际贸易,一来二去,就有了往来。但所有的调查,都只能得到一个结果,此人在东南亚各国待过,据说是在马来西亚发的家。"

王也问道:"哪条路子?"

那人道:"听您问这话,就知道是个行家。吴心刚黑道、白道似乎都能沾得上,可他的钱却干干净净,查不出什么问题。也正因为他的账目往来清白,丁总才会和他做生意。几次生意做下来,两个人成了朋友。吴心刚也喜欢古董,雅昌集珍馆开馆的时候,他还为馆里捐献了几件文玩,价值不菲,所以丁总与他关系还算密切。"

说话间,车辆驶入了一条小道,两边路灯光照下,梧桐树掩映,围墙估摸五米多高,不注意看,很难发现这里原来是一家会所,私密性极高。两扇铜门紧闭,往来需通报,寻常人等难以进入。

丁鑫的手下送四人到得会所,下车将刘亦然、陈蕾等的来意通报给吴心刚的手下,这才开车离去。

私人会所的地下酒窖里,阵阵酒香扑鼻而来,吴心刚端坐在橡木制酒桌前,手拿一只高脚杯,桃红色的酒液缓缓倒入,他示意刘亦然、陈蕾、王也、李小军坐下,一人一杯红酒,这才说道:"美酒与佳人,世间之无上快乐。美酒、佳人同样难觅,你们说,到底哪样更值得去品味?"

陈蕾道:"我们是来请求帮助的,吴先生,你已经知道前因后果,我们实在没心情陪着你喝酒。"

吴心刚没有理睬陈蕾,依然自言自语道:"依我看来,美酒无语,胜过佳人。你们知道是为什么?你们这等心情,是无法体会的。"

刘亦然道:"美酒一杯,可消愁,可助兴,嬉笑怒骂,金戈铁马,桃园李下,俨然心境,皆由此而生。只不过是人借物兴感而已。"

吴心刚哈哈一笑，道："酒非无语，人非有言。你们是来请求我帮助的，我却不知道，要帮你们做什么。"

王也突然站起来，双手搭起，十字向上，道："人王脚下两堂瓜，东门头上草生花，丝线穿针十一口，羊羔美酒是我家。"

吴心刚一怔，看了一眼王也，也站起身来，同样双手搭起，十字却向下，道："顺兴和睦孝双亲，天理无私本姓人，行过两京通各省，道排兵将两边分。"

陈蕾看着两人奇怪的手势，有些莫名其妙。李小军在一旁悄声道："这是江湖隐语，是秘密社会的通用语。"

"秘密社会是什么意思？"陈蕾小声问道，"隐语，又是什么意思？"

李小军道："秘密社会，是几百年来正统政府外在民间集结的一批社会组织。最著名的就是会道门和各地的帮会。你们听说过的洪门、三合会、小刀会等等，其实都是秘密社会。"

"他们说的是什么意思？"陈蕾问道。

"王也说的四句话，连起来便是'金兰结义'四字，问的是吴心刚是不是帮会的人。"李小军道，"吴心刚答的同样是四句，连起来是'顺天行道'，说明他是帮会的人。两个人一搭手，这就算是挂了线了。秘密社会帮派中人，同道有难，是必须要提供协助的。王也这一招可以的，他知道我们求吴心刚，不如直接以帮派来得便利。"

刘亦然道："你怎么知道吴心刚是秘密帮派的人？"

李小军完全没有搭理刘亦然的意思，仍然对陈蕾道："我们刚一进门，我就注意到会所的陈设，处处都和一个派别相关。我想王也肯定也注意到了，他刚才贸然一试，果然吴心刚不得不应对。他们之间说的话就是隐语，看来王也这一把是赌对了。"

这时候，只见吴心刚左手一搭肩膀，右手大拇指冲向王也，问道："谁点你出来当相的？"

王也右手同样搭向左肩膀，左手大拇指指向自己，答道："我师爸。"

吴心刚神色一变，双手抱拳，再问："你师爸贵姓？"

王也回礼，答道："姓方。请问，你师爸是谁？"

"我师爸也姓方。"吴心刚有些奇怪地答道，又躬身作礼，再问，"你是什么出身？"

王也双手抱拳，顶在眉心，答道："进士出身。"

陈蕾完全看不明白，悄声问道："姓方？王也不是姓王吗？怎么突然改了姓？"

李小军道："他们两个人，实际上是在盘问对方是哪一门哪一派的，身居何位。王也实在也是冒险，这样的盘问，一句话答不对，吴心刚会认为他是冒充的帮会成员，会直接下狠手。"

陈蕾沉吟道："看样子，王也是答对了。只是，这是什么帮会？"

李小军看起来有些得意，他冲着刘亦然撇撇嘴，这才道："他们的切口，是属于刀相派。按照他们的对话，显然王也在帮会中的地位还不低，竟然是进士。而吴心刚同样是进士，岁数相差近三十岁，怪不得吴心刚的态度立即变了。"

只见吴心刚双眉一挑，三根手指捏住高脚酒杯边沿递过去，问道："既是翰林院出身，请问有何凭证？"

王也不慌不忙，也用三根手指扶着杯底接过来，放在桌子右角，回道："在下第五传进士。"

李小军轻声对陈蕾道："两个人这是在试探。吴心刚显然并不相信，年纪轻轻的王也，竟然会与自己一个辈分，所以他说隐语，问清识明。他用三根手指捏住酒杯，其实是以酒作茶。如果王也接杯的动作稍有差池，他绝对会翻脸。"

陈蕾道："试探？我怎么觉得，是王也在试探吴心刚。"

李小军道："为什么这么说？"

陈蕾答道："我不知道，我的直觉是这样告诉我的。"

李小军沉思道："王也接酒杯的方式，同样是以酒代茶，他把酒杯放在桌子右角，代表着平辈。这一步一步都没有错。一直是吴心刚在试探他，你要说他反过来试探吴心刚，除非是……"

只听吴心刚突然问道："同道有何指教？"

王也回道："祖师遗下三件宝，众房弟子得真传，乾坤交泰离济坎，江湖四海显名声。第五传传到我，秉承师命闯江湖，出身原是翰林院，如今分属探花郎。"

吴心刚闻听此言，脸色骤变，道："领教……"

他还未说出下半句，王也突然发问："同道有何赐教？"

吴心刚一怔，赶忙答道："能送一锭金，不吐半句春。"

言毕，两人方坐下。

李小军脸色甚喜，道："成了。刚才的切口对答，王也赢了。不过赢得凶险。刀相派的首领，称为宰相，下面是状元、榜眼、探花、翰林、进士。两个人虽同是进士，但王也分属探花。吴心刚没有说出，是因为他的所属，明显低于探花。这样一来，虽属同辈，但因师承有高低，同属刀相派，王也的事便成了吴心刚的事。若不帮，就无法在帮会中立足了。"

吴心刚这时的态度完全变了，命人重置杯盘，再取上等好酒，方才的傲慢完全不见。

陈蕾不免小声问道："刀相派，到底是个什么样的派别，为什么吴心刚态度转变得这么大？"

李小军道："这是江湖话，见不得光。历朝历代都一直隐藏在暗处，秘密社会指的就是社会的另一面，几百年前就存在了。社会越动荡，帮会便越活跃，你没见过也很正常。刀相派，最初是崇祯年间才有的秘密组织，那时正是改朝换代、天下大乱之际。刀指的是江湖之意，相指的是宰相足智多谋，奉刘伯温为开山鼻祖。刀相刀相，江湖刀口歃血为盟，虽帮会众多，本派有宰相之能，独出于众之意。"

刘亦然道："你倒是知道得清清楚楚，难不成你也是刀相派的人？"

李小军依然忽视他，对陈蕾道："万安村从唐朝那时候起就出风水先生，走江湖，闯社会，见得太多了。不知道秘密社会，不懂江湖上的各个帮会切口，那是无法闯江湖的。"

陈蕾问道："你是哪一个帮会的？"

李小军苦笑道："我知道这些事，并不代表着我就是帮会的人啊。我们李家，世代只为七姓看风水。如果说是帮会，你什么时候见过七个人的帮会？"

陈蕾闻听此言，不由心中一动，没再说话。

李小军接着道："你仔细看，吴心刚现在一直在和王也谈话，他的意思很清楚，仍然不太相信王也。王也的话同样滴水不漏。你听吴心刚问，哪一房？刀相派分为乾、坤、坎、离四房，吴心刚属于坤房，那就是在福建一带，王也属于乾房，就是在广东潮汕一带。"

陈蕾问道："两个人分属不同房，一是福建，一是广东，会帮王也吗？"

李小军不由笑了，道："你没看到自从两个人认作同门后，虽然吴心刚心有疑虑，但在场面上，仍然未有慢待王也？原因很简单，任何帮会都等级森严，同时规法严密。刀相派共同遵守的规矩，就是同门互助，若有难不伸手相助，就会被逐出帮会，甚至连吃饭的地方都没有。这也是刀相派走遍江湖，仍然得以生存的原因所在，视事轻重，甚至会举全派之力追杀，吴心刚心有顾忌，正是为此。"

正在此时，只听吴心刚大声道："你讲崇祯藏宝三千七百万两白银，其实不对。据我所知，藏宝价值是六千七百万两白银。数额差距如此之大，要么就是你们说了谎。同门，你若说谎，便别怪我得罪。"

话既说到，吴心刚猛地一摔酒杯，变了脸色。王也、刘小然、陈蕾与李小军身后不知何时各多了两名大汉。吴心刚脸色一变，他们的双手立时搭在了四人的肩膀上，一把尖刀，横在脖颈上。

第九章
河图洛书

四人脖颈上的尖刀寒凉如冰，双肩被两个人牢牢摁住，动弹不得。吴心刚指着王也道："王也，你要欺我，你的同伙一个个都跑不了。"

王也神色镇定，道："这是你我之间的事情，他们并非刀相门人，你就算是把刘亦然、陈蕾、李小军他们三个都施以家法，割耳挖舌，也是找错了对象，反让外人笑刀相门派不辨是非。"

吴心刚道："你的意思，是要一个人来担了？"

王也一笑，手抱拳，指向胸口，又向上天，道："凭祖师爷发誓，我若犯禁，祸由己担，任由处置。"

"好。"吴心刚一挥手，刘亦然与陈蕾、李小军双肩一松，尖刀拿开。吴心刚接着道："摆台，请家法。"

一排酒架缓缓向两边分开，香堂隐藏其后，刀相派的祖师爷刘伯温端坐其上，黄巾环绕。

王也吩咐摆桌，上香，明烛，红布包裹三尺相刀，跪下念道：

"刀相门人，孝顺父母，尊敬长上，各安生理，毋作非为，时时在心，口中念一过，上转于诵经，自然生长善根，消沉罪过。十六家法训于前者，刀相子孙共遵圣论。令尔尚贤，管束族众。一如有恃强挟长，明谋为非，不守家法者，听尔同族查明家范发落，重则指名具奏，依家法治罪。"

陈蕾小声道："他这是在做什么？"

李小军脸色一变，道："这应该是刀相派的家法。江湖帮派家法虽不太相同，但在帮派内部，如有成员违反，那么可任意处置，并且是秘密执行，杀人无尸骸。"

王也道："且慢，你若是侮我清白，又当如何？"

吴心刚冷笑道："你们四人找上门来，先以江湖规矩探我虚实，后以刀相门人赚我入局。虽然你王也讲得都对，但是你们搞错了一件事。我没有这点把握，怎么可能请出刀相派祖师爷？我若说错，依家法，同样任你处置。"

刘亦然听了这话不由看向王也，王也的眼神中有些慌乱，吴心刚手里有什么东西，竟然能够认定王也的言语中有错？

想到此处，刘亦然立即开口道："吴先生，我们此次前来拜访，是由丁鑫先生引荐。就在一个小时前，杜飞用枪打伤了丁先生，抢走了崇祯御押和太虚铜人盘。我们找到吴先生，也是将三千七百万两白银的信息转达……"

刘亦然的话还没讲完，吴心刚脸色已变，道："你们还替他狡辩？不说崇祯藏宝三千七百万两还好，说起来，这正是王也欺我的证据。"

王也有些不明所以,问道:"同门,我来请你相帮,藏福不独吞,是刀相派规矩。你怎么说我欺你?你说出来,割耳挖舌,我辈同人,再不找你复仇雪恨。"

吴心刚哈哈大笑,道:"幸亏我手中有这件东西,若没有这东西,你说什么,我信什么,被你拿把铜锣,脖子上拴根锁链,当个猴子耍着玩。王也,你既以同门来结交,我也以同门之礼回报。但是,欺骗同门,该当何罪?知你不服,我明确地告诉你,什么三千七百万两白银,完全一派胡言。"

他一招手,手下端来一个木匣,打开后,一块约三十厘米长、二十厘米宽、一厘米厚的铜板出现在眼前。

吴心刚指着铜板道:"这件文物,恐怕你们没有想到,上面明明白白记载着,崇祯藏银六千七百万两。王也,你却告诉我是三千七百万两,还想拿着这件宝贝去找杜飞救你们的人?你这不是欺我,你是在做什么?"

四个人完全没想到,一直以来,赵劲夫、王峰,甚至是杜飞都说崇祯藏银三千七百万两,怎么会变为六千七百万两?如果这是真的,那就可以理解吴心刚为什么发怒了。

情急之下,刘亦然脱口而出:"吴先生,我们人在你手里,你这么多手下,有刀有枪,你怎么说,就怎么是了。"

王也道:"同门侮我清白,又该当何罪?此事传出去,你自此永远不得安宁。你割我一只耳,同门必取你一双眼。"

吴心刚气得浑身发抖，大笑道："好好好，王也，你们偏不认，那我就一五一十给你们讲清楚，也让你们吃这一刀时，叫痛不叫屈。"

他将铜板拿起递给王也，道："你睁大眼睛，仔细看清楚。一会儿证据都在，王也，你别不认账。"

王也接过铜板，只见清晰的圆点符号，连线而成，分别由内圈上下端向外发散，如同两条旋转的旋涡，分别对应奇、偶数，中圈一、二、三、四，外圈六、七、八、九，分别呈八字形，两者相合，密密麻麻，遍布其上。

他翻来覆去详细察看，却也看不出铜板哪一处纹样注明崇祯藏银六千七百万两的痕迹。他将铜板交到陈蕾手中，她反复看后摇摇头，并未发现异样。刘亦然与李小军轮流接过铜板，也没有新的发现。

四人彼此对望，同时想到一个人，赵劲夫。这才意识到杜飞所说，赵劲夫是打开崇祯宝藏的钥匙这句话的真实含义。果然，铜板上的纹样隐藏着惊人的秘密，但即便放在眼前，普通人也无法参悟。

王也沉默不语，将铜板交还至吴心刚手中。

吴心刚冷笑道："我要不将发现的过程告诉你们，你们自然是认定我侮你们清白。好，这件铜板，是我在得知纹样代表着什么意思后，支付了十万元人民币才买到手的。"

原来，在两年前丁鑫的雅昌集珍馆开幕之际，吴心刚前去道贺，便看到了崇祯御押。当丁鑫悄悄提到这件文物涉及崇祯藏宝时，他心中便开始留意。直至有一天，他在河北保定办事，下榻酒店来了一人兜售文物，手中之物便是这块铜板。本以为是寻常之物，来人却直接要价二十万元，并且告诉了吴心刚为何价格如此之高。

吴心刚指着铜板上的圆点纹样道："当时我和你们一样，以为是普通的圆点纹样，来人却告诉我，这并非简单的圆点，这一面，是河图，另一面，则是洛书。"

河图洛书？中国最早的八卦图纹样。吴心刚说至此处，众人再看那些铜板上的圆点，已经隐然成了另一种模样：八卦，左东、右西、前南、后北，和圆点位置相符。

看到王也震惊的模样，吴心刚脸上露出得意的笑容，他知道自己说对了。他指着其中一颗圆点道："河图洛书同为中国古代天文历法数图。河图上的这些圆点，其实代表的是五星之气，五星在河图上代表五方四季，春夏秋冬。王也，你睁大眼睛，仔细看这几颗，你看出了什么？"

王也喃喃自语，也不知道他在说什么，只听李小军失声道："北斗七星。"

"没错，北斗七星。洛书以北斗七星中的招摇与二十八宿来代表四季八节。"吴心刚道，"你仔细看清了，王也，不要指责我侮你清白。这幅洛书中的数五，即为招摇星，星在中央，四季春夏秋冬，八节立显：立春、春分、立夏、夏至、立秋、秋分、立冬、冬至。"

陈蕾问道："就算是河图洛书，哪里说到六千七百万两白银了？"

吴心刚哈哈大笑，道："同样的问题，我在两年前也问过。铜板纹样隐藏的秘密恰在于此。明为河图洛书，实为中国古代数学算图。王也，你眼睛不要眨，耳朵竖起来，仔细看清听好了。那人既然敢将一个看似平常无奇的铜板卖到二十万元，那么他就需要说服我。他道，纹样以八卦示之，实际上是秦九韶的算图。"

秦九韶是中国古代著名的数学家，强调数与道非二本，认为数学自河图洛书中来，河图洛书即早期的八卦。他写道："圣有大衍，微寓于易。"认为他关于一次同余式组的解法来自于《周易》中的大衍术，因此，又将自己的发明称为"大衍求一术"。

秦九韶自周易八卦精微之处寻得妙处，独创大衍求一术。他将数术分为内算、外算。内算天文之术，包括天象、历度、太乙、壬、甲等天文数术，为皇帝推算星象，占卜吉凶，言其秘，不与外传。外算《九章算术》，天下皆可习之。

吴心刚指着遍布铜盘、有规则的连续圆点道："河图洛书是最早的八卦图，这些纹样符号，与算图有对等的换算关系。秦九韶的算图中，单波浪线连接两数首尾，表示乘法。单虚线连接两数首尾，表示除法。双实线连接两数的首首或尾尾，表示加法。单实线连接两数的首首或尾尾，表示减法。"

王也的脸色顿时有些潮红，吴心刚看在眼里，道："王也，我讲到这里，你也应该听明白了吧。以铜板符号纹样定义算法，完全可以做数学运算，这幅在你们看来奇怪的图，是运用了秦九韶算术提供的崇祯藏宝银两数目，算出的结果，不多不少，恰恰是六千七百万两白银。"

四人谁也没有说话，李小军暗暗攥紧了拳头，刘亦然则悄悄站向陈蕾身侧，以防吴心刚突然翻脸下手。

吴心刚似乎并没注意到四人的动作，接着道："崇祯藏银如此设计，现在看来，是为了避免护宝人私藏不交，而取宝人，也知道所取数目为多少。对于不知此事的人来说，就算是得到铜板，也不知道说的是什么，可算是隐秘的系统了。王也，你现在明白我为什么知道你在说谎了？"

刘亦然将陈蕾护在身后，这才问道："吴先生，你为求财，还是为泄愤？"

吴心刚看了刘亦然一眼，漫不经心地道："你认为，我是为哪一样？"

刘亦然道："吴先生，不管你信还是不信，我们确实不知道你手中这件文物，也是第一次得知崇祯藏银的具体数目。此前，杜飞、丁鑫也一直说的是三千七百万两白银。我们没有任何理由在寻求你帮助的时候，再去欺骗你。"

吴心刚冷笑道："任何人在这笔宝藏面前都会有私心。杜飞为了这笔宝藏，可以打伤丁鑫，更何况你们几个？"

刘亦然道："谁手里有最多的崇祯藏宝文物？是我们吗？杜飞的

手里有两件之多。接下来,你不去找他,他也一定会来找你。"

吴心刚道:"难道我不会和他合作吗?为什么要帮你们一起对付杜飞?"

王也此时突然接口道:"你如果提供帮助,你将得到的不是两件,而是至少三件。"

吴心刚一怔,道:"三件?哪三件?"

王也道:"太虚铜人盘本是李小军家的,崇祯御押在杜飞手中,但他说过,除了这件崇祯御押,还得到几件。这就是说,他手里至少还有一件。兽人炉,陈小姐持有。还有一件,在王会长手里。你手里有一件河图洛书铜算图。这就是六件。六件当中,我们占据三件。"

王峰手里有一件崇祯藏宝文物?刘亦然、陈蕾、李小军听到这话不由大吃一惊,他可从来没有提起过。王也看向三人,仍然不动声色。

吴心刚道:"我要是不帮你们呢?"

王也道:"你只有这一件,你最大的可能是和杜飞合作。就算是按持有文物来算,你只能拿到一份。而我们手里有三件,我们将这三份的利益交给你。按照你所说,六千七百万白银藏宝,这三份的利益,至少也有一千七百万两白银。"

王也说至此处,看向陈蕾和李小军,两人点点头,表示赞同他的意见。

刘亦然道:"如果我没有猜错的话,丁鑫知道你手中有崇祯藏宝文物，那么，杜飞也有七八成了解。说不准，他早已和你谈过，依他的所作所为，他应该是曾提出一个价格，吴先生没有同意。"

吴心刚哈哈大笑，道："刘先生心思缜密。不错，杜飞确实曾经找过我。他只为看一眼我的东西，便出价两万。那时我便知道，他的手里肯定也有。"

刘亦然接着道："杜飞出这么高的价格，只为看一眼，那不用说，他看到之后给出的价格就更高了。"

吴心刚点点头，道："杜飞出价，从十万到二十万，一直到三十万。每隔一段时间，他总是会带着人来会所看一眼。我知道，他带人来看，是试图破解文物隐藏的秘密。只是，他再怎么看，也没有得到任何结果。"

刘亦然道："他要是聪明，早就看出崇祯御押上的秘密了。这么复杂的河图洛书铜算图，我想赵劲夫也不一定能够破解出来。"

吴心刚道："赵劲夫，就是他破解了崇祯御押？"

刘亦然道："杜飞说过，赵劲夫是开启崇祯宝藏的唯一钥匙。我认为这句话说得对。如果我的判断没错，赵劲夫此刻正在杜飞的某一间密室，破解他手中的文物隐藏的秘密。到那个时候，吴先生就算有再多的文物，也未必能拿到更好的谈判条件。"

吴心刚道："你的意思是说，如果我帮助你们，那么，赵劲夫就是和我一条战线的？他掌握的文物秘密，和我们手中的三件文物，就是我们和杜飞最大的谈判筹码？"

刘亦然笑道："吴先生，泄愤，怎抵得上货真价实的一千七百万两白银？"

此时，陈蕾看看腕表，道："时间越晚，对我们越不利。马上将近十一点了，吴先生，你得尽快做出决定。"

五分钟之后，两辆奔驰轿车、一辆面包车，载着李小军、刘亦然、陈蕾、王也四人和吴心刚及他的八名手下驶出会所。三辆车的灯光，在夜色中如同巨蟒，在弯曲的道路上前行。

杜飞的寓所，是位于翠泉河附近的三层楼独栋别墅，外有门卫、安保人员把守。通报来意之后，铁门开启，车辆驶往停车场。一行人进入楼内，上三层，吴心刚的手下被拦截在门外，几个人经搜身之后，才在一间宽敞的书房见到了杜飞。

室内并未见赵劲夫和王峰，杜飞坐在宽大的老板椅上，身后站着两名大汉。见到吴心刚，杜飞哈哈笑道："吴总，你知不知道你身边的四个人是谁？"

吴心刚道："杜先生，我知道，这四个人是你要找的人。我把他们带过来，就是给你一个交代。"

四人没有料到吴心刚会如此说，王也正要发作，只听吴心刚接着道："杜先生，我既然来到你这里，就是朋友。你把朋友晾在这里，就让我站着吗？"

杜飞这才站起身来，道："吴总，请坐，慢慢聊。"

书房有两排沙发，杜飞、吴心刚对面而坐。吴心刚道："这四位朋友，方才到了我的会所。"

杜飞"哦"了一声，道："怎么个意思？他们说服了你，让你来救赵劲夫？"

吴心刚道："杜先生，我不是来救赵劲夫的，我是来帮你的。"

杜飞哈哈大笑，道："这是今年以来，我听到的最有意思的话。你来帮我？怎么帮？把你那件宝贝送给我，这才叫帮我。"

吴心刚也笑了，道："不是一件，而是两件。"

刘亦然听到这话，不由想到吴心刚并没有说出王峰手中的那件文物，不知他是什么意思。

杜飞也吃了一惊，道："你手中还有一件？在哪里？"

刘亦然从挎包里拿出那件兽人炉，向杜飞晃了晃。

杜飞笑道："好，没想到你们有这件宝贝。要知道你有这件宝贝，一切好商量嘛。"

刘亦然道："这件宝贝，你想要，没问题，一切好商量。"

吴心刚道："还有我的那件河图洛书铜算图，你开价多少，我都没有卖给你。杜先生，你知道是为什么。"

杜飞笑道："吴总的胃口，实在是太大了。你只有一件，却想要崇祯藏宝的一半。我们两个换一下位置，你觉得你会答应我吗？"

吴心刚道："我这一件你得不到，那崇祯藏宝，你照样一两银子也求而不得，一样的结果，这和我拥有几件文物关系实在是不大。只有我们两个人合作，才能得到崇祯藏宝，否则，你干吗要把崇祯御押放在丁鑫的雅昌集珍馆，以御押为饵，钓另外那几件文物？"

杜飞道："你们合作，再找我合作，就凭这两件文物，就想换我一千八百万两藏银？"

吴心刚大笑道："杜先生，论势力，我不如你，但你知道为什么我只拿一件文物，就敢向你要一半吗？很简单，我能破解文物上符号的秘密，你就算拿着崇祯御押，也不知道那上面说的是什么。"

刘亦然不由和陈蕾对看了一眼。吴心刚这人聪明得很，他根本没有提赵劲夫，却一步步引着杜飞自己说了出来。

果然，杜飞脸上顿时僵硬，半晌方道："吴心刚，你要是昨天说这句话，我还相信，今天说这句话，你的合作对象没有和你说吗？哼，你无非就是激我，你想见他。好啊，来人，把他们带进来。"

只见杜飞的一名手下，从书房外带进了赵劲夫与王峰。赵劲夫甚至还洗了个澡，收拾得很是干净，王峰却仍然是原先的模样。两人见到刘亦然四人，却也未显得多高兴，赵劲夫甚至奇怪地连连咳嗽。

杜飞道："赵教授，刚才手下不懂事，打了几拳，让您现在还咳嗽，实在是对不住。放心，从现在开始，谁敢动你一个指头，我杜某人要他的命。"

赵劲夫愁眉苦脸地道："杜先生，我看这间屋子里，想要我命的人，除了你之外，好像没其他人了。"

杜飞略显尴尬，吩咐手下安排两人落座，却没有理睬李小军等四人。

赵劲夫道："那四人是我的朋友，杜先生，你让他们站着，我坐着，好像也不对劲。"

杜飞现在对赵劲夫显然是有求必应的架势，立刻命人安排四人落座，沏上一壶白茶，一一注满茶杯，端至各人手边，这才介绍道："赵教授，这位吴心刚，想要见你一见。我想，他是有话要说。"

吴心刚还没有说话，陈蕾抢先道："杜先生，你打伤了丁叔叔，无非是想要崇祯藏宝。现在，我手里有一件兽人炉，吴总手里有一件河图洛书铜算图。两件文物，你开个价，我们有合作的空间。"

吴心刚不由暗暗赞许，陈蕾的话看似莽撞，却给赵劲夫手里塞了一把尖刀。赵劲夫知道了陈蕾手里的两件文物，势必有所动作。

果然，杜飞道："两件文物？吴总，你知不知道我手里有几件？"

赵劲夫一笑，道："杜先生，你手里不管有几件文物，在我看来，等于一件也没有。"

杜飞脸色阴沉，正要发作，吴心刚接口道："杜先生，赵劲夫是唯一的钥匙，这是你最接近崇祯六千七百万两白银的机会，难道你宁肯放弃这个千载难逢的机会吗？"

杜飞如被人打了似的脸上涌起一阵红潮，他呼吸急促，喝了一口茶,才道:"吴总,有六千七百万两?你说话要讲证据的。"

吴心刚哈哈大笑,道:"杜先生一贯谨慎,你多次带人来看我的宝贝,难道就没人告诉你,这件宝贝记载了崇祯藏宝的数量?"

杜飞的脸瞬间紫胀起来,吴心刚的嘲笑,几乎是毫不顾及他的颜面。这却也从侧面间接证明了赵劲夫的重要性。显然,杜飞意识到了,没有赵劲夫,不管他拥有几件文物,无法窥探到文物隐藏的秘密,确实等于一件也没有。

吴心刚接着道:"杜先生,你多次向我打听,以为我也没得知这件宝贝的秘密。其实,在你第三次来的时候,难道你没有看出,我之所以让你带着专家来看,就是不怕你破解?"

杜飞冷笑道:"吴总,这六千七百万两白银,就凭两件文物,你想要多少?"

吴心刚此时却并不接话,道:"杜先生,这一点,其实我们两人都错了。文物是一半的因素,但赵劲夫不点头,或者他没有破解文物的秘密,我们现在所谈的一切,都是空中楼阁。"

吴心刚此话一出,刘亦然顿时明白了,他要看杜飞的文物,同时,他更要看赵劲夫的本事是否真的如此厉害。

陈蕾显然同样意识到了吴心刚的企图,顺势对赵劲夫道:"要不你来说一说,你有几成把握能破解吴总的文物?"

吴心刚没料到,他本想将火烧到杜飞身上,现在却引到了自己身上。他若有所思地看了一眼陈蕾,才道:"赵教授,来吧,我的这件宝贝,你看看隐藏的六千七百万两白银的信息,逻辑为何?"

他又转向杜飞，道："杜先生，赵劲夫破解了你的崇祯御押，我想你一定清楚，宝贝在你眼前你却没有猜破，那原因很简单，我们没有思路，就像面对一块好肉，拿起筷子，也不明白如何下口。赵劲夫若能说出我这件宝贝的破解思路，那我们才能够谈如何合作，各分几成。"

杜飞点点头，道："赵教授人口金贵，我方才将文物放在他面前，他都不吭一声。这才有了两个不成才的手下出手相劝。你要是能让赵教授帮忙破解，那我们一切好谈。不过，明知道答案的文物，破解有什么意思呢。我拿出我的宝贝，我们让赵教授掌掌眼。"

吴心刚眼睛一亮，他的目的达到了，无非是一要看赵劲夫的本事，二要看杜飞到底拿着几件文物。

杜飞从沙发上站起来，走到书房一角，打开暗室走了进去。片刻，他走了出来，手里拿着一件文物，放在茶几上，道："赵教授，这一时刻，我相信吴总也等了很久。你的朋友们一来，你就知道他们是来救你的。现在能不能救得了他们，就要看你自己的了。"

赵劲夫脸色一变，杜飞没有理会他，却又对吴心刚道："吴总，这件事情，无非两个结果。第一个结果，赵教授没有破解出来，才疏学浅，那么好，他们谁也走不了。你拿你的宝贝走人，什么时候破解出来，我们再相会。第二个结果，赵教授破解出来了，既然他的朋友站在你这一边，那么赵教授自然和你是一路人。我们来谈合作,你的那两件文物能够占比多少,一会儿就知道了。"

吴心刚道:"杜先生,你这话说得不对。无论结果如何,我们都能够合作,只是要看合作的深度有多少了。"

杜飞哈哈大笑,对赵劲夫道:"赵教授,请吧。"

那是一件铜带钩,由七颗圆形铜球组成,形制如同北斗七星,依次排列在带钩上,斗魁四星,斗柄三星,六根略小于铜球的圆柱形连接其间。整体长五十多厘米,重应该不到五百克,通体鎏金,圆球及柱体上刻有多种古代常用云纹等样式。

带钩源于先秦两汉,常用于钩系腰带,并可以挂宝剑等武器,或用于悬挂佩玉等装饰品,是古人的日常用品,同时有祈福的寓意。

赵劲夫拿起铜带钩细细端详,过了一会儿问道:"杜先生得到此物多久了?"

杜飞满脸尴尬,道:"三年有余。这件七星铜带钩我确实请专家研究过。它的长度大约是寻常铜带钩的五倍,专家们的判断,是用在某个祈福的场合,当作装饰用的。"

赵劲夫笑道:"杜先生,它并不是用在祈福场合的。我可以肯定地告诉你,这件铜带钩,是打开宝藏的关键之物。只是到底怎么用,可能还需要一件东西。"

杜飞道:"你怎么这么肯定?"

赵劲夫道:"中国古代带钩的使用,多是挂在腰带上,要不然就是在腰带先置一环,以带钩钩首挂玉环,走动起来,煞是好看,也是高贵身份的象征。先秦两汉使用带钩者,多为皇室,最低层级也是王侯将相。但因这北斗七星造型,这枚带钩的含义就完全不同了。"

吴心刚道:"不过是造型不同而已,有什么区别?"

赵劲夫道:"北斗七星造型或者纹样,在中国古代是皇帝的专属。这件铜带钩既为崇祯藏宝器物之一,因此是崇祯下令制造的无疑。但是,它形制太大,那么肯定不是用来佩戴的,唯一的解释,便是用在某种场合的。"

杜飞不由问道:"场合?我请的专家,说是祈福的场合,你却说不是。那你说说,是什么场合?"

赵劲夫拿起带钩,似乎是为了确定某事,再仔细端详,这才道:"你们看,这件七星铜带钩上的纹样,云气缭绕,有斗车位于中央。显然,这是用在占星场合的。"

杜飞不解地问道:"占星?用这件东西来占星?"

赵劲夫道:"杜先生,你不要小瞧任何一件文物的纹样。文物的造型,往往与纹样相结合,才能表达出特定的含义。这件七星铜带钩上的纹样为帝车,《史记·天官书》中有明确记载,说皇帝坐着北斗七星管理人间。而且,在星占学中,北斗七星,主富贵之官。尤其是北斗第七颗星瑶光,自古以来被认为是祥瑞之星。这件文物的第七星独独大于其他六颗,占星的目的之一,必为祥瑞吉运。"

赵劲夫见杜飞仍然一副眉头紧锁的模样,而王峰、吴心刚微微点头,便知两人了解了自己的意思,于是又解释道:"杜先生,简单来说,中国古代的占星术认为,北斗七星掌握着人间。带钩的造型为七星,纹样帝车,显然,这件文物与崇祯宝藏的联系还需要从七星象征的意义来理解。"

杜飞这才缓缓道:"赵教授,这七星所象征的意义,我请的那些专家告诉过我。应该是《尚书》里说过:'七政者,北斗七星,各有所主[1],具体对应我就不一一说了。"

吴心刚道:"看来杜先生为了崇祯宝藏,真是费了许多心力。"

杜飞哼了一声,并不理睬,接着道:"我也听专家讲过,七政,进一步理解,就是春、秋、冬、夏、天文、地理、人道,所以为政。人道政,而万事顺成。北斗七星与时间、阴阳、五行、节气等相通,问题在于,这和崇祯藏宝有什么关系?崇祯御押是取宝凭信,吴总的宝贝记明了藏宝数量,这件铜带钩的作用是什么?"

吴心刚不免叹一声气,道:"杜先生,依你的财力、人力以及影响力,当然可以请到任何顶尖的专家,但你知道为什么赵教授能够破解,他们却不能?关键就在于他破解的逻辑。你如果不尝试打断他的思路,我相信你能更快知道结果。"

---

[1] 马融注《尚书》解释说:"第一曰正日;第二曰主月法;第三曰命火,谓荧惑也;第四曰煞土,谓填星也;第五曰伐水,谓辰星也;第六曰危木,谓岁星也;第七曰剽金,谓太白也。"

杜飞脸色一变,又想发作,赵劲夫赶忙道:"杜先生,你接着看这里的纹样。北斗七星在不同的年份、不同的日期有不同的含义。这就是占星术的奥妙。带钩上那些由错金工艺打造的纹样,星星点点,组成的正是北斗七星的天象。"

杜飞仔细看去,不由微微点头。

赵劲夫道:"这天象并非简单的中国古代天象图,大多数情况下,常常应用于问天。如果皇帝有德,那么七星明亮,国家吉祥;七星暗淡,则国有灾难降临,天本不祥。如果我的猜测不错的话,这枚带钩的作用可能在所有文物中最为重要。因为……"

话至此处,他突然用手一扭,只听"咔嚓"一声,带钩竟然分为两段。杜飞"啊呀"一声,还没来得及反应过来,赵劲夫已双手接连用力,北斗七星铜带钩瞬间变为数段。

"赵劲夫,你敢毁我宝贝。"杜飞大喝一声,怒道,又指向吴心刚道,"好你个吴心刚,你不是来合作的,你是来毁我大事的。"

吴心刚同样怔住了,正要解释,只见杜飞掏出手枪,指向了赵劲夫的眉间,手指用力,便要扣动扳机。

第十章
九星再现

北斗七星铜带钩瞬间被赵劲夫拆为数段,杜飞气急败坏,额头青筋毕露,紧握勃朗宁手枪,他的崇祯宝藏近在咫尺,却瞬间化为乌有。

眼看赵劲夫难逃一枪,众人只来得及惊叫一声,谁也没想到,王峰一个箭步,冲上来挡在了赵劲夫前面。

杜飞显然没有料到,右手食指稍缓,王也已经飞起一脚,踢在了他的右手腕上,勃朗宁手枪飞了出去。杜飞抬眼看时,王也左手已搭在了他的咽喉上,右手环抱,顺势将他拉在自己身前。

两名手下此时方反应过来,慌乱掏出枪来,指向王也。听到枪响,书房外瞬间冲进二十余人,杜飞与吴心刚的手下各自持枪对峙,场面一时混乱。

杜飞大叫道:"都别动。王峰,你这是要做什么?"

王峰道:"杜先生,你杀了赵劲夫,你为此耗费的心血,就全部付之东流了。"

吴心刚此时却哈哈大笑,道:"杜先生,你这脾气,实在是令人意料不到。你应该听听赵教授怎么讲,他怎么会不知道毁你文物你会杀了他?他为什么要冒这个险?"

杜飞并不答话,只是冷笑道:"王峰,现在你的手下捏着我的命,你怎么说就怎么算了?"

王峰道:"杜先生,吴总说得有道理。杜先生请想一想,赵教授为人谨慎,怎么可能平白无故毁掉文物?这不符合他这个人的性格,我正是为此才舍命阻拦的。"

杜飞恶狠狠地道:"好,如果赵劲夫能讲出个道理,那我们还有合作的余地。如果他讲不出个道理,左右的,你们听好,今天,谁也不能活着出这间书房。你们七条命,赔我一条命。"

吴心刚听罢,急忙走到王峰面前,道:"王会长,都是误会。杜先生也未必是要开枪打赵教授。再说了,你的手下这样扣着杜先生,这不是梁子越结越深嘛。要让我说,大家都把枪放下。王会长,你若是有诚意,就让你的手下先放了杜先生。"

王峰面带犹豫,他深知,他的做法已然激怒了杜飞。他也只是赌赵劲夫另有因由,不会轻易毁掉文物。但此时此刻,若让王也放开杜飞,面对十余支黑洞洞的枪口,难保他们两个人不变成筛子。

两方僵持间,赵劲夫笑道:"杜先生,看来你真是误会了。"

杜飞冷笑道:"误会?赵劲夫,什么是误会,你能讲清楚,就能救你们七个人的命。"

杜飞此说让吴心刚额头冒汗，他也完全没有想到，事情竟然变成如此模样。自己方才与杜飞言说，与刘亦然、陈蕾、赵劲夫合作，本想获得优势，拿到崇祯藏宝更多的份额，却没想到，自己现在果真被杜飞认定他吴心刚与赵劲夫等人是一伙。

吴心刚不由暗叹，这才叫偷鸡不成蚀把米。双方谈崩，乱枪齐发，谁也不能保证哪颗流弹不飞到自己身上。杜飞将此事迁怒于他，就算是今天有惊无险，赵劲夫如果说不出个道理，从今往后，在天津卫的地面，与杜飞成为对手，日子也不会好过。

王峰、吴心刚、杜飞等人均将目光盯在赵劲夫身上。赵劲夫倒是面无惧色，甚至嘴角还流露出些许笑意，看向刘亦然与陈蕾的目光似乎是告诉他们放心。

他直到这时才道："杜先生，铜带钩的作用除了祈福与挂物，还有第三种。"

赵劲夫此言一出，王峰、吴心刚都松了口气，面色终于不再那么紧张。杜飞怪笑一声，道："赵劲夫啊，赵劲夫，你这是在唬我？第三种用法，有一百种用法，这件文物也被你毁了。"

赵劲夫道："杜先生，我说的这第三种用法，还真就必须将这件北斗七星铜带钩毁掉才行。"

杜飞一怔，随即道："你的意思是说，你是迫不得已，为了证明这件文物的作用，才把它毁掉的？你以为我是三岁小孩子，你说什么，就是什么？"

赵劲夫笑道："杜先生，你若不信，好，王会长，请你吩咐王也，将杜先生放了。"

王也面色一变，道："赵劲夫，你说什么？我放手，你的小命立马完蛋。你没看到这么多支手枪正指着我们的脑袋？"

赵劲夫道："我今天以我的人头担保，杜先生不仅不会动我们一根头发，他还会拿出好酒好菜，大家辛苦一天，也该吃点东西，填填肚子了。对了，杜先生，我最爱吃一口天津卫的海货，不知杜先生一会儿能否满足我这个小小的愿望？"

杜飞怪笑连连，道："赵劲夫，我真是佩服你这个人，都到这时候了，你还想着一口吃的。可以，只要你说得有道理，在座的各位，你们想吃什么，说出来，我杜飞哪怕半夜里给你去海河捞螃蟹，给你们吃个一口香。"

赵劲夫拿起两个拆毁的断球，走到杜飞面前，道："好，杜先生，你看这里，铜带钩的斗魁与斗柄相接之处，这里是什么？"

杜飞、王也、王峰三个人都清清楚楚地看到，那断裂处，有一蘑菇形状的纽扣。王峰不由笑道："王也，放开杜先生吧。"

王也两手一松，放开了杜飞，十余名手下霎时围了过来。杜飞大声喝止，冲着手下大骂："你们这些白吃饭的混账东西，伤了赵劲夫，我要你们的狗命！"又给了方才他身后的两名手下一人两个耳光，喝道，"你们长眼睛是干什么吃的？我都被人扣住了，你们拿着枪，想打谁？没看到我在他前面挡子弹？打我还是打他？"

两个手下被骂得晕头转向，被杜飞一人一脚踹出门外。回转身来，杜飞走到赵劲夫跟前，从他手里接过两只断裂的铜球，左看右看，又走到王峰、吴心刚面前，也不说话，只是呵呵冷笑。

绕着书房转了一圈，杜飞这才道："赵劲夫，说说吧。你救了自己的命，你应该庆幸。"

赵劲夫道："我对杜先生知无不言，只是杜先生有些激动而已，没有等我把话说完，你就把枪掏出来了。"

杜飞道："枪，就放在这里，你接下来说的话，最好一次性完完整整说出来。赵劲夫，你可要知道，子弹，可比你的话快多了。说说吧，这件北斗七星铜带钩怎么用？"

赵劲夫道："杜先生，说到铜带钩的用法，还需要向你借一件东西。"

杜飞一愣，道："你要向我借一件东西？借什么？"

赵劲夫道："杜先生既然得到了北斗七星铜带钩，和它在一起的东西必然还有一件，厌胜钱。我要向杜先生借的，正是此物。"

杜飞不禁叹息道："赵劲夫，你是怎么知道我还有一件厌胜钱的？"

杜飞起身，再次走进书房暗室，出来时手里拿着一只桃木小匣，道："果然是赵教授，我算是服了你了。不错，你又说对了。我得到北斗七星铜带钩之时，还真是有厌胜钱。"

杜飞将小匣交到赵劲夫手中，这才又坐到沙发上，道："各位，都坐下吧。我们来听一听赵教授的破解。不过，我还是要问一句，赵教授你怎么就知道一定有？如果没有，那你不是白白赔了一条性命？"

赵劲夫接过小匣，道："北斗七星铜带钩与厌胜钱，这两件文物应该是孟不离焦，焦不离孟。如果杜先生得到这件文物时只有铜带钩，那么，我甘愿挨此一枪。如果杜先生有这件文物，却没有拿出来，那么这铜带钩就是件废物，完全不能用。万幸，杜先生，事实证明你有厌胜钱。我的命，还留着。"

打开桃木小匣，赵劲夫拿出一枚厌胜钱，道："杜先生，在座各位，你们肯定有个疑问，为什么我如此笃定，有铜带钩必有厌胜钱？"

杜飞等人点点头。

在中国古代社会，带钩还有一个少被提及的作用，就是厌胜。厌胜最早出自王莽制威斗。[1]随着时代的变迁，威斗之用逐渐演变为方士厌胜巫术，又变为两军交战时所用兵钩，再至带钩，至厌胜钱。造型一直在变化，但其用意基本未变，带钩与厌胜钱作用相同，祈福、除邪、求取吉祥的佩戴赏玩之物。

厌胜之物的观念，其实在中国古代非常流行，一直到现代社会，这种影响仍然可见，如门神、八卦，还有中国古代建筑中常见的屋脊两端的装饰物鸱吻，传为龙之九子，像是没了尾巴的四脚蛇，善吞火，是为辟邪、防火灾雷电的厌胜手段。

---

1 《汉书·王莽传》记载："威斗者，以五石铜为之，若北斗，长二尺五寸，欲以厌胜众兵。"也就是说，这件用来厌胜的威斗，它的模样正和北斗七星一模一样。

赵劲夫道:"明朝时,厌胜钱成为流行的择吉之物,尤其是明朝皇帝登基时,均制作厌胜钱,崇祯皇帝也不例外,但并不用作流通之用。这枚厌胜钱,直径为六七厘米,圆形,中孔为方,纹饰线条细密,阴刻、阳刻合用,复杂精致。正面纹样为树木、云气纹,背面纹样浅浮雕铸九位人物。"

杜飞道:"这又和铜带钩有什么关系,不都是厌胜之物?"

赵劲夫笑道:"如果仅同为厌胜之物,那杜先生的手枪,又该指着我的脑袋了。至明代,厌胜成为星占的重要内容之一。在古人的观念里,运用厌胜之法,可以制服人或者物,因此才有了王莽制威斗作厌胜的记载。北斗七星厌胜法正因此而来。"

吴心刚忍不住问道:"这么说来,崇祯皇帝是想以厌胜之法镇压他的对手?"

赵劲夫道:"这个并不奇怪。在古代天文学星象图中,二十八宿鬼宿四星,《史记·天官书》记'舆鬼鬼祠事',说是大凶之兆。鬼宿四星,在现代天文学中属于巨蟹座。而北斗七星斗魁四星,组成长四方形,如同古代的马车厢。斗柄三星,如同驾车人的马车棚,古代称为帝车,说是天上君王乘坐的。帝车车底正好压在鬼宿之上,称之为'北斗压鬼宿'。"

王峰不由点头,道:"这么说来,到明朝时,崇祯皇帝制厌胜器物,借此寓意扭转战局也并非不可能。毕竟那是一个国家的危难时刻。只是,真有这种可能吗?"

赵劲夫道:"王会长,明朝皇帝对厌胜钱的使用可并不是空穴来风啊。张居正，万历时期的内阁首辅，在《太岳集》中亲笔记载，万历七年五月四日，皇城广寒殿，殿中木梁忽然倒塌，发现有金钱百二十文，盖镇物也。这指的就是厌胜钱，是作为镇服之物使用的。而且，在明代，对于北斗厌胜之法还有明确的规定，民间私自拜斗，按《大明律》是要杀头灭族的。"

吴心刚道："那意思岂不是说，只有皇帝可用？"

赵劲夫道："北斗厌胜之法只有皇家才可以使用，原因在于古代王权的设立，确实和天象联系在一起。故宫博物院的兽人炉，为什么说是帝王方可拥有的？原因就在那件文物的纹样上，在古代星象图中，北极星之喻正对应帝王之家。寻常百姓，谁敢轻用？那是要掉脑袋的事。"

赵劲夫说到这里，杜飞意味深长地看向陈蕾，张口想说什么，又闭紧了嘴，转头看向赵劲夫，终于没有说出来。刘亦然显然注意到了杜飞的举动，不由伸手，不为人注意地握住了陈蕾的手，示意她留意。于是李小军轻哼了一声，偏偏被王也听到，看了一眼三人各自的姿态，也不由哼了一声。

赵劲夫并没有注意到这边四人细微的举动，接着道："其实，古代社会对天文学的控制非常严厉，正是为了防止民间通过天象对朝廷造成威胁。尽管如此，历史上王朝更迭时，诸如陈胜、吴广、李自成，甚至一些开国皇帝，如朱元璋，也都是以天命所归、借天意来行人间事的。可以说，中国二十四史里的每一个朝代，都对天文学说控制极严，就是因为涉及天命。"

吴心刚好像很有感慨地道:"每个人都有命定之数,你能不能得到,光信命,那就完了,还是得看你怎么做,杜先生,你以为如何?"

杜飞并不答言,只看向赵劲夫,听他接着道:"中国的传统哲学之一,便是知天命,尽人事。但在古代社会,通过天上星象来定夺地上的君王,是从上至下全社会公认的。谁掌握了占星之术,破解了上天的旨意,谁就是皇帝了。既然如此,那肯定是不允许寻常百姓去掌握天机的。只有皇帝,才有权力决定上天说了什么话,而皇帝则代天去执行。"

陈蕾笑道:"从古至今,还真是有权的人的想法就没变过,只能我有,不能你有。"

赵劲夫也笑了,道:"仔细想来,为了维护自己的权力不受威胁,帝王家自古以来的手段很多,用一个字来表述的话,就是'禁'。最典型的例子,就是对于星象的解释,自己完全控制。"

杜飞疑惑道:"禁,说得也太大了吧?"

赵劲夫道:"大吗?一点也不大。古代的王,本质上算巫。巫上传天意,谁不服就是违抗天命。秦之后历代王朝,皇帝自然不能是巫了,但是也经常仰仗星占来解决统治的正当性问题。这在历代王朝的法律上都有明文记载。"

杜飞冷笑道:"法律还记载这些事情?"

赵劲夫道:"杜先生,古代想要观天象,必不可少的条件是天文仪器，比如说灵台、明堂等。谁拥有上述器物，便可察符瑞，候灾变。当然，这些都属于皇家所有。比如《诗经·大雅·灵台》明记，非天子，不得作灵台。所谓天子有灵台，以观天文。诸侯卑，不得观天文，无灵台。"

杜飞道："那等我寻到崇祯宝藏，有钱有闲后，好好研究研究。"

赵劲夫不由笑道："杜先生，你若是有时间、有兴趣，可以找找唐宋元明清等朝代的法律，对此规定得非常详细。"[1]

吴心刚道："那就没有私学的了吗？"

赵劲夫道："应该说，禁止再严厉，还是有人偷学的。而对于犯禁的，明朝皇帝的态度是强制送往钦天监，充当天文生，禁不了便把你的才学纳为皇家所用。"

"尤其是私自拜斗，燃点天星七灯，被认为罪深业重。七灯，指的就是北斗七星。这也就能够理解，为什么这件七星铜带钩的各个相接之处，我认为是代表着七灯，告天拜斗，与天帝相通。"赵劲夫说到此处，看了一眼杜飞，又看了一眼吴心刚和王峰，才接着道，"所以，我觉得，此时此刻，应该是谈判的时候了。"

杜飞哈哈大笑，鼓掌道："不愧是赵教授，我一直以为你是一

---

[1] 比如《万历野获编》记载："凡私家收藏玄象器物、天文图谶、应禁之书，及历代帝王图像、金玉符玺等物者，私习天文者，重则杀头，轻则流放。谁告其罪，追银充赏。"

个学术呆子，现在看来，你是聪明得很啊。在这种时候不说了，你想要谈判？"

吴心刚接话道："杜先生，我看赵教授所言，不是为了获得多少利益吧？"

杜飞眼神一凛，道："不是为了利益，他谈得哪门子判？"

王峰道："杜先生，你的手下十几把枪指着我们，赵教授如果有什么说什么，和盘托出，杜先生知道了文物隐藏的秘密，还会放我们走吗？"

杜飞突然道："你们真以为我这么糊涂，非得等着你们来教我破解崇祯藏宝文物上的秘密？我请的那些专家再不济，也能猜出来。"

赵劲夫微微一笑，道："杜先生，我还是那句话，你猜出一件，猜不出两件。"

杜飞道："我承认，我请的那些专家某些方面可能不如你，但我还是要大胆地猜一猜。否则……"

赵劲夫哑然失笑道："否则，你心里还是不服。"

王峰道："杜先生，我猜你心里是不服。你九成会想，凭什么你一个赵劲夫，就能左右谈判的局面。你忍不下这口气。"

杜飞也不知道在想什么，不再说话。

赵劲夫道："杜先生，你既不肯现在开始谈，那么，你心里一定清楚，我破解的信息越多，吴总所占的优势越大。"

杜飞道："我的枪，也不是吃素的。"

王峰一惊，提醒道："赵教授，你可要小心说话。"

赵劲夫并不紧张，接着道："杜先生，你心里非常清楚，现在的形势，虽然不是完全有利于我们，但我们一方也并非完全处于劣势。你是有枪，但吴总的手下也不是空着手来的。他既然敢来杜先生这边谈判，我相信，不会没有后手吧。"

还没等杜飞应话，赵劲夫又对吴心刚道："吴总，你来杜先生这里，摆明谈判的架势，谈成了，各方得利益，谈不成，你有多大的机会能够走出这间书房？吴总走南闯北，总不至于让我失望吧。"

吴心刚哈哈一笑，对杜飞道："杜先生，人之常情。做事情，先想输，后想赢。我这个人天生胆小，我还真是害怕，万一杜先生气性上来，拿把枪顶在我的脑袋上。丁鑫就是榜样，我不得不做些防备。"

杜飞道："吴总，我们之间，我不防备你便罢，你倒是防备起我来了。这就是你说的带着诚意来谈判吗？"

吴心刚仍然笑意融融，不急不恼，接着道："杜先生，你知道不知道，要是一只兔子来了老虎家，它能做什么？这只兔子，它是做好了被吃的准备的，否则，它怎么敢进入森林之王的家？我吴心刚，就是那只兔子。无论是比财力，比人脉，我都难及杜先生万分之一。而我还想要在杜先生的肉盘里分一杯羹，没有点准备，怎么敢提要求哟。"

王峰道："杜先生，我们都是一样的处境。吴总是一只兔子，我们何尝不是老虎的盘中餐？"

杜飞道："你这只兔子，难不成是想吃了老虎？"

吴心刚连连摆手，道："我有这个心，也没有这个肚子。"

杜飞道："你的帮手，不就是丁鑫吗？"

吴心刚哈哈大笑，道："杜先生是个聪明人，你对丁鑫开枪，你认为，他让陈小姐一行人找到我寻求帮助，他若不出手，我怎么可能孤身犯险？"

杜飞道："这倒是一个好筹码。赵劲夫，你接着讲，讲得清楚明白，我倒不介意让你们多分几两银子。"

赵劲夫叹了口气，道："杜先生，好，我们知道崇祯宝藏的存在，我们也得到了几件文物，破解了其中隐藏的秘密，但是，直至现在，我们还没有崇祯宝藏的关键信息，不知道到底这宝藏藏在什么地方。"

杜飞道："在你看来，崇祯宝藏的位置在这两件文物里？"

赵劲夫道："杜先生猜的，也对，也不对。我说你猜对了，是因为破解的关键，确实与这件北斗七星铜带钩有关系，在我看来，还真是指向了宝藏的位置。占星之术，不仅能够推算历法，还有一个重要的作用，是观测星象。而观测星象，便是定位置。"

不知为何，杜飞的神情突然间缓和下来，道："我方才突然想到了一件事。不过，赵教授，你先接着说下去。"

赵劲夫道："杜先生想到的事，我来猜一猜。中国古代的星占学，既然是传达上天之命，必然在观测天象的时候，定名星象图,这件铜带钩上并没有星象图,如何定位置?"

杜飞道:"不错。"

赵劲夫道:"这就是铜带钩为什么可以连接其他事物的原因。中国古代的天文学家将天上恒星分为若干组,称之为星官,现代意义上的天文学,常称为星座。每个星官内含星数多寡不同,所占的区域位置也不尽相同,含义也不同。"

王峰道:"你的意思是说,这些星象特定的区域,代表着不同的位置?"

赵劲夫道:"正是如此,比如说,中国古代将五大星官分别列为田、司马、理、司空和都,对应着即为金、木、水、火、土五星。要知道,古代科技并没有现代社会这么发达,他们认知的行星只有这五颗,分别在人间管辖不同的事务。东方木星主农事,为田官。南方火星主军事,为司马。西方金星乃刑法,奉为理官。北方水星主建筑,名为司空……"

杜飞接口道:"这么说,还真是天上一星,人间一事了。"

赵劲夫道:"杜先生,毕竟现代社会的科技,古代科技完全不可比拟。就算是西方,在和中国古代社会相同的纪年中,也只认识到金、木、水、火、土五颗行星,这是科技受时代所限。只不过,中国古代科技在当时并不逊色于西方。李约瑟在提到中国古代天文学时就曾赞誉,在公元前的第一个一千年里,中国人建立了完善的按天赤道分区的体系,按时圈与赤道相交的点来分划,这就是二十八宿体系。"

"而李约瑟提到的这二十八宿体系,实际上非常重要。"赵劲夫越说越起劲,"星宿的边界一旦确定,无论是在何处,都会经由星宿知道它们的确切位置。而这些位置,又与地面相对应。最有名的案例,在中国古代的著作《天文训》中曾有记载。周王室和十二诸侯国,分别与二十八星宿对应。角、亢二宿,郑国;氐、房、心三宿,宋国;尾、箕二宿,燕国;斗、牵牛二宿,越国。须女宿,吴国;虚、危二宿,齐国;营室、东壁二宿,卫国;奎、娄二宿,鲁国。……"

杜飞耐着性子听他一宿一国地对应,此时终于一拍大腿,道:"你不会要说完二十八个吧?你的意思不就是说,天上的星宿与地面上的国土位置相对应,同样的道理,崇祯宝藏,也能够利用星象图来指明某一个位置?"

听到杜飞这么说,赵劲夫一笑,不易察觉地轻轻呼了一口气。

刘亦然一直在注意着他们,尤其是赵劲夫,这个动作果然被他敏锐地捕捉到了,于是他接口道:"杜先生,你看到了,赵教授告诉了你想知道却一直以来没有答案的秘密,这下你可以放心谈判了吧,这笔崇祯宝藏已经不再是空中楼阁。"

哪知杜飞眼珠一转,依然看着赵劲夫道:"别太早下结论。这件北斗七星铜带钩搞明白了,那厌胜钱呢?有什么隐藏的秘密?"

赵劲夫笑道:"杜先生,你真是不见兔子不撒鹰。这就是我接下来要说的,我马上就告诉你那件厌胜钱上的纹样,隐藏着什么信息。"

吴心刚道:"且慢,杜先生,既然咱们要谈合作,为什么一直不信任我们?这可不是谈合作的态度啊。"

杜飞道:"吴总,论信息,你们掌握得比我多。你们不多吐露一些,我怎么能够知道你们不是为了骗我脱身?你心里很清楚,既然有丁鑫的加入,今天晚上,无论如何你们是安全了,除非我想鱼死网破。你不会在没有把握的情况下登门的,我又怎么会在没有胜算的情况下,与你们火并?所以,赵教授说得越多,越坚定我和你们合作的信心。"

赵劲夫道:"杜先生,我知道什么,在座的各位,也会知道什么。这件厌胜钱,正面纹样为树木、云气纹,背面纹样浅浮雕铸九位人物。正面的纹样,是为摇钱树的含义,这个符号代表着财富。重要的是那雕铸的九位人物,他们是谁,有什么含义。"

杜飞没有接话,反而道:"赵教授,在我看来,似乎厌胜钱中间那个方孔才是最重要的事物吧。"

赵劲夫道:"看来,这是杜先生请的专家告诉你的了。当然,这个方孔是有些不常见,他们认为不常见的东西必然隐藏着秘密。这个逻辑是对的。问题在于,那些专家是否告诉了你杜先生,这个秘密是什么。"

杜飞一时有些尴尬,似有些恼怒,道:"这个秘密是什么,我知道了,就用不着你了。"

赵劲夫微微一笑,道:"杜先生啊,这就是我对你的作用了。不说这九个人物,你或许永远不会知道那个方孔意味着什么、如何使用。"

这一次，杜飞没有吭声。赵劲夫这才接着道："那九个人物出现在厌胜钱纹样上，其实有一个特别的名称，九曜，指金、木、水、火、土及羲和、望舒、计都、罗睺这九位星君。而九曜，则有一个更为老百姓熟知的名称，北斗九星。"

"北斗九星？"在场的人无不大吃一惊，不是北斗七星吗，何时出了北斗九星？那另外两星是什么？

赵劲夫道："现在我们称之为北斗七星，其实在中国古代，一直是以北斗九星存在的。《史记·天官书》记载：'杓端有两星：一内为矛，招摇；一外为盾，天锋。'《宋史·天文志》同样有记：'第八星曰弼星，在第七星右，不见；第九星曰辅星，在第六星左，常见。'因为亮度稍弱，人眼难以看见，因此在后世，逐渐称为北斗七星了。"

杜飞此时已经有些迫不及待，急忙问道："快说，接下来呢？"

赵劲夫一笑，道："看来，杜先生也是第一次听说北斗九星？北斗九星隐去的两星，星占学称之为辅星，也有其特别的作用。星占学认为，辅星近且明，则辅臣亲、厚；辅星小，那么在人间的辅臣则微弱、无道。也正因如此，虽然北斗七星为帝王家专用，但在古代星象学家眼里，辅星远近、明暗，则是判断一位帝王的重要大臣当用或不可用的重要指标。"

杜飞道："果真是帝王家啊，思考什么都与众不同。"

赵劲夫笑道："杜先生在现代社会，自然深受现代科技影响。

但我们如果想破解崇祯藏宝，则必须在明末时间维度去理解纹样的含义。所以，按照当时的朝代，如果辅星接近北斗七星中的开阳星，啊，就是勺柄数起第二颗，并且很明亮，则是良臣；若是远离开阳星并暗淡，则是提醒皇帝，大臣无道，需要更换了。"

吴心刚沉吟道："北斗九星在占星学上的作用，对崇祯藏宝有什么影响？难道不是些纯占星学说？"

杜飞冷笑道："吴总，看来你也是孤陋寡闻。如果有这么简单，崇祯藏宝早就被找到了，哪里能够等到现在？"

吴心刚道："杜先生啊，我只不过是心中有疑问而已，也用不着如此取笑吧。"

赵劲夫忙道："两位先生，别说是你们，我也是在白海图书馆恶补大量的图书文献，对此略有了解，这才在各位面前能说上几句了。北斗九星，七现二隐，那么意义就完全不同了。道教《云笈七签》二十四卷'日月星辰部'曾提及北斗九星职位总主，第一阳明星，第二阴精星……"

见他又要一一数下去，杜飞忙道："过去的神，管不了现在的事。赵劲夫，无论怎么样，你用过去的语境来解释眼前的藏宝文物，道理没错。但是，我们是在现代社会，无论隐藏着什么过去的秘密，我们只能用现代的手段去找。"

吴心刚听闻此言，也同样点头，道："赵教授，杜先生此话说得有理。无论怎么样，我们还是要在当下去寻找。你方才说，这两件文物，都涉及了一个指明藏宝位置的秘密。那么，我想在场的人，都想知道秘密的答案。"

陈蕾忍不住讥讽道："在场的人，原本可是两拨吧，这瞬间又站在一起了，果然这世界上没有永远的敌人，只有永远的利益。"

杜飞脸色一变，正要发作，只听赵劲夫道："杜先生，吴总，你们说得没错，这就是为什么北斗九星重要的原因，因为在古代仍然被称作北斗九星的时候，它所指向的位置，和北斗七星完全不同。"

赵劲夫此话一出，他面前的杜飞、吴心刚等人眼睛睁得如同核桃一样大。赵劲夫认得那种眼神，那是被欲望燃烧的颜色，永无止境的贪婪，而且充满邪恶。

第十一章
北郊借宝

赵劲夫脸上流露出耐人寻味的神情，他看向刘亦然，又看向陈蕾，似乎要确认什么信息。刘亦然心中不由一动，紧接着就听赵劲夫道："王会长，杜先生，两位的神色似乎是在说，我的判断是不靠谱的吗？"

杜飞呵呵怪笑，道："赵教授啊，我倒是头一次听说，这天上的星星，还能变来变去。"

王峰张张嘴，话还没说出口，吴心刚已抢先道："杜先生，沧桑千年，顽石也可以变成土地，何况天上的星星。有些变化，也并非不可理解啊。"

王峰道："北斗七星和北斗九星，到底指向有什么不同，杜先生，你也该听听赵教授怎么说嘛。"

杜飞见两个人都冲着他来了，却是没有意料到，冷笑道："你们两个人现在就已经结盟了？我奉劝二位，没有定盘星的买卖，想做成，那可是不容易。"

赵劲夫道:"买卖能不能做成,还要看这笔买卖值不值得做。依我看来,崇祯宝藏这笔买卖,不管值不值得做、能不能做,杜先生还是想做下去的。想做下去,那就得接着听我往下说。"

见杜飞等人沉默无语,赵劲夫才道:"《史记·天官书》中说:'北斗七星……分阴阳,建四时,均五行,移节度,定诸纪,皆系于斗。'但在五千年前,当时借天象星辰定方向、四季,并非使用的北斗七星,而是北斗九星。比如殷朝时使用十月太阳历,此历法正是依据北斗九星来定方向、明四季的。更早的还有安徽省含山县发现的凌家滩文明,就是以北斗九星判定季节,那时还是一年十个月,每个月三十六天。"

众人不由都有些感慨,五千年前的北斗九星,还真是沧海桑田了。

赵劲夫接着道:"中国古代的上古时期,三皇五帝同样用北斗九星来确定时节方向。当时的先民,将其视作神灵。那时还未分明四季,而北斗九星斗柄初昏上指和下指,恰是夏天到来和冬天到来的标志,因此将一年分为阴阳两个半年。"

吴心刚不解地问道:"你的意思是说,当时还没有分四季,只是上半年、下半年?"

杜飞怪笑道:"吴总,你这个问题,如同一个三岁小娃娃问的。你怎么总是拿现在的眼光,去看五千年前发生的事呢?"

吴心刚哈哈一笑,倒也不气,道:"杜先生,我承认,我不懂五千年前先民对北斗九星的认识和现代社会到底有什么不同,难道你就懂吗？"

赵劲夫忙拦住两人，道："定四季，是后来的事情了。大约在春秋战国时期，人们发现九星中招摇、天锋两星渐隐，看不到了，因此便修改了北斗斗柄，将北斗九星中的第七、八、九颗星连线后指向大火星，改为北斗七星第六、七颗星连线，它所指的方向自此变为了大角星。而北斗九星，从此也更改为北斗七星了。"

有句话他本来想说，后来还是没说：正因此，古代天文学中的"杓系龙角"，即北斗七星的斗柄连着东南方的角宿的概念产生了，自此后，二十八宿从角宿为始，这一变化，正是源自于九星变七星。

吴心刚不由拍手鼓掌，看向杜飞道："赵教授讲的我服气。不知杜先生有什么意见？"

王峰忙道："合作的关系，吴总你就不要再刺激杜先生了。我们还是接着听赵教授讲。"

赵劲夫眉头一展，完全沉浸在破解秘密的兴奋中，道："在中国古代，以北斗七星定方位时，斗柄指向大角方向，即东方。也就是现代星座中牧夫座的主星，α星。但在北斗九星定方向时，产生的结果完全不同。刚才说北斗九星指向大火星的方向。大火星，属二十八宿之东方苍龙七宿第五宿心宿第二颗星，即心宿二，现代天文学为天蝎座α。北斗九星斗柄所指大火星的方向，不是东方，而是南方。"

杜飞道："你是说，崇祯宝藏在南方？"

赵劲夫想了想才道:"杜先生,如果这么简单,那六千七百万两白银早就被人取走了,哪还能等到杜先生去挖?目前这几件文物有许多妙处,我还没完全破解其中的含义。但是我想,既然这中间隐藏着北斗九星的信息,我大胆猜测一下,那么藏有信息的文物,便不是七件,很可能是九件。而只有全部得到这九件文物,才能明确这件文物所指向的南方到底有什么含义。"

吴心刚赞许地点点头,随后看向王峰,意味深长地道:"王会长,依你看来,那其余的文物都在什么地方?"

王峰奇怪地看着吴心刚,他并不知道吴心刚已经了解他手里有一件文物,因为他至今从来没向任何人提及。

正在此时,只听杜飞道:"吴总,你们手里有两件,陈小姐的兽人炉,还有你的河图洛书铜算图。我的手里有北斗七星铜带钩、九曜厌胜钱、太虚铜人盘、崇祯御押,共六件。还有三件涉及崇祯宝藏的文物,有一件我尚不知在何处,不过,我知道另外两件在谁手里。"

吴心刚显然吃了一惊,道:"杜先生的意思是说,你手中握有四件文物,还知道其他两件文物的下落,而我只有两件文物,我们合作的条件,要任由你来提了?"

杜飞不由哈哈大笑,道:"我现在是听出赵教授的话来了,不知道你听明白了没有?"

吴心刚一时沉思,片刻后方道:"杜先生的意思是?"

杜飞道:"吴总,你知道为什么我能有四件文物,而你只有两件，其中一件，还是陈小姐的？原因很简单，本来你根本没机会得到宝藏。那让你来说，这个合作条件难道我不提，而是你来提吗？"

吴心刚闷哼一声，没有说话。

杜飞接着道："我提出的条件，优厚得很。我知道北郊林静怡手中有两件文物。这个女人，非常不简单，她从来不承认她手中有宝。有一次我被她套了话，让她知道了宝藏的秘密。当时也是我大意了。她后来提出条件，说在宝藏还不确定是不是存在时，愿意支付我一百万购买我三件宝贝。她还明确告诉我，这已经让我赚到极大的利润了。"

吴心刚道："林静怡？我听说过这个人，四十多岁的年纪，旗下公司众多。"

杜飞冷笑道："吴总的买卖还是小啊。你没和她见过面，原因很简单，你们两个人，根本不是一个档次的玩家。"

吴心刚也笑了，道："杜先生啊，看来你今天晚上实在是怨气冲天啊。你是在怪我和你站在对立面？其实，你真是想错了。我们只有合作，才有机会找到藏宝。正如赵教授所言，如果真有九件文物，那么每一件文物，都是重要的。少了哪一件，也几乎没机会找到宝藏。因此，不管杜先生手中有几件文物，你还必须和我合作。"

杜飞道："好，吴总说得好。我们来合作的条件，就是林静怡这个人。我没有买到她手里的文物，她却一直想买我手里的。所以说，花钱买这条路已经不用再想了。"

王峰道："杜先生的意思是？"

杜飞看向他道："王会长，这就是我的条件。你的手下，他身手极好。还有那位站在陈小姐身边的小伙子，身手同样了得。既然无法通过钱来买，那我就要请你们帮我办件事。"

吴心刚道："陈小姐，王会长，杜先生的意思，我想应该是请王也、李小军两位，去将林静怡手中的两件文物拿到手。"

杜飞道："现在是十一点二十分，我和赵教授吃点夜宵，休息休息。你们商量商量，外面有车，会直接送你们到林静怡的庄园。你们需要什么，也直接和我手下说。除了不能给你们林静怡家的钥匙，要什么有什么。"

说完，杜飞站起身来，又道："我的诚意，相信你们都看到了。如果你们把林静怡手中的文物借来，那么在这次寻找宝藏的合作中，我有四件文物，占五成，不多吧？其他的份额，你们去内部协商处理。"

赵劲夫身旁左右两个大汉有礼貌地护送他离开了书房，杜飞紧随其后，瞬间，书房之内只剩下吴心刚、王峰、陈蕾、李小军等人。

事情发展到这一步，众人只好眼看着赵劲夫和杜飞走了。当杜飞的手下询问需要什么器材时，吴心刚并不理睬，只道："王会长，我的建议是先离开。当然，谢谢杜先生的好意，我们力所能及的事情，还是自己去办。"

王峰点点头，一行人下楼。吴心刚并不用杜飞的人，他自己带着三辆车。他让手下分乘两辆奔驰，自己叫上王峰等五个人一起乘坐面包车。

三辆车发动引擎开出杜飞宅院，向林静怡的庄园驶去，王峰这才道："吴总，依你来看，林静怡拥有的两件文物，我们要不要去偷？"

吴心刚沉吟片刻，并没有回答王峰的话，而是道："王会长，杜飞提到他占崇祯藏宝的五成，这句话，你怎么看？"

王峰道："吴总，我要说一句话，你可千万别生气。"

吴心刚道："你的意思是说？"

王峰道："我想车上的诸位可能都猜到了。杜飞提出，盗得两件文物，他只拿五成，其余的份额任由所分。这句话说出口，我认为，就算我们能够盗得那两件文物，只要交到杜飞手中，他接下来要做的，就是杀掉赵劲夫之外的所有人。"

吴心刚转过身来，对坐在后座的李小军道："李小军先生，你也想想，刚才杜飞为什么要让我们去盗两件文物，而只把赵劲夫留下？因为他现在认为，只有赵劲夫能够破解崇祯宝藏的秘密。"

李小军沉默不语。王峰道："我们几个人，杜飞看得非常清楚。王也一个人去偷盗的可能性不大，他需要一个帮手，而我、刘记者、陈小姐，包括吴总在内，没有一个人可以凭身手去林静怡的庄园完成这项任务。在杜飞心中，我们几个人最多属于探探风头的角色。"

吴心刚看着李小军,接着道:"小军,王也需要一个帮手。"

"帮手?谁的帮手?"吴心刚的话,让刘亦然突然意识到一件事,"我们现在一直在按照杜飞的节奏做事。但是,如果我们把林静怡手中的两件文物拿到,我还是看不到我们的胜算在哪儿。"

李小军犹豫地看向陈蕾,陈蕾道:"亦然分析得没错,我们不能按照杜飞的意图去做事。"

王峰听到此话,突然道:"你们的意思是?"

刘亦然看了一眼王峰,道:"我们不如联系林静怡。我们现在没有任何可以制约杜飞的条件,他忌惮林静怡,那么,我们不如借她的力量,去和杜飞谈判。"

吴心刚哈哈大笑,道:"好,说得好。这样一来,就算是杜飞起了杀心,依我们几个人的力量,未必没有胜算。"

陈蕾道:"我们的胜算,其实在于杜飞会犯多少错误,而不在于我们的实力有多强。我们所有的力量加起来,还是逊色于杜飞。他的性格难以捉摸,而且心狠手辣,为了崇祯藏宝的巨额白银,吴总你和林静怡未必有杀人之心,但他是绝对下得了手的。"

王峰接着陈蕾的话道:"对,杜飞认为我们会去盗宝,可我们偏不如他的意,如果能够联合林静怡让杜飞有所顾忌,这才是我们的机会。"

吴心刚道:"那好,我们的意见一致。问题是,现在接近凌晨了,我们这些人现在去拜访她,提出和她合作,可能性有多大？她会不会接待我们都是个问题。那我们应该怎么表明我们的意图？"

刘亦然看了陈蕾一眼，见她点点头，才道："这是最容易解决的，既然我们已经决定不去盗宝，到了林静怡的庄园，我们要做的事情非常简单。"

吴心刚道："简单？难道说，我们几个人去按门铃？"

刘亦然微微一笑，道："这就要请王也和李小军出手了。"

五分钟后到了目的地，那是一所类似于私家游乐园的所在，灯光下，一道木质的大门关得紧紧的。李小军和王也互相看了一眼，按照刘亦然的计划，跳过围墙，打开了大门。紧接着，防盗系统被触动，警报声大作，院内灯光照亮了庄园。吴心刚的手下留在门外，六个人大摇大摆走了进去。

两个探照灯的光打了过来，将一行人的身影照定。七八个人赶到眼前，手里拿着电棍、木棒等物，李小军与王也并没有费多大力气，三下五除二直接就把这几个放倒在地。随后，倒在地上的人还没爬起来，更多的人直奔过来，将刘亦然一行团团围住，这次他们的手中不再是木棒了，而是明晃晃的刀具，有三个人手持猎枪，黑洞洞的枪口指向他们。

六个人高举双手，这次李小军和王也没有反抗，被押进了庄园。

林静怡穿着一件浅白色的丝绸睡衣，坐在一间类似会议室的房间里。一个五十多岁的中年男子,头发花白,鼻子上架着一副金丝边眼镜,坐在她旁边。

林静怡见到吴心刚,不由笑起来,道:"吴总,稀客啊。这么晚了,你们几个人到我的庄园里,是要请我们两口子吃饭吗?"

吴心刚道:"林姐,你不要误会,我就算请林姐吃饭,也会挑个好时候。"

林静怡瞬间变了脸色,道:"那你带着这五个人来我这里,是想做什么?"

吴心刚忙赔笑道:"林姐啊,我们来是要送你一样东西。"

林静怡道:"东西?你见过凌晨送礼的吗?"

吴心刚哈哈一笑,道:"凌晨的礼,才叫大。"

林静怡也笑了,道:"吴总,你的礼物我没兴趣。"

吴心刚道:"好,你要是没兴趣,我就找杜先生了。"

林静怡一怔,道:"杜飞,你的意思是说,你找我来,是要把你的河图洛书铜算图送给我?"

吴心刚大笑,道:"林姐,谁要说天津卫有聪明人,那头一个得数林姐你啊!你能够瞧得上眼的,我手里的东西,不就剩下这么一件宝贝了吗?"

林静怡道:"你这是遇到麻烦了,否则也不会这么晚了还来我的庄园。说说吧,你遇到什么麻烦了?"

吴心刚道:"我的麻烦,就是不知该怎么把崇祯宝藏送给林姐。"

话至此处，他便将王峰一行来龙去脉、杜飞要求盗取林静怡两件崇祯藏宝文物等，一字不漏地和盘托出。

林静怡静静听他说完，才对身边的中年人道："老姜，吴总刚才说要与我们合作对付杜先生。你替我想想，没点代价，为什么要与杜先生为敌？"

吴心刚道："姜丰，林姐的问题，她要你这个当家人回答。那么，你就帮帮老弟，替我想一想，林姐为什么要答应我们的合作请求？好，你不说话，我来说，因为不合作，永远拿不到崇祯宝藏的六千七百万两白银。"

吴心刚话一出口，果然，林静怡与姜丰的脸色一变。吴心刚看在眼里，接着道："林姐，你总是想知道我那件河图洛书铜算图藏着什么秘密，现在我就可以直言不讳地告诉你，秘密就是崇祯藏宝的具体数额。这么大一笔宝藏，任谁一个人也是吃不下去的。而且，文物分散在四拨人手里，不合作，谁能够成功取得宝藏？至于说份额，林姐也明白，我们只有合作才能够和杜飞谈，获得最大的利益。"

姜丰此时笑道："我们不需要和杜飞谈，我们需要做的，是和你们谈。"

王峰道："姜先生手里有两件，我们手里，也有两件。并且，赵劲夫是站我们这一边的。姜先生也知道，没有赵劲夫，你手里的两件文物不能发挥任何作用。"

听了此话，林静怡与姜丰不由笑了："王会长，你这也是太小看我们了。"

王峰一怔，马上意识到一件事，问道："难道说，姜先生夫妇二人已经破解了那两件文物隐藏的信息？"

林静怡点点头，道："这两件文物得来完全偶然。当时我承包工程，都做完两年了，还拿不到应有的回报。打官司告状，方法用遍，对方不得已，走司法拍卖相关物业，资金缺口仍有二百多万，他就拿出两件文物，声明先放在我这里，若是有一天他把钱还给我，我仍然要把文物还他。"

姜丰接着道："吴总，你在笑。当然，我理解你在笑什么，换作任何一个人，拿着两件明末的文物，说想要换个二百万，都会被人笑掉大牙的。但我们换了，你应该能想到原因是什么。"

林静怡道："吴总，我说出这个人的名字来，你的疑虑会消失一大半。"她做了个手势，让吴心刚上前来，贴着耳朵小声说了一句话，吴心刚不由脸色大变，叹了一口气，点点头，退回原位坐下了。

林静怡接着道："我们能够接收这两件文物，还有一个重要原因，就是他已经破解了这两件文物的秘密，他不仅告诉了我们，还向我们提出一个条件，说如果在三年之内，寻得崇祯藏宝，我们需要向他支付两千万元人民币；如果在三年之后寻得，我们需要向他支付一千万元人民币；如果五年之内还未寻得的话，他将以三百五十万元人民币的代价回购。"

姜丰微微一笑，道："我们当然答应了他，这世界上还有哪一笔买卖，能够如此划算？五年的利息一百五十万，这在诸多投资中明显属于稳赚不赔的买卖。更何况，他为我们破解的崇祯藏宝信息已经得到了印证。所以，吴总，已经不需要方才你提到的赵劲夫来破解了。"

王峰道："既然如此，两位是否有合作的意愿？"

姜丰道："合作，当然是要合作，否则岂非辜负了你们深夜登门拜访的心意。不过，我们关心的是如何合作。"

吴心刚想了想，看了一眼王峰，这才道："既然如此，我们共同分享信息。为表达诚意，我知无不言，言无不尽。"

说着，吴心刚将兽人炉、河图洛书铜算图、北斗七星铜带钩、九曜厌胜钱、太虚铜人盘，以及崇祯御押分别隐藏的信息，逐一介绍。林、姜二人一时默然不语，紧锁眉头，仔细倾听。

片刻之后，吴心刚讲述完毕。姜丰、林静怡对视一眼，林静怡道："现在，我们终于能够确定一点，为什么涉及崇祯宝藏的信息要隐藏在北斗九星的文物中。看来，他倒是没有欺骗我们。"

吴心刚道："林姐，你就不要再打哑谜了。我们充分交换信息，才能打下合作的基础。"

姜丰道："好，吴总既然说到此处，我们再要隐瞒，也不敞亮。实际上，当时他对我们说出信息时，我们确实将信将疑。崇祯藏宝之所以选择北斗明七星、暗九星来隐藏秘密，其实从明朝开国皇帝朱元璋为始，就已经有端倪了。"

吴心刚道："朱元璋？崇祯藏宝和他又有什么关系？"

姜丰笑道:"吴总方才的问题,恰恰是我们当时向他提出的疑问。两者之间看似没有关联,其实早已草蛇灰线了。朱元璋去世之后,埋葬在玄宫。他在下葬时,手执斗柄,南面称王。而且,明朝皇帝去世时,采用的全是类似葬法,称之为北斗七星葬。"

王峰口中喃喃自语,猛然抬头,问道:"姜先生所言可有证据?毕竟,那是皇帝墓葬,谁能看到,除非……"

姜丰接口道:"除非是打开明朝皇帝的墓葬。王先生人在香港,不常来内地,不过,1957年,神宗显皇帝朱翊钧的陵墓打开地下玄宫一事,当时的新闻皆有报道。这件事如今已过去几十年了,新闻报道写得明明白白,在万历皇帝的陵墓中,皇帝的葬式正是头西脚西,肢体侧卧,右手放在头右侧,左手放在腹部,两脚向外撇开,弯曲如同睡眠。正是北斗七星葬式。"

吴心刚不由称奇,道:"不要说王会长人在香港,就算我在天津,都没有注意到此事。"

姜丰笑道:"所以说,钱,都让有心之人挣了。很多时候,白花花的银子就算是放在你眼前,你不注意看,那也没用。"

吴心刚略有些尴尬,随即一笑,道:"姜总说得是,不过,如果只有万历皇帝是这样,也不足为凭吧?"

姜丰道:"新闻报道当时写得明白,孝端和孝靖两位皇后就不是这种葬式,这就说明北斗七星葬式意指帝王,哪怕是皇族也不能用同等葬式。而且,朱元璋的陵墓设计,还有南京城,都是严格按照北斗七星式样建造的,这样一来,就能够理解明朝皇帝的葬式，皆为北斗七星葬了。"

王峰道："我去过南京，也曾前往明孝陵参观，从来没有发现什么北斗啊？"

林静怡道："别说是王会长，我想在座的各位或许都曾有机会去南京游玩，但一直到有人明确地告诉我们那是北斗七星后，我才意识到了这件事。当时我和老姜第二天就订好航班，亲眼去看了，才收下了两件文物。我们还在新华书店专门买了古南京城地图和明孝陵全景图。"

姜丰招手，示意手下取来相关地图展开，招呼众人一同观看。他手指地图，一五一十地讲解道："明孝陵布局，从孝陵的大金门为始，沿牌楼、神道、望柱、魁星门、金水桥，这一部分为斗魁，文武方门、享殿、宝城，这一部分为斗柄，整体布局即为北斗七星。更有意思的是，望柱的位置，一般情况下是在神道前面，但在明孝陵，却在神道的中间。为何如此？"

吴心刚摇头道："我们平民百姓，怎么能猜透帝王家的想法？"

姜丰一笑，接着道："望柱，挪了位置。这个位置，是天帝之车的位置，意思很明显了，明朝的开国皇帝在去世之后，仍然要驾驶天车巡游他的大明王朝。不仅如此，开国皇帝的陵墓，又正好处于四象之间，请看这里，玄宫所在，东青龙、西白虎，前有燕雀湖为朱雀，后有玩珠峰为玄武。朱元璋之所以如此，只有一个目的，魂归斗极之意。天帝在人间的代言人逝去后，仍然要在天上掌握地上的人间万世。"

吴心刚不免叹息一声,道:"在世的威严,在死后还要得到延续,这是自古以来帝王家亘古不变的痴念了。"

听闻此言,林静怡笑了,道:"吴总,你以为这些名垂宇宙的帝王真的只是想在身后仍然掌握权力?帝王家,相信来世,更注重现世。"

明孝陵的图被撤下,换上了一张南京城的地图,林静怡手指地图道:"吴总,王会长,各位,你们看这张古南京地图,沿着我的手指,你们看到了什么?"

随着林静怡的手指划动,南京城墙在地图上呈现熟悉的纹样:以城东南角通济门为始,正阳门、朝阳门、太平门、神策门、金川门和钟阜门七座城门依次排开,呈现一种奇怪的形态。

见众人陷入沉思,林静怡接着道:"从整体来看,南京城墙所围如同壶状葫芦瓶。而道教以壶天、壶中为圣地,南京城墙建成这种形状,其实和明朝皇帝一直尊崇道教有关。而北斗七星崇拜,一直存在于明朝历代皇帝中。最明显的例子,在《明史》中早有记载,洪武元年,朱元璋的皇太子在奉天门前的引导旗幡,正前方一面正是北斗七星旗。"

吴心刚嘴角一撇,道:"只有朱元璋和万历皇帝,恐怕还有些欠妥吧。"

姜丰将地图收起来,请众人坐下,方才道:"明朝对道教以及北斗七星的崇拜,历代皇帝皆有。"

明太祖朱元璋时,有名道长张正常,入朝为正二品官员,御封为"正一嗣教真人",自此开创了道长为官的先例。至明成祖朱棣,更是在武当山削山建殿,封真武大帝为"北极镇天真武玄天上帝"。他在位二十二年,对道教推崇备至,亲作《大明御制玄教乐章》,以示尊崇道教。此后,仁宗、宣宗、英宗、代宗、宪宗,道教为历代皇帝所信,至明世宗嘉靖,更是始终以祀事为害政之枢纽,道教的政治地位空前。而穆宗继位之后,虽然采取了一些限制道教的举措,但是仍然信奉真武大帝。

明光宗、明熹宗崇拜道教,光宗继位一个月后,便因服食丹药而亡,明熹宗登上大宝,同样不思其教训,也因服食道家丹药驾崩。至崇祯皇帝,仍然崇礼道教。崇祯多次加封道士,封天师张道陵为"六合无穷高明大帝",第五十二代天师张应京曾娶明益藩郡主朱氏为妻,崇祯帝更是多次召见张应京,甚至亡国前一年还为其加封太子太保。

崇祯十七年,李自成大军压境,战事胶着。二月,崇祯皇帝命张应京于万寿宫建罗天大醮,又于附近宫观寺刹选僧道各三百人,在坛执事,建醮四十九日,希望以此化灾。仅一个月之后,城破,崇祯皇帝身死。

姜丰道:"崇祯皇帝死时,头发盖在脸上,身着白绸衣,外套蓝纱道袍。这个蓝纱道袍,正是道教的服饰。吴总,终明一朝,道教的影响可谓深矣。崇祯藏宝用北斗明七暗九隐藏信息,也并非空穴来风。"

林静怡道:"也正是知道了这一点,我们了解的秘密,吴总,王会长,你们谁也没有掌握。我只问你们一件事,想要得到崇祯藏宝,关键之处是什么?"

王峰眼睛一亮,答道:"北斗文物是一方面,如果说最关键之处,难道说,你们破解了藏宝图的秘密?"

藏宝图的秘密?所有拿到文物的人费尽了心机,却仍然一头雾水,找不到文物上的藏宝图信息所在。那些藏宝图究竟隐藏在文物上的什么地方?

林静怡双唇一动,这才说出了吴心刚朝思暮想的答案。

第十二章
易道一体

　　林静怡转过屏风，回来时，双手各拿一只小匣，放在紫红色的大理石桌面上，说道："我们也是在无意中才发现了藏宝图的秘密所在。"

　　"咔嗒"一声，随着林静怡手上动作，墨绿色的匣体打开，一件直径约二十五厘米的铜镜出现在眼前，其形外圆内方。正面光滑，可鉴人像万千，背面纹饰繁复，精美华贵。镜之中心，连山纹钮如同大浪波涛，连绵起伏中，数座山峰若隐若现。

　　四方山水气势磅礴，纳云纹于其右，一派山河气象间，鼠、牛、虎、兔、龙、蛇、马、羊、猴、鸡、狗、猪，十二生肖，兽首人身，饰于铜镜外圈，姿态毕现，更显灵动活泼。一枚印章，位于正中央，十二生肖环绕其外。

　　王峰一边观赏，一边连连赞叹道："器形并不算太大，却将一派气象纳入其中，真是一件绝妙上品。"

　　姜丰笑道："王会长果然是识货之人，这件铜镜不仅铸造精美，象征意味也极为浓厚。外圆内方，如同中国古代天圆地方的观念。而那些如同波涛的连山纹，更是非常罕见。山峰隐约其间，象征的是四方天神。几乎每一样纹饰都有讲究。纹饰中隐藏着秘密的，则正是六丁六甲像和十二生肖纹。"

吴心刚上前一步，弯下身，边听姜丰的话边仔细赏玩，听姜丰讲到那两样人物纹样时几乎要把眼睛贴在铜镜之上。但他看了半天，也没看出什么异样，不由问道："你这么一说，我仔细看了又看，实在是没看到有什么不同。那十二生肖纹的模样在圆明园里就有，后来流失到国外……"

突然，他好像意识到不妥，看着铜镜的十二生肖沉思。

姜丰道："吴总怎么不说话了？想必你也想到了，这件十二生肖兽首人身青铜镜，是铸造于明末1644年，而你所说的十二生肖，遗失在清朝1860年，这中间差着二百多年呢。"

吴心刚咂咂嘴，满脸不可思议地道："我倒是听说，那圆明园海晏堂里的十二生肖铜像，铸造于乾隆年间，是由意大利人郎世宁设计的。十二生肖代表一天的二十四小时，每至时间，铜像轮流喷水。英法联军火烧圆明园后，十二生肖兽首流落国外。怎么这件出自明末的器物，和圆明园那些如此相像？"

林静怡邀请众人落座，命人奉茶，又摆上几件点心，道："天这么晚了，想必诸位也有些饿，先吃一些点心，听我们慢慢说。那时候，我看到这件铜镜，和吴总的想法一样。但是，在了解其中的缘由后才发现，其实是郎世宁借鉴了中国古代十二生肖兽首人身的设计纹样，并非他的原创。"

王峰点点头道："我们基金会自成立以来，一直在全国范围内对一些博物馆、文保单位的考古活动等进行捐助，那时候也拍回来一些照片，作为资料保留在基金会。我看到过一批来自河南的考古资料照片，确实是有兽首人身的铸像，十二生肖均着长袍，双手拱于胸前，宛如人形，那还是唐朝时铸造的，年代更为久远。因此，明末时期出现十二生肖兽首人身纹样并不奇怪。"

姜丰道："王会长说得没错，河南之外，目前在湖北武汉、湖南长沙、四川万县等地出土的古墓中，也发现了一些文物上有十二生肖兽首人身纹样。年代从隋、唐至宋、元不等，确实也并不稀奇。"

然后他话锋一转，道："稀奇就稀奇在，十二生肖的中间有一个式样独特的印章，后来才知道，这是道教的六丁六甲印。六丁六甲，六甲阳神为六甲神将，六甲阴神为六丁神将。合为数字十二。在古代，十二之数被以为是天之大数，《左传》里有明记。在这面铜镜纹样中，六丁六甲在中间，十二生肖环绕其外，其中所隐藏的秘密，在于两者之间的直接联系。"

吴心刚面露不解神色，问道："十二生肖是十二生肖，六丁六甲是六丁六甲，哦，就因为都是数字十二，就有联系了？"

林静怡忍不住笑了，道："吴总，你是江湖上的明白人，豪气干云，刀相派的名头我是听过的。但你方才这句话，还真是说得不妥。十二生肖真就与六丁六甲关系匪浅。应该说，道教六丁六甲，它的最初形态，就是十二生肖。这样的紧密关系，吴总，你还能说与它们没联系吗?"

方才林静怡夸赞刀相派,吴心刚面露得意之色,不料她话风突变,自己又不好回应,只得呵呵一笑。

见吴心刚笑得尴尬,林静怡并没有接着嘲讽,正色道:"十二生肖的起源和占星术紧密相关,至少在商代就已经出现。而用十二动物配十二地支,最起码在先秦时就有了。秦代民间通行的择日吉凶的《日书》里就讲过了。"

王峰道:"话虽如此,道教的六丁六甲神怎么又与十二生肖相通了?倒也要向两位请教。"

吴心刚道:"王会长说得对,不懂就问,问对了,长个见识;问错了,江湖中人,倒也无妨。"

姜丰不由笑道:"吴总还是豪爽,和你这样的江湖中人合作,图的就是个痛快。何为六甲?它是六颗星,古代天文学将之归属紫微垣[1],天上星象,称为紫微垣,在地上则被帝王称作居住之所,另一个熟悉的名字,就是明清故宫紫禁城,在现代天文学中,则位于鹿豹座和仙王座内。

"战国时楚人甘德,天文观测记为六甲六星,道教正是在此基础之上形成了六甲神将的雏形。六丁的出现比六甲稍晚一些,道教将六丁记为'六甲之阴',同有纳福之功。南宋时道教典籍《上清灵宝大法》中出现了六丁六甲十二神将具体神职。随着历

---

[1] 《晋书》记:"华盖杠旁六星曰六甲,可以分阴阳而配节候,故在帝旁,所以布政教而授农时。"

史的演变，它与民间的十二生肖逐渐融为一体。后来道教兴盛，六丁六甲取形十二生肖形象，成为上至皇室、下至民间百姓的生肖护法神将。

"正因如此，历代出土的古墓葬中发现兽首人身十二生肖，取意祈福禳灾，也就很常见了。吴总所说的圆明园十二铜首水钟水阀塑像，其实就是十二生肖与六丁六甲神相结合的典范。"

林静怡接着道："铜镜上的十二生肖与六丁六甲之印纹样，仅仅是开了个头，接下来我们的发现，更是让人难以置信。"

吴心刚迫不及待地道："林姐，林总，你就不要再卖关子了，有什么你就直接说。总吊着我，这可让人着急。"

林静怡笑道："吴总，想吃好豆腐，得耐心磨豆子。你这么着急，就算是崇祯藏宝在你眼前，你不也得一块银子一块银子地搬？"

姜丰也笑道："吴总性子急，你看这里，各位，你们看到了什么？"

刘亦然和陈蕾一直在旁边听姜丰、林静怡夫妇说话，李小军也在旁边不作一声，但若有难解之处，他便悄声讲给陈蕾。刘亦然心里别扭，却也没什么办法，此刻听姜丰指着铜镜让众人猜测，便突然开口道："李小军，你就不要只和陈蕾说了，说给大家听听。我这才发现，你对道教也非常精通，怪不得你那一天走罡步呢。"

姜丰一怔，问道："走罡步？谁会走罡步？"

刘亦然指着李小军道："我们这里坐着一个神仙似的人物，你们这才发现吗？"

陈蕾悄悄拧了一把刘亦然，道："你这是吃醋，还是要发疯？"

李小军倒是脸色发窘，左手捏着右手，看看陈蕾，张了张嘴还是没说出话来。

姜丰又问了一次："刘记者，你是说李小军会走罡步？"

刘亦然正被陈蕾拧得手疼，听到姜丰问，还没回答，只听李小军道："我走着玩，只是锻炼身体，也没有什么精深的研究。"

姜丰听罢，上下仔细打量了李小军几眼，道："我刚才言无不尽，也请在座的各位知无不言。小军兄弟，你既会走罡步，必与道家缘分匪浅，你来说一说吧，这面铜镜上的纹样还有什么不同？"

李小军还在犹豫，反而是陈蕾见他扭捏，忍不住道："李小军，你要是真明白，就说出来，怕什么。说错了，还有高人来纠正；说对了，也是让各位长见识。"

陈蕾这样一说，李小军瞬间变了模样，胸膛不由一挺，端正姿势，看着陈蕾道："这面铜镜，纹样繁复，但若你仔细看，这里是什么？"

刘亦然见他的模样可气，道："李小军，我郑重地告诉你，你要说，就向在位所有人说，你只看着陈蕾，这非常不好。"

王也呵呵一笑，王峰、吴心刚明知就里，也微笑不语，只有姜丰摸不着头脑，林静怡却看出了端倪，道："好了，你们三个人就不要闹了。李小军，你要讲，就不要偷偷摸摸地只给陈蕾一个人讲。你要讲，就好好讲一讲，不要总盯着人家姑娘看。"

李小军的脸腾的一下就红了，他不再看陈蕾，而是转头看向铜镜，也不知道是在和谁说话："这里是北斗七星，那颗稍大一点的星，在这个铜镜中为主，是七星中的第三颗星，天玑星。"

姜丰点点头，道："没错，看来你真是对道家非常了解。"

李小军接着道："道教的六丁神将，取自十二生肖中的牛、兔、蛇、羊、鸡、猪，六甲神将，则是鼠、虎、龙、马、猴、狗。六甲为阳，对应甲子、甲寅、甲辰、甲午、甲申、甲戌，六丁为阴，丁丑、丁卯、丁巳、丁未、丁酉、丁亥。各位来看，这不正与十二生肖相对？"

见陈蕾流露出赞许的神色，李小军颇受鼓励，接着道："北斗七星，则与十二生肖联结紧密。上应北斗七星，散至人间，对应为本命属相。天枢星对应鼠，天璇星则为牛、猪，天玑星为虎、狗，天权星为兔、鸡，玉衡星为龙、猴，开阳星蛇，摇光为马。七星所属，分别主管着天下百姓。"

王峰道："你的意思是说，北斗七星中的每一颗星都有专门的职责？"

李小军点点头，偷偷瞄向陈蕾，见陈蕾并不避讳他的注视，反而坦坦荡荡，并无扭捏之态，这才回答王峰道："王会长，北斗七星，在天上确实各有所职。"[1]

1　《太上三十六部尊经》记，北斗居中天而旋回四方，主一切人民生死祸福。北斗第一贪狼星、第三禄存星为东斗，主生。第二巨门星、第四文曲星为西斗，记名。第六武曲正居本位，为北斗，落死。第五廉贞星为南斗，上生。第七破军星正居中位为中斗，大魁，总监众灵。凡一切万物，生死皆属北斗。

王峰道:"那你刚才所说,第三颗星独大,依顺序,为主生。"他又面向姜丰,问道,"姜先生,在我们所得到的几件文物中,如果按照顺序来算的话,这属于第三件文物?另外,这件主生的文物,在姜先生看来又有什么作用?"

姜丰的兴趣显然在李小军身上,对于王峰的问题,一时没反应过来。吴心刚同样的问题,又再次问了一遍,姜丰这才回过神来,道:"我刚才一直在想李小军走罡步的事情,一时没有注意。王会长和吴总说的极是,我们确实在发现这一点时,起先认为,既然是按照道教的北斗七星来设置,明朝历代皇帝又与道教密切相关,那么涉及崇祯藏宝的文物,应该是七件。但方才吴总介绍,说是北斗明七暗九,那么这几件文物,有的标明有七星,有的没有标明有七星,但又与七星紧密相关,在我看来,可能分别有不同的作用。"

姜丰正要说下去,林静怡打断了他的话,道:"李小军说到的北斗七星各有所职,我们也是第一次听到。这第三件文物有什么作用,我想,一时半会儿,在没有找到崇祯藏宝之前,很难判断它的作用为何。这一点,各位应该都认同。"

王峰点点头,道:"林总所说,也有它的道理。这件文物的纹样暗藏六丁六甲、北斗七星的寓意,到底有什么作用,怕是要等赵劲夫来猜悟了。"

林静怡笑道:"王会长,你是不是认为我们对这件文物的信息有所隐瞒?"

吴心刚插话了:"林总啊,我这里说话要得罪人了。刚才姜总正要说下去,林总你几句话就让他把话断在肚子里了。那王会长有点什么小想法,也是很正常的。如果他没有什么想法,那他这个副会长真是不知道怎么当上的了。"

林静怡道:"好你个吴心刚,你倒是会说话。你一句话,挑得王会长的枪直接对着我们夫妇了。我们要是不回应你,那显得我们心里有鬼;我们要是回应你,显得王会长居心叵测。我们三个里外不是人,眼瞧着彼此早有的戒心越来越重,你倒是落得个干干净净。说说吧,你这是想要闹哪一样?"

吴心刚没料到,林静怡几句话就把暗藏的较量摆在了台面之上。

终归是江湖人士,面对林静怡毫不客气的问责,他心不慌乱,神色如常,伸手拿起桌上的天津麻花咬了一口,劲脆甜香,这才道:"林总啊,我到底今天是哪里做得不对,碍着你的眼了?人长着一张嘴,吃东西之外,它还要说话啊。我只是就事论事,我们是没有听明白,想知道这件文物究竟如何。赵劲夫是目前我们见到的看到文物就能讲出个二三四五的人,他现在是不在眼前,王会长说得也没错,你们没有见过赵劲夫,你们见到了,我敢说,两位也得挑大拇哥,这绝对是个人才。杜飞为什么让我们来偷盗,单单把赵劲夫留在身边?说好听点,那叫体贴,说难听点,就是我们几个今天要是死在这里,有赵劲夫,他杜飞照样能够找到崇祯藏宝。"

吴心刚此话一出,倒是把林静怡逗笑了。吴心刚看着她笑个不停,麻花也不吃了,有些手足无措,不知道林静怡是恼是怒。这是在林家的地盘上,他吴心刚再周全,还是要看主人脸色的。闹翻了,别说合作,林家夫妇要是把他们六个一人捆上一条绳索,直接送到杜飞府上,以此作为凭信和杜飞合作,也不是没可能。

姜丰没有注意吴心刚的神色,他转身对王峰道:"这件文物,我们是破解了纹样的含义,但你要说有什么作用,实话实说,还真不知道,或许如王会长和吴总所说,还须等赵劲夫来破解。"姜丰态度谦虚,说到此处,话锋一转,道,"不过,赵劲夫他没有找到藏宝图所在,我们倒是找到了。如此看来,他也不是百试百灵的神仙吧。"

在场的人听到姜丰的话,不由有些激动。吴心刚眼睛大睁看向姜丰,双手一摊作期待状,大声道:"那么,我还在等什么?"

第二只木匣被轻轻打开,姜丰伸手从匣中取出一件铜瓶,轻轻放在桌上。三十多厘米高,扁圆瓶身略略凸起,双侧装饰如意耳,瓶肩套环。环绕瓶身,由内向外,回纹、缠枝莲纹、云纹、蕉叶纹、鹤纹、如意纹、水波纹、龙纹等,叠了八层,纹样繁密。瓶身上腹部,则有火焰纹样一周,日月星辰呈于其上,近足处,则绘海水纹饰。

吴心刚脱口而出:"这是八卦瓶啊,一眼望去便知。这个似乎没什么隐藏的秘密吧。"

王峰笑道:"吴总,你还真是心直嘴快。谁看不出来这是八卦铜瓶？只不过，我想这其中还是有些讲究的，否则，姜总为什么把这宝贝放在最后才让我们看？"

闻听此言，姜丰只是笑笑，没有说话。林静怡道："既然吴总认得这是八卦瓶，不如给我们讲一讲，或许有不同的理解，也让我们开开眼。"

吴心刚双手连摆，摇摇头道："我不是赵劲夫，也不是姜总、林总，但我想只要是中国人，哪怕是五岁的娃娃，也能看出瓶上的纹式是八卦图纹吧。"

林静怡谁也没找，直接问李小军："小军，你来说说看。"

李小军有些犹豫，看了看陈蕾。陈蕾的眼神分明表露出一个意思：你想说就说，与我何干？

姜丰道："小军，你就不要推辞了。你既然懂得罡步，那这八卦对你来说，简直就是小菜一碟了。我相信，你或许比我们懂得都多。说说吧，你能看出多少，就说多少。我和静怡，也学习学习。"

李小军摇了摇头，见林静怡与姜丰满是期待之情，只好说道："八卦之说，代表天、地、雷、风、水、火、山、泽八种世界存在的自然现象。在道家看来，由此延伸为独特的含义，乾为健，坤为顺，震为动，巽为入，坎为陷，离为丽，艮为止，兑为悦。在这件八卦瓶上，虽为八卦排列，但乾位西北，坤位西南，南离北坎，震东兑西，艮、巽分置东北、东南，瓶身上腹部分置日月星辰，暗合文王八卦。"

"文王八卦？"吴心刚道，"这倒是新鲜，我是第一次听说，八卦就八卦了，怎么还分文王武王？"

李小军道："八卦图产生自河图洛书。河出图，洛出书，正是此意。"

吴心刚脸上一片茫然，道："姜总，要不然，我还是建议由你来说吧。这个小伙子说十个字，我九个字听不明白。"

李小军脸上一红，又偷偷瞄向陈蕾，见陈蕾并无嘲讽的神色，稍稍放下心来。只听姜丰道："吴总，你是不读书的江湖人吗，还是故意装傻充愣？刀相派不懂八卦，那你到底是哪门子的刀相派？"

吴心刚嘿嘿笑着，道："刀相派比不得道家，知道八卦，但不深解，说出来也不算丢人。你要说玄门四斩，除我刀相派，哪一个会？道理是一样的，李小军会走罡步，我请问，在座的各位，别说走罡步了，你们谁听说过罡步？"

王峰等人摇摇头，吴心刚接着道："我倒是听过罡步，所谓魁星踏斗，诸葛亮当年摆阵向天借寿，脚下独门秘法，走的正是道家秘传罡步。姜总你让李小军去讲这件八卦瓶，我看没那么简单吧。姜总哟，你要是想试李小军，能不能抽个时间，换个地点儿，别让像我这样不懂的人跟着一块心里起急？"

他话挑得明白，李小军一怔，看了看姜丰、林静怡夫妇二人，一时不知道该不该继续讲下去。姜丰大笑道："吴总，你既然话已挑明，我们也明人不做暗事。我们确实有事，想试一试小军，如若可行，还想请小军帮忙，但我们相请之事，倒真与崇祯藏宝没有任何关系。"

吴心刚道："这不就得了嘛，姜总，事分先后缓急。你要想请李小军帮忙，还是换个时间、地点，接下来我们还是把精力都放在崇祯藏宝上，除非，你想请李小军帮忙的事情，价值远远超过崇祯藏宝。"

吴心刚讲到这里，刘亦然不由心中一动，看了一眼陈蕾，陈蕾同样看向他。两个人都把目光放在姜丰身上。

姜丰道："好好好，吴总你既然如此讲，这件事先放一放。小军，你若方便，就接着向吴总介绍一下什么是河出图、洛出书。"

李小军道："这说的是龙马背负河图，出于黄河，洛水之畔，神龟背驮洛书。相传大禹悟到治水之法，便是从河图洛书中得到的启发，由此划分天下九州。河图洛书后演化为易经八卦。河图，成为先天八卦，洛书，成为后天八卦。这件八卦铜瓶，正面为文王先天八卦，背面，则是文王后天八卦。"

见吴心刚满脸的不解，姜丰接着道："小军说河图洛书演化为易经，这在中国古代社会其实非常重要。自古以来，易经被尊为帝王之学。包括诸葛亮、曹操，任何一个在历史上称得上名号的政治家，都学过易经。易经也因此被称为'群经之首，大道之源'。也就是说，中华文化的源头之一，正是易经。"

吴心刚仍然是一副懵懂之态，姜丰道："是谁将河图洛书演化为八卦的？这个人的名字，我想吴总是听过的。司马迁《史记》自序中说伏羲至纯厚，作易八卦。如何创立？《周易·系辞》写得明白，吴总有时间可以找来一看。仰则观象于天，俯则观法于地，观鸟兽之文，与地之宜，近取诸身，远取诸物。所谓一画开天地。"

看到陈蕾听姜丰所讲聚精会神，正是说话人讲得明白，听话者听得入迷，李小军不由插话道："无立文字，口传心授，这是初时最原始的八卦传授易道之法。"

李小军开口，陈蕾的目光随即从姜丰身上转移过来。李小军轻声咳嗽一下，接着道："在古代原始社会阶段，包括此后的三皇五帝，河图洛书所成八卦，是能与上天沟通、感悟上天意志，并参透天之神明的工具。所谓知神之所为之事，达到天人沟通的境界。也因此，谁掌握了八卦，谁就能够参悟神机。这件文王八卦瓶上的纹样，和我们常见的八卦纹样不同。你看这里，顺时针方向，乾生震坎艮，坤生巽离兑。逆时针方向，乾经由艮坎震向坤复归，坤经由兑离巽向乾复归。排列顺序，并不是一致的。尤其是文王八卦的乾位，并不在正北，而是在西北。此外，这件八卦铜瓶上的文王八卦图，只有南离北坎二卦阴阳对称，其余皆不对称。"

姜丰不禁点头，露出赞许的表情，和林静怡对望，似乎颇为满意李小军的解答。

李小军接着道："这个秘密，其实并不难解释。八卦成列之初，震于东方，位在二月。巽于东南，位在四月。离于南方，位在五月。坤于西南，位在六月。兑于西方，位在八月。乾于西北，位在十月。坎于北方，位在十一月。艮于东北方，位在十二月。后世常见的八卦，只不过是另外一套八卦方位图。这件铜瓶上的文王八卦图，是最为原始的图式纹样了。文王先天八卦图之所以如此设计，在古代社会有两个作用。依此八卦图，一是定方位，知道自己所处的地理位置，有点像是地图；二是定时间，种地、耕田，依不同岁时而计。"

陈蕾难得地露出笑容，这是与李小军见面以来第一次对他微笑。李小军见了，颇受鼓舞，正要接着说下去，只听姜丰道："小军，你先不要激动。你说得很对，确实，我们在刚刚得到这件八卦瓶时，真没有注意到此处。也是那个人讲得清楚，我们才明白，这原来是文王先天八卦铜瓶。小军，你是否注意到，这件有最原始纹样的八卦瓶上，竟然有两幅北斗七星暗藏于纹样之中？"

众人闻听，不由错愕，看向李小军，静等他的回答。李小军点点头，道："没错，这两幅北斗七星纹样，隐藏于瓶身上腹部，火焰纹样日月星辰之间。"

姜丰点点头，道："不过，你仔细看，这七颗星，其实并不是七颗，那里还暗藏着两星，构架正是明七暗九。这件八卦瓶，一面纹样暗藏北斗七星，另一面纹样暗藏的是北斗九星。吴总，你方才说，赵劲夫破解的九曜厌胜钱上有九位星君？"

吴心刚道："赵劲夫确实是这么说的，这件八卦瓶纹样同样有北斗九星，这说明了什么？有崇祯藏宝的什么信息？"

听了这话，姜丰不由轻轻叹气，道："我们夫妇二人，除了交际朋友,做些生意,其余的时间,放在了两件事上,一件事,就是这文王先天八卦瓶。里面的财富有多少,这个并不是我们最为关心的。我这么说吧,吴总,我看到你鼻子快要翘到天上去了,但事实真是如此,我们的钱足够花,再有多少是多呢?这也是为什么杜先生几次三番,想要出高价买这两件文物,我们一直没有答应的原因。"

吴心刚道:"这世上还有不爱钱的主儿?一万不爱,十万不爱,一百万你也不爱,那可是六千七百万两白银,折算为人民币,价值超过七十亿。香港李嘉诚有没有钱?他从汇丰银行手中买到和记黄埔,也不过花了六点二亿港元。他那会儿,手里怕也没有七十亿吧。"

姜丰一笑,道:"吴总又想到哪里去了?钱,能够保障有尊严的生活,足够,否则便是为钱受累了。杜先生开出的条件很好,但对于我们夫妇来说,如何破解崇祯藏宝的秘密,领略其中隐藏的中国科技文明信息,这远比得到多少藏宝要有意思得多。我想,刘记者,陈小姐,还有未曾谋面的赵教授,最起码他们三个人,并不是为了拿多少银子,才来到这里的吧。"

吴心刚还没有说话,李小军急着分辩道:"还有我,我李小军也不是为了钱。"

姜丰哈哈大笑,道:"我看到你们三个人的模样,就知道你李小军不是为了钱。"

吴心刚这时才顾得上插话,道:"姜总真是让我刮目相看,你们夫妇二人既然是为了破解的乐趣,那倒是讲讲看,从这件八卦瓶上你们破解到了什么?"

林静怡道:"为了钱,或者不为了钱,都有一个尺度。这件文物的秘密,交给我们文物的那个人说得很清楚,无论是北斗七星,还是北斗九星,这应该都是属于第一件文物,代表的是北斗星中的天枢星。原因其实并不复杂,当发现这是文王先天八卦,世间万物之源时,答案其实就已经有了。"

吴心刚耐不住,道:"我说林总、姜总,我承认,我真不如两位脑子灵活。我在这里斗胆放声一言,为什么两位能够拥有这么大的势力,连杜先生也忌惮几分?很简单嘛,两位才识过人,依我看,在整个天津卫,也是数得上号的人物。姜总、林总这样的人物,这些小难题,在你们面前真不是问题。但在我吴心刚面前,我真的是难以理解,猜不透,想不明白。所以啊,我请求两位,饶了我吧,我真是想不出来,答案是什么?"

林静怡、姜丰,刘亦然、陈蕾、王峰、王也、李小军,甚至是林姜两人的十数名手下,也忍不住哄堂大笑。林静怡笑道:"吴总,如果有机会,看来我们以后需要多多交流啊。我实在是喜欢你的性格,你能拿到那件文物,想必也是因缘巧合了。"

姜丰道:"吴总,当一切回归到最原始的情况,你看看天上北斗星,是从第几颗星开始数?不用我问,你也肯定是从第一颗星开始数。方才你又提到赵劲夫破解的北斗九星和这件文物暗合,但厌胜钱没有文王八卦图,这件铜瓶有,文物上的两个纹样信息结合起来，得到的结果是完全不同的。"

王峰此时道："那这件藏宝图，是隐在哪个纹样当中？"

姜丰道："王会长，藏宝图的发现，完全是个偶然。那个人在把两件文物交给我们夫妇时，并没有告诉我们哪里有藏宝图。我相信，如果他发现了藏宝图，那一定不会将文物交给我们了。说来也巧，一天我回到家中，已经是晚上九点多了，在书房里把玩两件文物，放下十二生肖兽首人身青铜镜，刚刚拿起文王八卦铜瓶，突然之间停电了，室内漆黑，什么也看不到。有人来点燃蜡烛，我再次拿起铜瓶，在蜡烛微光下观看，透过光，这个八卦瓶出现了不一样的图纹。"

林静怡道："他大喊大叫，我以为出了什么事。到了书房之后，他将八卦瓶放在蜡烛微光之下，在一个特殊的角度，果然出现了地图。但那只是地图的一角，我们当时再拿起十二生肖兽首人身青铜镜，无论调换什么样的角度，却再也没有出现地图。我们反复思考，又更换了多种光源，也同样没有得到地图。这时，我们不得不做出了一个判断，那就是，在九件文物当中，一定有一样器物，能够让文物呈现出藏宝图。而所有涉及崇祯藏宝的文物，每一件里，必然有一块地图，拼接起来，便是完整的藏宝图，指向藏宝之地。"

姜丰道："自此之后，我们留意市面上的文物交易，试图找到其他几件文物，直至得知杜先生也有两件，这才发生了我们想买他的，他也想买我们手中文物的事情。结果很简单，在我们发现他是只要宝藏，而我们所为乐趣时，志向不同，那当然很难合作了。"

听罢姜丰、林静怡夫妇所言，吴心刚不为人注意地看向了王峰。王峰仍然一副若无其事的模样。

突然吴心刚一拍桌子，喝道："王会长，都到这个时候了，那一件能够破解藏宝图的文物，你也该拿出来了吧。"

林静怡一怔，道："王会长，这就是你的不是了，你既然手中有文物，为什么不拿出来？难道说，你另有所图？你这样做，让我们如何信任你？接下来的合作，依我看，还是需要它来说话了。"

只听"啪"的一声，林静怡掏出一把手枪，拍在了桌面上。夫妇两人眼神凌厉望向王峰。十余名手下如同得了军令，或手拿尖刀，或拉开枪栓，气势汹汹朝王峰围过来。若有一言不合，眼看就要血溅当场。

第十三章
玉影描图

明晃晃的尖刀架在王峰的脖子上,他连眼皮都没眨一下,反而是脸上堆满笑意。甚至,他将头向前伸了伸,直接将自己的额头顶在了黑洞洞的枪口上,道:"你要是再不开枪,我就要替你开枪了。"

见拿枪的人眼睛看向林、姜二人,王峰大声道:"吴总,你的手探得长,眼睛瞄得远。我手中有宝,你想没想过,打死了我,你也活不了。"

吴心刚一愣,眼珠一转,呵呵笑道:"林姐,你可不要听他胡讲。我们现在要好好谈,那就要打开大门,请客人坐下来,敞开心扉,拿出自己手里的宝贝。这藏着掖着,不算是做客的样子吧。"

林静怡点点头,却没说话,只是冷眼看着两人。

王峰笑道:"吴总,要是宝贝被我砸了,你说说,这激变生事的罪名,林总要算到谁的身上?"

吴心刚道:"这么说来,你还是有啊。林总,我没有说错。

接下来，王会长愿意不愿意把宝贝拿出来，就要看林总、姜总的诚意了。"

姜丰笑道："吴总，你倒是挺会说，三两句话，让王会长把藏了这么久的宝贝亮出来，还想把合作不成的罪扔到王会长头上。如意小算盘，打得真是妙。"

吴心刚非但没有生气，反而正色道："你要这么说，我就非常不高兴了，怎么是我的如意小算盘？在座的各位，谁知道王会长手里有文物，并且是最为关键的，能够找出崇祯藏宝图的文物？"

说到这里，吴心刚看向王峰，见王峰并未反击，便知道自己赌对了，不由暗暗松了一口气，接着道："王会长手里有宝，在这个节骨眼上不拿出来，怎么对得起朋友？"

王峰道："恕我得罪各位，到目前为止，谁是朋友，谁是敌人，还是暧昧不明。吴总、林总、姜总，你们若是我，首次接触，你会拿出这件宝贝来吗？"

说着，他从怀里取出一个约有手掌大小的扁平钢制小匣，上有五排数字的密码锁。

姜丰手一挥，尖刀与枪口撤去，这才道："王会长，我理解你的选择。吴心刚那是激你，你也不要怪他。"

于是吴心刚接着姜丰的话道："王会长，你也不要恼嘛。王也告诉我，也是为了救你。我一直留到现在才说，是因为林、姜两位老总并不是如杜飞一样唯利是图。我要是害你，在杜飞那里早就说出来了。你想想，杜飞心狠手辣，他若是知道你手中有辨别藏宝图的宝贝,还会和你谈条件吗?"

王峰微微一笑,将手中小匣摆弄一阵,"咔嗒"一声,密码锁开了。海绵当中,一件约有十五厘米的玉壶,端端正正摆在中央。他轻轻拿出,放在掌心,这才道:"姜总,方便的话,请取一盆水来。"

姜丰一怔,然后吩咐手下取来一盆清水,放在桌上。

王峰将手中玉壶放在水中,只见那只玉壶竟然漂在了水面上,犹如水中行舟,轻轻荡漾起来。在场的人不由惊叹,吴心刚向前走去,欲要仔细观看,王峰道:"吴总,你还是就在那里慢慢欣赏吧。"

说着,他将玉壶轻轻捞起,放在手心,这才接着道:"这件文物,是由一整块和田玉雕凿而出的。九年前,王希贤会长在北京潘家园,花费港币八万块,从一位小伙子手中购得此玉壶。明末时期的玉壶,潘家园同样大小,不过一万块就可买到,为何王希贤会长花了八倍的价钱才买到手?"

姜丰道:"我明白了,这件宝贝,当时王希贤先生就知道和崇祯藏宝有关。"

王峰叹口气道:"没错,谁也没有想到,这是买了一件祸害回去。所谓得宝者祸从心头起,一念之间的事情。现在看到的几件文物中,我手中这件文物是唯一的玉器。为什么?我直到今天,才明白过来。"

林静怡道:"王会长休怪,方才得罪。不过,你这么一说,我也明白了。"

吴心刚道："你的意思是说，这件玉壶，能够在水上漂起来，除精巧之外，还因为它易碎。"

王峰道："吴总，你这才算是说到关键了。为什么易碎，我想藏宝之人也算得明白，这件文物既然是发现藏宝图的重要之物，那么若有意外，持有之人轻轻一捏，玉壶便碎如尘粉，这就是一件鱼死网破的东西。也就是说，这是件可以让崇祯藏宝消失的器物。"

他又看向姜、林二人，道："两位无意之中发现了藏宝图的秘密，我方才听到这里，便想到玉壶的作用了。若没有吴心刚说出来，我自然也会拿出来。"

吴心刚呵呵笑道："王会长真是会说话啊，几句话把祸事全推在我身上了。难不成，你要捏碎了玉壶，姜总、林总还要找我要壶不成？"

姜丰并未答言，林静怡笑着道："吴心刚啊吴心刚，今天在这间房子里，没有祸事。只不过，你得罪了王会长，那可就要看你用什么实际行动去弥补了。"

王峰也笑道："林总说话总是滴水不漏，话带机锋。吴总，你可要小心说话，一个不留神，你就钻进去出不来，那时可是喊天天不应，叫地地不灵了。"

吴心刚也笑了，道："三位，我吴心刚混江湖，心粗，胆子大。我不管那些有的没的，有利益，有合作，无利益，拔刀子。在座的人都明白，我只是要求我应得的那份利益，其他的，是朋友是敌人，那都是水中花、镜中月。"

王峰道："吴总是明白人。那好，各位同仁，接下来，是你们最关心的，这件玉壶如何找出藏宝图。你们看，我手中的玉壶，壶壁薄如纸，放在手掌上轻轻一吹，便可随风舞动。放在水中，如同行舟。如此薄如蝉翼之物，壶中自有乾坤。"

他将手中玉壶内壁朝向众人，只见玉壶外壁阴刻云纹，环绕北斗七星，玉壶内有一个小基座，两人仙风道骨对坐，似对弈状，中间玉桌一张，上面却无棋盘。

姜丰看罢，低头沉思片刻，道："我知道这件玉壶如何使用了。只是，需借玉壶一用，不知王会长可否同意？"

王峰却没将手中玉壶交给姜丰，只面露笑容问道："你是第一个发现文物上藏宝图隐藏秘密的人，听你方才讲述过程，我倒是心中也有个想法。不过，毕竟还没有试过。或许我们的想法一致，交换一下想法如何？"

姜丰哈哈大笑，道："王会长，你真是太小心翼翼了。我要是想抢你的玉壶，那几把枪就不会从你的头上移开。你说这是一件易碎的宝贝，毁了它，就找不到藏宝图的秘密，可是你想没想到，这件宝贝，是三百多年前的文物，它能够找出藏宝图，我想不外乎是光线折射原理。依照现在的科技水平，就算是玉壶碎成几片，若是知道了其中的光线折射原理，复制出一件器物来并不是什么难事。"

吴心刚一听，立刻道："姜总说的可能有道理，不过，我们没必要一定把玉壶打个稀碎。这玉壶如此精巧，搁到现在，怕也得值个二十多万了。再说了，你一定要把壶打碎，才能知道什么光线原理？我们不能把玉壶好好留着，再把藏宝图找出来，那岂不是两全其美的事情？"

姜丰道："还是吴总的算盘打得好。王会长，我们既然谈合作，就不要再彼此留过多的戒心了。这样下去，能谈好的也得谈崩了。"

吴心刚点头道："姜总讲得好，那就先把你的想法说出来给大家伙听听，看看是不是有道理。"

姜丰道："这件玉壶中间有小玉桌，上无棋盘，依我看来，可能意不在此。既然玉壶雕刻得如此之薄，足可见，我们猜测通过特殊材质，采用光线折射原理来使得藏宝图出现，是极有可能的事情。"

王峰一边听，一边看着手中玉壶点点头，道："借用光线，必定是壶内借用，光源在里面，才能借用光线。难道说，那个玉桌是灯芯？"

姜丰大笑，道："王会长的猜测和我不谋而合。这件宝贝果然构思巧妙，寻常人得到它，只当是一件精巧的玩器，或放于手中把玩，或放于水中观赏。那两个人物，在壶内自坐，如对弈之状，也符合壶中乾坤、仙家自得的境界。又怎么会想到，壶中玉桌、人物可能是灯芯？"

说罢，姜丰命人取来灯火蜡烛，小心翼翼地将灯芯拆散，蜡烛化油，交由王峰放入玉壶。十二生肖兽首人身青铜镜、文王先天八卦铜瓶端正放在桌面上，只待点燃玉壶灯芯，寻找藏宝之图。

众人屏息以待，姜丰将手中火柴一划，正要点燃灯芯，突然王峰喊一声"且慢"，一把抓住了姜丰的右手。

姜丰一怔，手中火柴落地燃熄。王峰道："你们是否想过，如果灯火燃烧，温度极高，如此之薄的玉壶，完全可以燃爆。如何避免因温度高使得玉壶炸裂？这是一个必须要思考的问题。我想，这把玉壶既然能漂在水中，也许就是水能够起到降温的作用。"

众人稍一思索，立即意识到王峰所言极是。姜丰忙命人取出一个透明的小鱼缸，将金鱼捞出另置，缸内装满水，放在桌面上。玉壶被放于水中，姜丰将火柴交给王峰，道："王会长，还是由你来亲自破解藏宝图的秘密吧。"

吴心刚不由笑道："姜总，你这是怕把玉壶烧裂了，王会长找你赔偿吧？"

王峰笑道："你们都多虑了。不过，既然如此，那由我来做这件事情也好。如果出现什么意外，也自然和各位无关。"

话至此处，他手拿火柴，轻轻一划，只见火焰燃烧，点燃如船般漂在水中的玉壶。刹那间，玉壶发散出奇异的光芒，映射着水中荡漾的光线，绚烂至极，如夏日之晨阳变幻莫测。

十二生肖兽首人身青铜镜、文王先天八卦铜瓶，云纹流动、海水纹波涛、缠枝莲纹妩媚，高山险峻，流水淙淙，天地之间，鹤舞其中，十二生肖件件犹如活了一般，龙飞跃，虎盘腾，星空万相，银河狂舞，正是宇宙人间。

陈蕾突然叫道："快看，那颗星周围。"

众人看去，只见文王先天八卦铜瓶上浮现的一颗大星，和文物上的所有纹样不同，犹如白银泻地，勾画出清晰可辨的图样。吴心刚不由失声叫道："藏宝图。"

再看十二生肖兽首人身青铜镜浮现出北斗七星中第三颗星，也同样显现出与其他纹样不同的色彩，白色线条如同银笔，将天玑星周围的纹样重新勾画，曲折蜿蜒，描绘出一块长有十厘米大小的地图来。

陈蕾忙向姜丰要了一张空白的纸，又要来一根铅笔，全神贯注临摹起两件文物上的图样来。片刻之后，两张地图描绘完成，她细细端详，对比两件文物确认无误后，轻轻放在了桌面上，没有交到任何人手中。

王峰吹熄了玉壶中的火，清理壶中残渣，小心翼翼地装入匣中，以密码锁好，放入怀中，这才回转身，只见吴心刚、姜丰等人面露喜色，正在不时低语。

林静怡此时也拿出一张图来，正是无意间发现八卦瓶的藏宝图样后描绘出来的。在与桌面上的对比之后，她将手中图也放在了桌上，道："陈小姐的临摹非常准确，一些细节，我们当时也没有注意到。这一手功夫，也是绝活了。相信你这手功夫，将来必有大用。"

陈蕾闻言心中不由一动,看向林静怡,只见她眼光温柔,丝毫没有取笑之意,反而有种说不出的似怜似叹之意。

那一边,吴心刚看着王峰收起于藏宝图关系重大的玉壶,意味深长地与他对视一眼,才道:"现在,我们的底牌两位已经看到了,那么我们有没有资格合作?如果要合作,怎么分配利益所得?还请姜、林两位老总,不要亏待彼此啊。"

姜丰低声与林静怡商量几句,道:"吴总多虑了。崇祯藏宝六千七百万两白银,我们有两件文物,一件文物拿一成的利益,两件文物,我们夫妇获得两成。你们算一算是否公平合理?"

吴心刚没想到姜、林夫妇只要两成,点点头,笑着道:"王会长,这下子两位老总可算是真有诚意了。不过,两成的收益,也有将近十四亿人民币啊,怎么算,也不能说是吃亏吧。"

林静怡笑道:"我们只要两成,这两成的收益,交由王会长和李小军代我们持有。"

王峰、李小军闻听此言都吃了一惊,吴心刚不解地问道:"怎么说?让他们两个代持,你们是不打算一起去找宝藏了?你就不怕有出入,少算你们一份?"

姜丰大笑,道:"我们也真是想一起去,亲眼看一看崇祯藏宝的秘密。我相信,那里不仅有藏银,应该还有其他东西。不过,我明天还要接待一位远道而来的朋友,这人身份尊贵,非我夫妇二人亲自接待不可。所以,我们就不参与此事了。"

吴心刚道:"姜总这么讲,是有比崇祯藏宝还要重要的事?还真是让我好奇。那是你姜总的事情了,我不便过问。不过我还是想问,依王会长的身份,牵扯到基金会的声誉,他必不负你,我可以理解你的托付,但为什么还要加上一个李小军?难道说,你们三人早就相识了?"

林静怡道:"吴总你真是多虑了,我们夫妇和李小军是初次相识。不过,我明着告诉你也无妨,李小军,我们还要请他帮忙。这两件文物的利益,由他来替我们分配,以示我们的诚意。"

王峰道:"李小军,你小子要走运了。就因为你懂得罡步之妙,姜、林两位老总算是看上你了,日后请你帮忙,也必是因此事而起。不过,有了那十四亿人民币的分配权,你哪怕只拿十分之一,也是谁都要高看你一眼的。"

说到这里,他意味深长地看向陈蕾,又看向刘亦然。

王峰所言,林静怡夫妇并没有否认,也没有承认。姜丰笑而不语,林静怡接口道:"我在这里善意提醒各位,这件八卦铜瓶标出的西北方向,我认为是目前关于藏宝图最有价值的信息。各位拼出藏宝图后,可能才会明白这个方位的含义所在。不过是不是如我所猜测,还要留待验证了。"

姜丰将两件文物从桌上拿起,十二生肖兽首人身青铜镜交到王峰手中,文王先天八卦铜瓶交到李小军手中,道:"这两件文物就交由两位保管。你们先在庄园休息,睡上一觉,天亮了,直接去杜飞那边。至于怎么对杜飞说,你们可以说是从庄园盗走的。我会在天亮之后报警，那时杜飞收到信息，不由他不信。"

面对姜、林二人的安排，吴心刚虽有不满，但两件文物本就属于二人，他也没什么话说了。一行人被分别安置房间休息，李小军被姜、林二人请到书房，不知说了些什么。

第二天，天微亮，时钟正打七点十分，一行人便分别乘坐两辆轿车、一辆面包车，开出姜、林二人的庄园，向杜飞处驶去。

三十分钟后，三辆车依次行至杜飞别墅。通报进门，杜飞早已在餐厅等候，赵劲夫同在一旁，桌上是豆浆、油条、狗不理包子。众人依次坐下，每个人面前都摆满了餐食。

吴心刚道："杜先生，那两件文物我们盗过来了。你说对了，那两位真是身手不凡。没有他们，这两件文物还真是不好说。"

杜飞没有答话，使了个眼色，一名手下低下身来，杜飞耳语几句，那人快速走出书房去了。

王峰道："看来杜先生还是不放心啊。怎么着，昨天夜里，杜先生没有派人跟着我们吗，到现在了才出去打听林家的庄园是不是失窃了？"

杜飞哈哈大笑，喝了一口豆浆，这才道："吴总的人也不是吃素包子长大的。我派去多少人也能被发现，跟着你们闹腾一夜，还不如在家睡大觉。你们说说吧，林静怡的两件宝贝被偷走了，她们家的防盗措施就这么差吗？"

王峰开口，吴心刚、王也不时补充，两件文物如何盗来，一杯茶的工夫,慢慢讲来。吴心刚看到方才出去的手下又回来,俯身至杜飞耳边说了几句,杜飞大笑,挥手让那人退下,这才说道:"果然好身手,林静怡、姜丰那里已经乱翻天了,三辆警车停在她庄园门口,警察都过去了,看来你们盗得并不容易啊。"

吴心刚道:"林静怡已经破解了文物的秘密,他们夫妇二人原来不只有两件文物。还有一件宝贝,林姜二人就是靠着它找到了藏宝图。"

王峰一怔,显然没想到吴心刚这么说。杜飞不由咳嗽一声,看了一眼赵劲夫,道:"赵教授,看来又要辛苦你了。"又对吴心刚道,"你可真是给了我一个大惊喜,那就赶快拿出来,让赵教授看一看。"

吴心刚看向王峰,道:"王会长,你就把林静怡藏起来的宝贝快快拿出来吧。"

王峰脸色如常,道:"这件宝贝,真就如吴总所说,是破解藏宝图的关键。北斗七星铜带钩、九曜厌胜钱、太虚铜人盘、崇祯御押,四件文物在杜先生手中。陈蕾的兽人炉,吴总手里的河图洛书铜算图、林静怡夫妇的十二生肖兽首人身青铜镜、文王先天八卦铜瓶,涉及崇祯藏宝的文物有八件。那件冰玉壶,专为辨识藏宝图之用。"

杜飞点点头,命人把餐桌收拾干净,拿出四件文物,吴心刚、陈蕾、王峰各自取出文物,一一摆放至桌面。

王峰道:"找到那两件文物时,还有两张奇怪的图样被陈小姐发现了。刘记者认为有可能是两件文物上的藏宝图,这才发现了冰玉壶的作用,原来是特殊的光线,才能够看到文物上的藏宝图。"

他心中明白,吴心刚一句话,将他逼得只能和他站在一个阵营,若此时解释,只会让杜飞怀疑。杜飞本身就对吴心刚充满不信任,吴心刚心知肚明,他要的不是杜飞信任他,而是杜飞不信王峰。只有这样,他们两人才能联合起来,让杜飞有所忌惮。而错过这次机会,他无论再如何解释,那么依杜飞的为人,也绝对不会再相信他了。

吴心刚正笑眯眯地看着他,王峰只好一句一句将线头扯开了。

陈蕾取出两张藏宝图,放在桌上。杜飞拿起看了一眼,这才命人拉上餐厅的所有窗帘,将鱼缸里的水换掉,将蜡烛、火柴交给王峰。王峰取出冰玉壶,依序操作,杜飞的眼睛亮了,那八件文物在室内瞬间映射出奇异的光彩,如银泻地,沿纹样游走,八件文物各自有不同位置,藏宝之图再现。

杜飞忙命人找来相机,将纹样一一拍摄,命人速速冲洗。他大笑着打开窗帘,兴奋地道:"看来赵教授的猜测没错,果然是有一样东西能够使藏宝图出现的,只是没想到竟然依靠的是光线折射。"

片刻工夫,八张照片摆在桌上,众人围上前去。杜飞道:"我们这里面,还是赵教授更让人放心。"赵劲夫只好上前,一张一张对照片进行拼接,逐一合缝,但是,最终出现的拼图,还是缺了一块。

赵劲夫道："三三得九,这八块图,看来还是不能完全拼出藏宝图。这里缺了一块,只是不知道这里是终点,还是起点,缺失了重要的地理信息,那就看不出来是哪里了。"

王峰此时突然道："缺失的那张地图,位于南方。杜先生,你可还记得,九曜厌胜钱,北斗九星所指的方向,是哪一个方向?依我看,这就是这件文物的作用,指出了崇祯藏银地的方向,那里,正是终点。"

杜飞一拍脑袋,道："对啊,南方,是指终点。"

他低下头来仔细观看藏宝图的位置,道："赵教授,虽然缺了一块,但是这张拼接起来的藏宝图仍然路线清晰,我们想要到达目的地,只需要绕一个弯就可以了。"

杜飞的手指向藏宝图,吴心刚仔细一看,照片上,那一道犹如白银的路线,虽然弯弯曲曲,但还是将之前断裂的路线连了起来。

杜飞大笑,不由道："果然是如那个人所说啊,只要你们一到,还真是找到了崇祯藏宝。"

王峰神色一变,悄悄和赵劲夫低语几句。

杜飞道："王会长,你有什么事,明着说,在那嘀嘀咕咕是什么意思?"

赵劲夫道："明人不说暗话,杜先生,你说的那个人,不知是谁?"

杜飞奇怪地道："难道说你们不是那个人派来寻找文物的?"

王峰大惊失色,道："你说的那个人,是不是一个人在香港名叫赵义的人？"

杜飞点点头，道："没错。我从七年前就一直替那个人找崇祯宝藏的文物。还好，我找到了两件，那件崇祯御押，本来就是赵义的。我也是按照他的指令，把崇祯御押放在丁鑫的集珍馆的。不惜代价购买林静怡手中的两件文物，也是他的指示。"

吴心刚道："真是没想到杜先生还听人指示。"

杜飞笑道："我姓杜的只听钱的指示，那个人门路广泛，给我介绍了不少外贸生意，我为什么要和他作对？更不说此事若成了，我得到的报酬是崇祯藏宝的两成，那就是至少十几亿人民币。这么划算的买卖，我自然是要做了。"

吴心刚道："杜先生，既然如此，现在拿到了藏宝图，看这张图标记的位置，雀灵山，离此地也不过一百多公里。我们要去寻宝的话，杜先生自然是要带着手下去了，那我如果不带兄弟们去发财，他们也不干啊。"

杜飞道："当然，有财大家发。不过，你准备带多少人去？我得看看有没有车来装。"

吴心刚笑道："杜先生啊，就算是一千人，你也有车来装。你带多少兄弟，我也带多少兄弟。还有丁鑫的人，他人在养伤，他的兄弟们可还是要跟着走一趟，发点小财的。"

杜飞呵呵怪笑，道："我带多少人，你们也带多少人，吴心刚，你可真是打的好算盘。不过既然你说出来了，好，那我带十五人，你带多少人，你自己看着办吧。"

吴心刚眉头一皱，道："杜先生，我说句得罪你的话，你自己带了十五人，怎么也好说。我和丁鑫两个人，这十五个人，你让我们怎么带？我多带一个人，丁鑫会怎么想？他少了一个兄弟，心里能放心吗？杜先生啊，你这是要让我和丁鑫两兄弟，还没出发，就要窝里斗。"

杜飞哈哈大笑，道："好，你们一人跟八个兄弟，我仍然只带十五人。不过你要想仔细了，你们这十六个人，能打得过我这十五个人吗？"

吴心刚道："哟，杜先生，你这话就见外了。得了，我们也只带十五人。丁鑫八个兄弟，我只带七人，省得还没出发，杜先生的手枪就瞄在我脑袋后面了。"

话虽玩笑，吴心刚还是防备在先，悄悄为王峰、刘亦然等一行人每人配了一件防弹衣。

杜飞命人准备越野车、户外装备。每个人都更换了高帮硬底鞋，五人一组，对讲机、侦测仪器，一辆越野车上还装了十来箱雷管、炸药，杜飞、吴心刚的手下更是人人手中持有枪械。

王峰问起，杜飞毫不客气，道："谁知道崇祯藏宝是在什么地方，如果打不开，就把它炸开。准备炸药，有备无患。"

一切准备妥当，九辆越野车驶出天津，上公路，按照藏宝图指引方向驱车前行。两个小时之后，前面一座山涧拦路，再向前行，还可见山野山村，过了村庄后，前面已无道路，越野车艰难地在乱石间行驶，直至无路可行。

杜飞拿出藏宝图，确认无误，这才和吴心刚指挥各自人马，一行人背负众多设备，弃车而行。林密草茂，一条羊肠小道蜿蜒而上，不时听得鸟鸣，转过山弯，水声传来，只见一道瀑布倾泻而下，山间无湖而成溪流，流向洼处，终于成小小一潭。水沿山势，如同绸缎润山育林。

再向前行，草密遮洞，杜飞、吴心刚派人持手电筒，腰系绳索，慢慢滑下探洞。不一时有人出洞，说洞内只有钟乳怪石，并无藏宝痕迹。众人继续前行，越向前山势越陡，杜飞看了一眼测量仪器，显示海拔1209米。

羊肠小道自此处消失不见。放眼望去，山脊陡壁如刀锋，直上直下，棱角分明。青山绿水踪影皆无，只余群峰崛立，怪石峥嵘，奇形异状的树木，在山石间扎根无数。

一行人在山间又行走一个多小时，直至汗流浃背，双脚酸痛。王峰突然道："杜先生，等一下。"

杜飞回头，喘着粗气道："王会长，要想找到崇祯宝藏，你的脚最好赶快跟上。我这里的人，可都人人身上背着装备。你们几个屁也不拿，还有脸让等一下。"

王峰弯下身，呼吸三口气，方道："吴总，你看看，我们是不是刚才来过这里？"

吴心刚一怔，停下脚步，看了看四周，道："我没有注意，杜先生，你看一眼，是不是刚才我们经过此地了？"

杜飞打量四周，道："这个劳什子破山，我爬山都快头晕了，谁还记得走过什么地方？"

刘亦然道："这个不难办，我们在此处留个记号，如果是走过的路，再转回来，自然会发现。"

众人点头称是，刘亦然撕下一块布条，寻得一根树枝绑在上面，在一棵十来米高的白桦树旁边挖了一个小坑，将树枝插在里面作了记号。

三十分钟后，吴心刚一行人先转到白桦树下，不由叹息一声，喊道："王峰，你他娘是个乌鸦嘴，你说什么不好，偏偏说迷路。你这次可说对啦，我们又转回来了。"

王峰、刘亦然、陈蕾等人稍后赶到，三分钟后，杜飞一行人也看到了记号。

刘亦然四处打量，只见此处山势较缓，怪石林立间，数棵十余米高的不知名树木，弯曲着伸向天空。怪石、树木间长满了一种类似灌木的植物，每一棵灌木的顶端，却犹如荷叶一般，长着一顶直径约五十厘米的大叶，大叶中心凹进去，一汪清水随着叶动微微摇晃，如同一个微型的湖泊。

吴心刚坐在设备上，命令自己的手下取出户外装备，小型燃气炉、炊具，准备做饭。

杜飞道："我说吴总，你倒是准备得全，怎么着，还准备在这里开餐厅了？还有食用油，你倒是带得整齐。"

王峰道："杜先生带的全是军用饼干，看来还是有经验啊。"

杜飞笑道:"我准备挖崇祯藏宝,准备了七年了。这些装备,有一些还是从香港买回来的,价钱高得很,为的是什么?不就是为了今天。"

吴心刚铺了块布,舒舒服服地躺下来,道:"杜先生,我这里一会儿还有炖牛肉,你吃不吃?"

杜飞大笑,道:"炖牛肉?我们带的水刚够三天的量,前面还不知道要走多远,你用什么炖牛肉?你的水喝没了,可别找我要。"

吴心刚道:"杜先生,你看看那边我的人在做什么?"

王峰看过去,这才注意到,吴心刚的五名手下正从大叶中收集清水,眼见得装满半锅,打开炉灶,开始煮饭了。

吴心刚道:"一会儿闻见香味,还要请杜先生来尝尝。毕竟,你的水还要节约着用。"

杜飞也不发火,指挥几个手下去另一边采集大叶清水,自也埋锅造饭。他知道王也是王峰的人,并不招呼,只是挥手叫着李小军。

李小军并没有应声,从挎包里取出罗盘摆弄,道:"我再去周围看看。"

李小军先叫刘亦然,再叫陈蕾、赵劲夫。刘亦然见李小军的眼神,似有话要说,再看向陈蕾,见她轻轻点头,于是两人跟着李小军。直至离杜飞等人远一些了,李小军才轻声道:"他们明显分作两派,迟早打起来。我们四个人,到时怕要吃亏。"说完只看着陈蕾。

陈蕾道:"你是说,真要发现宝藏,一言不合,他们两拨人拔枪,你的身手好,能够保护自己,到时候不一定能够保护我和刘亦然?李小军,你要是担心这个的话,很简单,你记着,刘亦然能够保护我,不用你费心。你救你自己和赵劲夫就行了。"

李小军急忙摆手,道:"陈蕾,你千万不要误会。杜飞心狠手辣,他是能拿出枪来杀人的主儿。吴心刚属于刀相派,这个人同样可以下得狠手。王也的身手了得,他的能力足以保护王峰……"

突然,一个人的声音传了过来:"李小军,你的如意算盘打得真好。现在就把你们都结果了,你就谁也不用救了……"

第十四章
生门死门

李小军回过头来，看到王也正向他们走来，脸色一变，道："你什么意思？"

王也走到近前，看了看李小军手中的罗盘，道："别以为我在吓唬你们，这一路上你们还没看出来？吴心刚和杜飞两派，他们手里要枪有枪，要炸药有炸药，几乎所有的有利条件都占全了。他们表面上和气，私底下却彼此提防。"

刘亦然道："你是想说，我们这六个人也必须结成同盟，才能够保障安全？"

王也道："我们有选择吗？我们六个人，再分成三派？"

李小军皱起了眉头，一边看手中罗盘，一边道："你和王峰自然是一伙了。我、陈蕾、赵劲夫、刘亦然，我们四个人还拧不成一股绳？"

王也笑了，道："你在抢人家刘记者的女朋友，你觉得他会和你一伙吗？"

陈蕾眉头微皱，还没有说话，李小军道："刘亦然，我是在抢你的女朋友吗？"

刘亦然道："你要是聪明，李小军，刚才的问题就不应该问。你这个人满脑子封建思想，你把陈蕾当作一件物品，凭一个娃娃亲，就缔结了某种不被承认的关系。就凭这一点，你觉得她会喜欢你？"

李小军一怔，看向陈蕾，有些不知所措。

陈蕾道："王也，李家与陈家的父辈结亲是为誓约；没有结亲的关系，陈家与李家也是亲人。你觉得，陈家、李家会不是一伙的吗？"

听了这话，李小军紧张的神色逐渐和缓。王也笑了，道："那就好，那就好啊。王会长方才看不到你们四个人，还以为出什么事了。"

李小军将手中罗盘向王也展示，道："王也，算是你说对了，还真出事了。"

王也笑道："哟，李小军，我不说有事，你也不说有事，我说有事，你立即说是有事。行，你说说，出什么事了？"

李小军道："你有没有想过，我们为什么走了一大圈仍然回到了原地？"

王也道："这座大山山形复杂，我们之前又没来过，迷个路很正常。"

李小军道："迷路？有这么简单就好了。如果我的罗盘没有错的话，我们不是迷路，而是陷入了一个阵法里。"

王也摊开双手，看了看四周的怪石密林，道："阵法？李小军，你是开玩笑吧。阵法总得有人吧，这里除了数不清的石头，四五层楼高的树木，还有这些长得像戴顶帽子的灌木丛，还有什么？"

李小军道："具体是什么，我现在也不好说。按照罗盘显示，这的确像是一个阵，否则怎么解释我们出不去？"

王也笑道："你神经太过敏了，你就在这里摆弄你的罗盘吧。陈蕾、刘亦然、赵劲夫，你们三个要不要回去吃点东西？"

陈蕾道："王也考虑得也对，现在情况复杂，我们尽量不要单独行动。你说呢，李小军？"

李小军想了想，收起罗盘，四个人跟随王也返回，那边二十多人早已吃喝尽兴，或坐或倚，各自歇息。他们与王峰会合，六人围坐在一起用餐，王也小声将李小军的话简单说给王峰。王峰沉吟道："这件事情，小军你有多大把握？"

李小军道："我的罗盘显示，这里的布局确实如同一个古阵法。但若想确定，还要再用罗盘查看。"

王峰道："目前的情况，你有几成把握能够辨识出阵法？"

李小军想了想，道："五成吧。又像又不像。只有先判断出是哪种阵法，才能有破解之术。"

王峰问道："又像又不像是什么意思？"

李小军道："我刚才拿着罗盘仔细确认，曲折的山路，依靠罗盘的定位，走走停停，和寻常山路便完全不一样了。表面上看四周均为巨石，但在罗盘定位的情况下，依山列为极有规律的椭圆形，依此结成环状，一圈套着一圈，将中间区域牢牢套住，极似一种古阵法，伏羲先天圆阵。"

王峰眼神一紧，急忙问道："这是什么阵法？如果真是此阵，会怎么样？"

李小军道："伏羲一画开天绘八卦，为什么要做八卦？在于上通神明，而在下，就是类万物，以佃以渔。哦，佃通畋，就是打猎的意思。伏羲打猎、结网捕鱼的方法，正是伏羲先天圆阵，结阵成椭圆形，一环套着一环，无论是平原旷野，还是密林山间，此阵法没有头，也没有尾，四面八方围攻而上。"

王峰惊道："那岂不是说，我们现在成了猎物？"

李小军道："伏羲先天圆阵是最原始的阵法，原本就是为了打猎而设的，攻击凶悍，陷入此阵，确实非常危险。如果真是此阵，倒也不难破解。只不过，它又不太像，解错了反而更加危险，因此还需要去确定。"

王峰道："好，你先看准。没确定之前，先不要张扬。"

李小军点点头，放下饭盒，拿出罗盘起身向外走去。走出三十余米，他算定罗盘方位，攀爬至一块三米多高的巨石之上。突然，耳边传来几声枪响，眼前一花，两个人影从他面前一闪而过。随即枪声大作，惨叫连连。

李小军收起罗盘，几个跃步跳下巨石，往回跑去。子弹射在石

255

上,激起点点火花,碎石子如天女散花崩至四处,划伤了他的手臂。他跑到近前,只听到杜飞大喊:"兄弟们,都给我顶住,这帮子狗娘养的想要我们的命,我们先要他们的命。"

吴心刚则大叫:"拿炸药,炸死这帮孙子。"

"轰"的一声,火光伴随着乱石飞溅,尘土四起。李小军大声喊道:"陈蕾、刘亦然,你们在哪儿?"

听到陈蕾应答的声音,李小军摸过去,等眼前尘埃稍散,只见陈蕾藏在一块巨石的凹处,刘亦然手里拿着一把匕首,站在陈蕾身前,赵劲夫也在一旁。李小军跑过去,一把拉住刘亦然,再拖着赵劲夫,三个人和陈蕾一起躲在石凹处。李小军急问道:"吴心刚他们的救生包在哪里?"

刘亦然问道:"你受伤了?救生包?"

李小军来不及解释,又问了一次。刘亦然指向一棵大树,李小军道:"不管看到了什么,你们千万不要出去。"

李小军说完就跑到树下翻找装备,寻出四个急救包,再次跑回来。刘亦然和陈蕾神情紧张,看到李小军回来,打开急救包取出一支针来,先给自己打了一针,闭上眼睛,再睁开,说道:"陈蕾,你们一定要相信我。打完这支肾上腺素,你们什么都明白了。"

三支盐酸肾上腺素分别注射进陈蕾、刘亦然与赵劲夫的体内,三个人眼前逐渐清晰,方才手拿砍刀的人影,全都消失不见了。他们定睛四处张望,只见王峰、王也两个人对面什么都没有,却似乎不知在和什么人搏斗,而杜飞、吴心刚等人拿着枪冲着空旷处乱射,地面上已躺着十余名手下,哀叫不止。

李小军道:"你们眼前的敌人,全是幻觉。我敢百分百确定,是和我们刚才饮用的采集自大叶上的水有关系。"

刘亦然道:"你这么肯定?"

李小军道:"我刚才站在一块巨石上,正拿罗盘定位,那块巨石离地有三米多高,不可能有人会站在空气里。我一拳打过去,如同打到一团虚无,什么也没有。那些人闪得太快了,如同鬼魅。那时我就意识到,眼前的一切应该是幻觉。后来我想到急救包里有盐酸肾上腺素,能够提升兴奋度,会压制幻觉的产生,就先去取了急救包。现在我们先制服他们,你们两个给他们注射。"

王峰、王也正忙于打斗,神色如同在梦中。李小军从身后绕过去,先制服王峰,再将王也摔倒在地,刘亦然和赵劲夫忙给两人注射针剂,之后他们陆续清醒过来。随后是杜飞、吴心刚等人。枪声逐渐停止,清点人数,吴心刚手下五人死亡,杜飞手下四人死亡,受轻伤者不等。

李小军说出致幻原因,杜飞一气之下,用炸药把那些植物全部炸毁了,然后才气哼哼地坐在矮石上,吩咐手下掩埋尸体。他摸着枪问道:"李小军,你说有什么阵?"

李小军取出罗盘,四处查看定位,走回来道:"这个阵法,我先前以为是伏羲先天圆阵,用罗盘定位,又是九九方阵,由此看来，这是两种古阵法的结合。我们陷入阵法，九九方阵使得我们走不出去，无论怎么走，都会回到伏羲先天圆阵中；这里生长着致幻大叶，时间长了，被围之人必会取用。如果是在古代，出现幻觉后，自相残杀之下，无论有多少人，也必死无疑。幸亏现代社会医学发达，我们也带着急救包，包中的肾上腺素针救了我们大家一命。"

吴心刚喘着粗气问道："什么古阵法，我听不明白。我只想问一句话，李小军，我们还能不能走出去？怎么破？"

"破解阵法，必先知道此阵如何布局。"李小军道，"九九方阵，我们必须明白阵法的排列，才能够走出去。用罗盘定位，可以推算出，阵法是按三三制排列的，九个小方阵，列四正四反，中间有阵轴，组成一个大方阵。九个大方阵也有一个阵轴，组成九九阵法。正是天圈九重，日、月、水、金、火、木、土、恒星、太岁，又分成十二个天区，各自关联设伏，变化万千。"

王峰奇道："李小军，你怎么对九九阵法这么清楚？"

李小军有些犹豫，看到陈蕾的目光同样充满疑惑，这才回答道："我父亲自小传授给我许多东西，包括风水罗盘，罡步踏斗，还有就是识百阵破千阵。这是李家祖先所传，历代李姓后辈人人皆会，并没有什么奇怪的。"他突然叹了口气，接着道，"自我记事以来，父亲教会我的第一个游戏就是识阵。他来布阵，我来破阵。这两个阵法，父亲也曾分别摆过。但这两个阵法结合在一起，却是头一次见到。"

吴心刚收起枪，拍着大腿，大声道："谢天谢地，今天要是没有你李小军，我看我这条老命，就丢在这个破地方了。你放心，只要走出去，我拿到藏银，从我的那份里再多分你一千万。你快讲讲该怎么破？"

李小军轻轻摇了摇头。吴心刚马上道："你还别不相信，我吴心刚说到做到，再不然我现在就给你打个欠条。有凭证，不怕我赖账。"

陈蕾道："吴总，你钻到钱眼里了，难不成别人也钻到钱眼里去了？李小军摇头，也不是怕你后悔这一千万。"

吴心刚道："哎哟，算我说错话，陈小姐别动气。你这一动气，替李小军说话，刘亦然可就不高兴了。"

说着他略带嘲讽地看向刘亦然，刘亦然道："小军，你接着说，不用理他。他现在需要你带他出阵，巴结着你。你说什么，他都得受着。"

李小军眼神复杂地看向陈蕾，见她神情坦荡，并无异样，又看向吴心刚，吴心刚一副干吃哑巴亏、说不出话来的模样。他这才接着道："吴总，九九方阵列为东、南、西、北、东北、西北、西南、东南，九中数为五，即为五方，因此只有东、东南、南、西南、西、西北、北、东北彼此相配，阵轴于五方中央，我们现在的位置，就在正中央，在九九阵法中，此地被称为闲地。阵法要诀，一入闲地，即为死门。"

杜飞道："我也略懂一些罗盘定位之术，李小军，你方才所说天圈九重，有死门，必有生门。"

李小军道："没错，天圈九重，即为九道九圈。十二天区，也就是古代星象图中的十二支。九九方阵两两相配，本意为阴阳相对。四正，东、南、西、北，为乾阳，四反东南、西南、西北、东北为坤阴。乾阳为顺行，坤阴为逆转。"

杜飞点头道："你这么一讲，九九方阵实在是复杂得很，也怪不得我们误入，陷进去出不来了。"

李小军道："有布阵，便有破阵。我方才用罗盘定位，八条纵线、八条横线，联系起九个小方阵并组的大方阵，十条斜线，则与四正四反形成十二节度，勾连之下，正是阵法最关键的秘道，现在是巨石成阵，若是有人来布阵，这些秘道线正是调配兵员、围攻阵内之人的通道与定位点。"

吴心刚脸色一喜，道："你的意思是说，我们找到了定位点，沿着秘道线就能够走出去？"

李小军道："问题就在于此，我刚才说了，这并不是一个九九方阵，它与另一个古阵法伏羲先天圆阵结合在一起了。"

吴心刚面色一沉，不由叹息了一声，道："难不成，今天我这把老骨头，就要丢在这个破阵里了？"

杜飞道："你方才用罗盘定位，定位点找到了吗？"

李小军道："两阵结合，难办就难办在此处。罗盘定位，发现横斜线点难分首尾。"突然他似乎意识到了什么，取出罗盘，四处走动，再次定位。片刻，他回到原处，道："我明白了这个阵法为什么暗合古代星象。"

他捡起一根树枝,在地面上横画竖指,不一会儿,一幅图出现在众人眼前。杜飞走上前去,俯身看去,不由失声道:"文王先天八卦图。"

李小军手拿树枝,接着在地面上点点画画,道:"河图是由一至十十个点组成的。子与子之间用线相连,奇数为阳,为天数,偶数为阴,为地数。十数按四方与中央排列。而洛书则由一至九,九个点组成,纵、横、斜,三个方向的数字相加,所得之和同为十五。"

众人眼看地面上逐渐成形为图,王峰不由道:"九九方阵。"

李小军站起身来,道:"没错,是变异了的九九方阵。同为四正四反,形成九九合数。明白了这一点,再用罗盘定位,沿点线秘道前行,十之八九,我们能够走出去。"

吴心刚、杜飞、王峰、陈蕾、刘亦然、赵劲夫等一行人,眼看着李小军取罗盘,定方位,确认点线秘道,这才收拾装备,检点弹药等,李小军在前,一行人紧随其后。前行不久,果见重峦渐为缓和,走出阵法困局,山势变缓,溪流沿林木流淌,只是无人再敢饮用了。

再往前,一条绵亘高耸的主峰,如同一把大刀,落在山间,山脉由此分为两截。怪石险峰不见,反是山清水秀、曲流溪涧,水流过处,丁香、杜鹃、花花开放,凉风习习,夹带着湿气滋润,掠过林间翠绿,闻之清雅,观之静幽。桦树、山杨、五角枫,依山势错落生长，镶嵌在层叠秀峦之间。

吴心刚道："这座山，可真是漂亮。种上几亩田，栽上些瓜果，倒像是高人隐居的地方了。"

众人不由一片哄笑，方才紧张的气氛一时变得轻松起来。

一行人游游荡荡，向前行去，蜿蜒三里路程，又是一番景色：一种不知名的金色花朵漫山遍野，如同在山间铺了一层黄金，映着阳光，刹那间尽染世界。水瀑从一片金黄中流泻，如同白银激荡起一片水雾。一行人不免感叹景色之美。

刘亦然却道："奇怪，这么美丽的景色，却看不到一只动物，也没有一只鸟儿飞过。"

正说着，一团云气渐渐弥漫，朦朦胧胧，如同扯过一张厚厚的地毯，瞬间遮挡了阳光。再向前行，初时还能模糊看到人影，云雾时升时降，有时在脚边盘旋，至腰间，之后渐浓，最后将整个队伍吞没。众人喊一声，各自伸手，彼此相牵，只见云雾时进时退，再至后来，遮天蔽日，如同黑夜。打开手电，也照不出任何光亮。

吴心刚喊道："真是见了鬼了，刚才还好好的，怎么一会儿的工夫，什么也看不到了。"

杜飞道："不要停，吴心刚，停下来又不知道要发生什么。事有古怪，必有危险。李小军，李小军……"

杜飞等人大声呼喊，李小军在后方，紧紧拉着刘亦然，刘亦然拽着陈蕾的手，王也与王峰在李小军前面。王也道："李小军，前面杜飞在喊你,你听到了吗,他们是害怕了,别又是陷入什么阵法里了吧。"

李小军还没有回答,又听到杜飞等人大喊,前面能看到光了。李小军看过去,前方模糊之间,能够看到微光些许。再向前行去,渐至雾气轻灵,手摸着慢慢前行,越向前,雾气越轻,终于看到一线两天,眼前一边如漆黑深夜,另一边艳阳当空。

杜飞等人跑动开来,终至眼前清爽,环顾左右,只见是一个山间小盆地。他们一行人,不知何时,走在了盆地正中央,前后左右八方无石、无木、无水,远远的四壁如削,高达百米,犹如一个巨大无边的石桶,极目望去,竟然什么也没有。

头顶高悬烈日,盆地间只有一行人的影子。

吴心刚道:"真是见了不止一次鬼,我们走了三个多小时,竟然一直在一个大石桶里走。这下好了,连棵树也没有,这么大太阳,一会儿准把人烤熟了。"

吴心刚的话让杜飞紧张不已,左右环顾,道:"李小军,你看到了吗?有什么古怪?"

李小军看了看四周,抬头看天,又取出罗盘,神色越来越紧张。杜飞、吴心刚、王峰等人见他神情严峻,顿时感觉不妙,吴心刚道:"李小军,你现在可不要吓人。你到底看出来什么了,快说。"

陈蕾道:"难道你们没看出来吗,这里没有东南西北,看不到任何参照物。"

杜飞一怔,问道:"没有东南西北?什么意思?"

李小军道:"在这个地方,罗盘、指南针全部失去了作用,仪器也显示有强烈的磁场。没有东南西北的意思,就是说我们在这里丧失了方向感。"

吴心刚拿出指南针,道:"不可能吧。没有方向,我现在就指给你们看。这个方向,这里……"

他右手伸出,看着指南针,只见指南针乱转,无一刻停歇。他骂了声娘,将指南针丢在地上,手指向前面,却发现这里是东南还是西北,他确实无法判断出来。

王峰道:"我们分头行动,沿着山壁寻找,一定能找到出路。"

刘亦然道:"我们大约是在中心位置,朝任何一个方向走,也至少需要三个小时。这么毒辣的太阳,我们没有多少次机会寻找出路。万一没有找对方向,只有死路一条。"

吴心刚恨恨地骂了一句,道:"这场大雾,真是害人。那么漂亮的山景,竟然有如此混账的地方。"

李小军心中一动,好像想起来什么,苦苦思索。

杜飞道:"那也不能站在这里等死啊,还是要分人出去找一找。你们两个,往那边走走。吴心刚,你也派两个人。谁找到了出路,就开枪示意。"

四个人往四个不同的方向走去,其余的人从装备中取出遮阳之物,暂且躲避烈日烘烤。

王峰问道:"没有方向感,会怎么样?"

陈蕾道:"没有方向感的后果,先是模糊所有外界的信息,紧接着,会渐渐丧失判断力,人会逐渐疯狂,最终的结果,只有死亡。"

李小军道:"陈蕾说得没错,我们在这里多待一分钟,就多一分的危险。"

杜飞道:"那现在往哪个方向走?你们谁也不知道,不等着他们的消息?你们谁愿意走就走,我反正得等等看。我建议你们也等一等,听到枪声,我们就出发。"

不知过了多久,一行人期待的那声枪响一直也没有出现。吴心刚突然道:"那个谁,那个谁?"不知在喊谁。

李小军大吃一惊,道:"坏了,陈蕾,刘亦然,大家闭上眼睛,不要再看外界。吴心刚出现反应了,他现在对外界的感触越来越差。"

说着他走上前去,只见吴心刚右手持枪,不知在瞄向谁,连忙大声道:"大家都把眼睛闭上,不要看外界。吴总,你认不认得我是谁?"

吴心刚眼睛睁得如同牛眼一般,道:"你是谁,不说出来,老子一枪崩了你。"

李小军迅速出手,一声枪响,吴心刚被他放倒在地。他喊来两个人,取出一条绳索将吴心刚绑了起来。

杜飞喊道:"都把眼睛闭上。李小军,这是怎么回事?"

李小军道:"没有方向感,首要的反应是对不同的事物难以判断。眼前的事物，是男，是女，他是谁，得反应一会儿才能说出来。能看见人，却不能确定他叫什么名字，做哪份职业，甚至什么时候两个人认识的，这些都会越来越模糊。"

杜飞"哎哟"一声，道："你是说，吴心刚现在不认得我们是谁了？"

李小军道："这个地方确实有古怪。他现在是不怎么认得人了，这叫视觉失认。发展起来非常快，对任何人的相貌都不会形成任何反应，甚至不能辨别清楚眼前人的年龄，看着眼熟，就是说不出来。"

吴心刚还在地上大喊大叫，眼神呆滞。李小军从急救包中摸索着找出绷带，将吴心刚的双眼紧紧蒙住，又取出一针镇静剂给他注射，他这才逐渐安静下来，昏睡过去。

"方向感失去之后呢？"王峰问道，"接下来会发生什么，我们必须要做一些预防措施。杜先生，请命令你的手下把枪支退膛，避免走火伤人。"

杜飞下令，只听一片哗啦哗啦的声响。李小军这才接着道："视觉障碍之后，眼睛紧接着会产生问题，天地会变成一个颜色。你眼前看到的任何事物都逐渐变成一个颜色，这样的后果只有一个，非常可怕，那就是看到的世界会变成透明的状态，那就没有了辨识事物的能力，世界就会消失在你眼前。我们所有人，也会消失在彼此眼前。你无法判断，哪个是你，最后整个人会疯掉。要不了多久，我们都会被吞没。"

王峰道："你的意思是说,你让我们把眼睛闭上,是为了防止任何眼前的事物都变成一个颜色?"

李小军点点头,接着道："这还并不是最恐怖的事情。最恐怖的,是我们眼前的世界,会变成平面的世界。不再是三维立体的世界。"

杜飞道："怎么可能会发生这样的事?"

刘亦然道："杜先生,李小军讲的事情真有可能发生。如果你的视觉系统出现问题,丧失了对眼前事物的判断,那么眼前所有事物的三维效果就会出问题。比如说一棵树,一个人,他们的形象在你的心理意识中,是三维的状态,这也是我们为什么能够认识世界的原因。比如我看杜先生的脸,辨认出你的五官,我才能够认出你是谁。但如果我对你的脸部没有了认知能力,无论看你多久,我内心都无法判断你是谁,长什么样子,心理表象逐渐模糊,就丧失了对三维事物的辨识能力。那么只有一个后果,三维世界就此消失了,或许你对世界的感触也没有了,世界在变成透明之前,会先变成一张纸,你的样子成了一条线,一个点。那你不疯才奇怪。"

李小军道："唯一的可能,就是我们尽快找出方向。但目前来看,只能被动等待出去的人,看看他们有什么消息。在这期间,我建议大家保存体力。"

又不知过了多长时间,还是没有听到任何枪声。杜飞闭着眼大声喊道："我们必须要想出办法来,再这么下去,当个睁眼瞎,人才真会疯了。李小军,王峰,你们任何人,谁想出办法,我分两千万给他。五千万,不,一个亿。"

刘亦然叹了一口气,道:"要是我猜得没错的话,这是一个圈套。"

杜飞、王峰两人同时问道:"圈套?刘亦然,你这是什么意思?"

刘亦然道:"我们怎么来了此地?是怎么把自己陷入绝境之中的?"

王峰想了想,道:"我们破解了藏宝图,按照图上的标记,一步也没有走错。"

刘亦然道:"王会长,你说得非常对。可是你有没有想过,如果我们拿到的八件文物、找到的藏宝图都没问题,那最可能出问题的就是缺了的那一块藏宝图。"

王峰道:"缺失的部分?你的意思是说,这个缺失的部分,看着是一条没有危险的路,实际上恰恰是一条险途,就是让你拿到文物,找到藏宝图,走错道路,进入预先埋设好的陷阱?"

李小军此时接口道:"依我看,刘亦然的判断没有错。崇祯藏银数额巨大,这条危险的路,是藏宝人有意设计的。"

杜飞喊道:"那我们退回去,原路退回,赶快离开。"

王峰惨笑一声,道:"退回原路?你能找到路吗?说得轻巧,杜先生,你看看吴心刚的样子。退是退不回去了,退回去的危险,显然会更大。最好的脱险方法,我认为是找到出路,继续向前走。"

"啪"的一声，杜飞闭着眼冲天打了一枪泄愤。王峰道："杜先生，还是把枪收好，想想怎么出去。"

赵劲夫突然喊道："方向，方向。我们忘记了一件事，我们能够找到方向。你们还记不记得，有一件文物，指出了一个方向。"

"没错，文王先天八卦铜瓶，指出的方向正是西北。"王峰道，"可是，在这个无法辨别方向的所在，我们如何找到西北？"

突然，李小军"啊"了一声，道："我想明白了，原来是这样，想要找到方向，只有一个方法，利用《崇祯历书》。"

杜飞不解地道："什么崇祯历书？李小军，你快讲一讲，你带我们出去，亏待不了你。"

李小军道："崇祯一朝，与我们现在使用的历法不同。它是一个敬授天文星占的王朝，凡是和祭祀、婚丧嫁娶等国家礼仪有关的择日工作，都以国家历法为首要。但在后期，因钦天监上报多次失误，要求改历的声音越来越多。但改历一事，事关重大，直至崇祯二年，钦天监再次发生预测失败事件，误差有两刻左右，也就是31.2分钟……"

赵劲夫道："你说的事情，我也知道一些。崇祯此后专门为此发了一道御旨，再错一次，重治不饶。崇祯历书的修订，正是在这种情况下完成的。徐光启上奏朝廷，建议吸收西历。从崇祯二年九月开始，历经多次修订，直至崇祯十六年二月初一日日食，皇帝亲自观测，发现改历后准确度大大提高，自此颁布了

《崇祯历书》。"

李小军道:"赵教授讲得清楚,那对如何利用历书确定方向也是知道的吧?"

赵劲夫说声惭愧,道:"我做研究行,知道得多一点,我也知道罗盘风水,但说起来和用起来是两回事。李小军,你知道还会用,这一点是要比我强许多了。"

李小军微微睁眼看向陈蕾,见她正侧耳细听,不由神往,又见刘亦然端坐左近,两人双手互握,心中又有一些怅然。他轻轻叹息一声,接着道:"现代仪器全部失灵,东南西北无法观测出来,看起来很难。但是,无论如何模糊不清,我们只要确定一个方向,那么其余的方向都可以确定了。刘亦然、赵教授,我先说出方法,分清楚我们三个人接下来该如何做,听明白之后,我们再睁开眼。"

"这是一个山间盆地,平坦如耕种良田。"李小军道,"杜先生,你派一个手下,一会将刘亦然托起来。我们在平地做多个同心圆,刘亦然你站在他肩膀上,做成一个人形立杆,站在圆心。我们取影子的末端,午前、午后两个时间取两个方位,标记两点连线,即是东西方向。"

他又问道:"杜先生,刘亦然,赵教授,你们都听清楚了吗?时间有限,尽量一次成功。"

大家应声,在李小军的指挥下,五个人同时睁开双眼,按照事先安排好的,先画同心圆,刘亦然站在杜飞手下的肩膀上,李小军和赵劲夫负责确定影端。反复四次之后,终于确定了东西南北四个方向，随即很快确定出西北方向。

一行人起身，架起吴心刚向西北方向行去。陈蕾边走边问道："小军，你是怎么想到的破解之法？怎么就那么肯定一定是西北方向？"

李小军道："文王先天八卦铜瓶，先天八卦讲得明白，天地定位，山泽通气，雷风相薄，水火不相射。这件文物的信息，很明显是告诉一个方向定位。并且，乾位为首，在先天八卦中代表西北方，自然是生门了。"

陈蕾微微点头，道："难为你，在所有人都几乎濒临死亡的时刻，还一直保持着清醒的认识。"

李小军还没回话，赵劲夫笑着低声道："各位，留着点力气赶路。小军，看来你所学博大精深，日后我们多多交流。"

说着，赵劲夫眼神向左右一撇，杜飞等人呵呵直乐。陈蕾不再说话，拉着刘亦然的手走到了前边，与李小军拉开了距离。

西北方向，李小军的判断正确，一行人走了一个多小时，基本走到了边缘。几个人分开寻找，吴心刚的手下终于发现了一道缝隙，约有两人肩宽，足以通过。两个人相伴前去探路，不一会儿，听得一声欢呼，此路可通。赵劲夫、李小军等人转过山路，只见前面山坳中有一片开阔地带，似有村庄炊烟。

杜飞取出藏宝图，与王峰、赵劲夫、李小军、刘亦然等人仔细比对，不由哈哈大笑，道："前方不远，应该就是藏宝图标记的地方，崇祯宝藏，不出意外的话，应该就在那里了。"

第十五章
血溅银山

杜飞这边检点人数、装备，那一边，吴心刚也慢慢睁开了眼睛，两下里计算，死亡十三人，还余十七名全副武装人员。

一行人沿羊肠小路而行，沿途可见破败的碉堡式建筑，转过弯来，不过十余分钟，只见青山环抱，山坡闲地遍种黄芪、板蓝根、桔梗、射干等中草药，一条大河延伸，分支数条小溪流，曲折回转，流向山脚一座小小村庄。

李小军很快辨认出，那座山村被八座小山丘包围，依乾、兑、离、震、巽、坎、艮、坤，形成外八卦。村落八条小巷，曲折有致、回环往复，乾、坤、震、坎、艮、巽、离、兑，形成内八卦，村中两洼水塘，正是阴阳太极鱼。

沿溪水布局，分列瓦舍村屋，皆为木结构，式样古朴。民居随小巷走势，或高或低，参差不齐。明沟暗渠，遍布街巷，水流或急或缓，不知流向何处。路面上铺石块、石板条，更显幽静，不时可见零散村民出入，或打水洗菜，或浆洗服饰。

村民见到一行人持枪背包，不免好奇，驻足观看。有三五个儿童一直跟随左右，嬉笑玩耍。吴心刚吩咐手下掏出些钱来，有愿意为他们做饭打水的村民，尽付高价，只求一餐。

他们这一行共二十五人，村中任何一家都无法全部容纳，安排餐食，有村民将众人引向位于村庄中心的祠堂，这才去请人帮忙，劈柴架锅，杀猪做饭。

刘亦然打量着祠堂，三开间，三进深，悬山顶，抬梁式砖木结构。屋脊雕刻梅兰竹菊图案，墙头红蓝福寿字样，大门后是木屏风，正门头镶嵌着"御前侍卫"匾额。他心中不由一动，向赵劲夫、陈蕾使个眼色。两人走上前来，赵劲夫看明匾额所记年月，不由失声道："1644年？正是崇祯十七年，距离皇帝自杀殉国，恰只有两个月时间。"

转过屏风，只见祠堂主室，上供塑像，庄严威武。赵劲夫走向前去，见上面有四个大字"朱天大君"，双足净赤，左脚踩在一座小小山坡上，右手持乾坤圈，左手持檀木棍，桌前明烛香火，果蔬三牲，上供一只铜制棋盘。

赵劲夫道："看来藏宝图所指明的方向是对的。"

这时王峰也过来了，听到赵劲夫所言，不由问道："赵教授，你这又是从哪里看出来的？"

赵劲夫道："王会长，这尊塑像，供奉的不是哪一家的仙君，正是崇祯皇帝。"

王峰不由笑出声来，道："崇祯皇帝？像哪吒拿着一个乾坤圈？如此模样的皇帝，倒还是第一次见到。"

李小军、陈蕾、刘亦然再次端详塑像，左看右瞧，也没有看出有何异常。赵劲夫见四人一副迷茫的样子，笑着道："崇祯是明朝最后一个皇帝，随后清军入关，皇帝从此姓爱新觉罗了，在清朝，任何一个人去供奉明朝的皇帝，就是不要脑袋了。因此，一些明末官家、民间的遗民，往往在祭祀先帝的时候身穿道人服装，并且，不是按照崇祯的样貌去塑像，而是换了一种形式。"

王峰道："换了样子，也看不出来是崇祯啊。"

赵劲夫手指塑像道："明面上不能全像，但这尊塑像种种符号，说明就是崇祯。你们看，这尊像，赤足踩着山坡，双手各拿乾坤圈和檀木棍。你们想想，崇祯身死的时候是不是正是赤足？这个小山坡，象征着他自缢的景山，自缢使用的绳套，被后人象征性地异化为乾坤圈，那根檀木棍，则代表着那棵拴上绳套的歪脖子树。"

王峰仔细看向塑像，问道："依你这么一说，还真是有些道理。不过，这里写着太阳公生神诞，难道不能是祭祀太阳吗？"

赵劲夫笑道："恰恰是这一事物，说明祭祀的正是崇祯。崇祯自缢之日，正是三月十九，这一天在清朝时被明遗民异化为太阳礼祭。晨起，向东方设香案，望太阳祭祀。祭祀的正是崇祯皇帝。如果我没有猜错的话，这个村庄里的人，既然祭祀崇祯皇帝，十之八九和藏宝有着密切的关系。说不定，是藏宝人的后裔世代守在村里也未可知。"

王峰道:"祭祀崇祯,那供桌上的棋盘,又是什么意思?"

赵劲夫还未答言,只听祠堂外人声鼎沸,五十余名村民簇拥着一个人走进祠堂。然后是杜飞的声音:"村长,全村的人都来了吧?那就好,我们来到村里,打扰大家清净,请全村的人一起来用餐,也是表达我们一点小心意。"

陈蕾突然听到一个人的声音,脸色大变,紧接着,李小军同样目瞪口呆,两人几步来到外间,陈蕾脱口而出:"爸爸。"李小军则叫道:"爹,你怎么在这里?"

杜飞大笑道:"父女、父子相见,吴总啊,这下你可发财了。"

吴心刚一挥手,十七名全副武装的人员手持枪械,打开保险,已经将枪口对准几十名村民。

王峰惊愕道:"杜先生,你这是做什么?"

杜飞呵呵怪笑道:"王会长,你还没看出来吗?这两个人,是失踪了七年的陈刚和李小军的亲爹啊。真是没想到啊,他们藏在如此偏僻的小山村里。很明显,这两个人就是在这里守着崇祯宝藏的。"

陈刚并不慌张,道:"不要为难村民,有什么事,和我们两兄弟说。"

吴心刚道:"只要你们两个人配合,你们的儿子、女儿,还有你那没成亲的女婿,都没事。要是不配合,很简单,人人头上一个窟窿眼。"

陈刚道:"你们想要藏宝,可惜来晚了一步。"

杜飞道:"来晚了一步?是你陈刚没想到我们能到村里吧。"他又转向李小军道,"你说起那八件文物的藏宝图是陷阱时,我就意识到了。两道陷阱,李家的先人布下陷阱,李家的后人破了阵。阴差阳错,要是没有你李小军,我们恐怕早死在山上了。李继明,只怕你也没有想到吧,你儿子会把我们带进来。"

吴心刚接着道:"你们不想配合,很简单。"他一挥手,两个人拉来一名村民,吴心刚手枪上膛,指向村民的眉心,道:"陈刚,你看看,这一枪,我是打他的左眼,还是打他的右眼?"

陈刚还没回应,只听"啪"的一声枪响,杜飞已开枪打在了那村民的腿上,顿时鲜血流出。吴心刚捂着左耳,气急败坏地骂道:"杜飞,你个疯子,你差一点打到我。"

"一不小心枪走火了。吴总,对不住了。"杜飞呵呵怪笑道,"陈刚,我这个人最不想听到的一个字,就是'NO'。一听到这个字,我就生气,我一生气,我这把枪就特别容易走火。一走火,我自己也怕,我害怕这只手拿不住枪,子弹就不知道打在什么地方了。"

陈刚正要开口,杜飞又拉过来一名村民,将枪放在他太阳穴的位置,道:"我现在要问第一个问题,我想听到你真诚的回答。崇祯藏宝的第九件文物,在什么地方?"

陈刚道:"杜飞,我就算交给你这件东西,你也会杀了我们所有人。对不对?"

杜飞呵呵笑道:"我只求财,绝不害命。我答应你,只要我拿到崇祯藏宝,你们一根汗毛也不会少。你不说,也好,下一个对象你也肯定猜到了,不是村民了,一定是你那漂亮的女儿。那时候,她香消玉殒,你后悔也没有用了。"

陈刚叹一口气,看向陈蕾,道:"七年前我离开家时,你母亲就告诉我,她发誓不会再让你受此煎熬,以死相逼,让我去退婚。她说过的话,我记得,女儿成人,一定不让她再蹚浑水,走老路。只要她活着,就让女儿自己选择对象,但绝不能嫁给李小军。她自己这一辈子为陈家牺牲了所有,不想再让你牺牲。我理解你母亲,但我不得这么做。近四百年来,我们陈家世代总会有一人在此守护藏宝。如果今天有什么意外,是我陈刚,对不起你母女二人。"

他又看向李继明,道:"继明兄,李家世世代代为陈家舍命,今天,保不齐咱老哥俩的命,也就丢在这里了。"

李继明惨然一笑,道:"谁能想到,我祖先布阵,本为抵御外敌,可今天,偏偏是我李家的儿子破了九九连环阵,走出无向断魂谷?"

吴心刚道:"废什么话,有话有命再说,没命还说个什么劲儿?那最后一件文物在什么地方?再不拿出来,这全村八十余口都要托你的福,去见你们家的崇祯皇帝了。"

陈刚长叹一口气,眼神复杂,左手指向祠堂内间,道:"供桌上的棋盘,拿来我看。"

这是一件铜制围棋盘,勾画连接,纵横各十九条线,将棋盘分成三百六十一个交叉点。上有阳刻执子，俨然黑白双子，曲延如龙似蛇，天然生成一副棋局。眼见这副古棋盘摆放在厅中桌上，刘亦然心中一动，看向赵劲夫。赵劲夫微微点头，两人同时想到，那件冰玉壶壶中两人对坐，中间的玉桌上却无棋盘。

杜飞大喜，寻得一个房间，关闭门窗，逼迫王峰点燃玉壶，命人绘出最后一块藏宝图路线。九张藏宝图拼接完成，拿到陈刚面前，杜飞道："你认不认得这条路通往哪里？不过，你要想好再回答。这村里八十多条人命都在你这了。"

陈刚惨笑一声，道："为了银子，值得用这么多条人命去换吗？"

杜飞哗啦一声拉开枪栓，指向祠堂中的村民，道："陈刚，你觉得这些人的命，值多少银子？"

五个人手持冲锋枪，将村民们全部集中在祠堂看守。杜飞道："陈刚，你看好了，你要是不配合，若是出现什么事，我回不来，你们这些村民，一个也活不了。"

他又看向王峰道："王会长，赵教授，先得罪了。你们是不是一伙的我不知道，但为了保险起见，我想你也不会怪罪我。刘亦然，你的女朋友是陈蕾，她父亲陈刚在这里，我对你们也不放心。拿到宝藏，我保证不会伤你们一根汗毛。不过，你们要是耍花样，也别怪我不客气。"

杜飞、吴心刚的十二名手下，押着陈刚、李继明和刘亦然、陈蕾等人，按照藏宝图地址所指寻觅而往。走出村外，沿山势而行，一道三十余米长的深渊拦住去路。向左前方绕过去，走了不到一公里，出现了一座桥。桥上落叶满布，长藤缠绕，青苔染绿，显然不知多久没人走过了。

吴心刚的手下走在前方，明明有桥有路，突然，他就掉了下去。众人大惊失色，吴心刚找了一块石头，向桥面上丢过去，明明看到有桥，却突然落入了深渊。如果不是亲眼所见，都无法相信桥居然是虚空。

杜飞将走在中间的陈刚等人押到桥头，拽出陈蕾道："陈刚，你有没有领错路，我还是不放心，这座桥有古怪，不过这件事情解决起来容易，你让你女儿先走过去，以示诚意，你觉得怎么样？"

陈刚面色突变，杜飞哼了一声，道："就知道你这个老家伙有鬼，有好路不走，偏偏领着走废桥。"他一挥手，眼见陈蕾就要被推上桥，刘亦然冲过去拦在前面，道："杜飞，你威胁一个女孩子，算什么本事？"

杜飞怪笑道："哟呵，有不怕死的了。我不威胁她，好，我威胁你们两个，怎么样？"

两名手下四只手架着陈蕾与刘亦然，硬推着走向桥面。

李小军突然道："杜飞，你想不想要崇祯藏宝？你如果想要藏宝，最好不要轻易将人送上桥。那座桥有机关。"

李继明大喊一声："小军，你要做什么？"

话刚出口，吴心刚几步走过去，手上用劲，直接掐住李继明的脖颈。李小军道:"住手,谁敢伤我爹,我立刻把桥毁了。"

杜飞手一抬,开了一枪,打在吴心刚双脚附近,激起一片尘土。吴心刚大惊,正要骂出口,杜飞大声喝道:"吴总,你还想要银子,就放开他。"

面对黑洞洞的枪口,吴心刚这才勉强放开李继明。

李小军看向陈蕾道:"过这座桥没那么简单,看似平安,一步踏错,便桥毁人亡。你看清我走的步子。一步不要走错。"

他又转过身来,对杜飞等人道:"我们只有一次机会。看周围形势,应是从巽位起,到乾位收,那么对应的罡步只有一种:交泰罡步。"

杜飞道:"李小军,这么凶险的桥,你可要讲清楚,什么是交泰罡步。否则,第一个死的可是你的小情人。"说着,将枪口指向陈蕾。

李小军眼睛似要喷出火来,深深地吸一口气,强忍怒火:"步罡踏斗,罡斗借喻北斗九星,第一阳明贪狼太星君,第二阴精巨门元星君,第三真人禄存贞星君,第四玄冥文曲纽星君,第五丹元廉贞罡星君,第六北极武曲纪星君,第七天关破军关星君,第八洞明外辅星君,第九隐光弼星君。罡步则指取后天八卦方位,由巽位起,至乾位收。每步皆有口诀,我先走一遍,你们都要看清记明。"

说着,他边走罡步,边口中念道:"巽双离只坤单步,兑上双行震亦双。鬼户独行坎一步,乾宫双立望天罡。切记,望天罡乾位

280

收,要面对北斗所指方位。"

施演一遍后,众人按照李小军所走罡步习演数遍。杜飞走了数遍之后,浑身汗出如浆,不由有些气闷。此时李小军已走向桥头,摆开姿势,脚步一转就要踏上桥面。突然李继明喊道:"小军,你等一下。你走的罡步,可能不对。"

李小军停步,转头仔细看定桥面,不由出了一身冷汗,道:"我忘记了,交泰罡还有一种变化,就是交泰转步罡,口诀说'坎双艮只步交乾,震上双行兑亦然。坤只离单双步巽,三台归去便朝天'。"

杜飞冷笑道:"李小军,不管哪一种,你先选一种。选对了,算你们几个命大;选错了,那也是你们命薄。"

李小军不言不语,闭目深思,片刻之后才道:"交泰转步罡。如果我的判断是错的,命自由天。"

说罢,他又自施展身形,作交泰转步罡。三遍下来,吴心刚、杜飞等人喘气如牛,吴心刚骂道:"李小军,你这是在耍老子吧。什么破罡步,比搬石头还要累。再走两遍,人能累死了。"

李小军也不答话,只是道:"杜飞,你们可记清楚了?记清了,那就跟着我走。"

说罢他身形一动,步随脚转,依罡步急走,桥面落叶被脚步踢动,片片悠悠散落深渊。三回五转,他已走到桥对岸,安然无事。随后,众人依李小军的步法依次过桥,人人大汗淋漓。

走过桥面,行不多远,面前是山崖绝壁,再无前路。一座八层废塔,倒了一半,只剩另一半耸立崖前。杜飞拿出藏宝图,命人左右寻找。不一会儿,有人喊找到了。众人过去一看,见是一杂草丛生处,拨开野草,露出被遮蔽的洞口。

杜飞命人从背包中取出火把,倒上松油点燃,小心翼翼钻进洞中。突然,风声迅疾,原来是其中蝙蝠受惊,哗啦啦地成群飞出,倒是吓人一跳。

杜飞停下脚步,将李小军、陈蕾、刘亦然带来,命三人行走在前,其他人跟随在后。李小军手持火把,照亮前路,山洞一米五左右高,仅可供人俯身前行。脚下不知是些什么动物的粪便,踩在上面如同淤泥。

众人摸索着向前行去,不知过了多久,只听水声哗哗直响,洞顶不断往下滴水,前面出现了一个偌大的空间,正中央,是一座小型的石制房间,四梁八柱,没有墙壁,只有一石台,平整如镜,上面摆着一个巨大的勺子。

杜飞道:"赵劲夫,你来看看这是什么?说出来,全村人可以活;说不出来,无论是谁,都得死。"

赵劲夫看向李小军,道:"小军,这是不是威斗?"

李小军点点头,吴心刚道:"什么威斗?不要藏着掖着。从现在起,你们无论要做什么,都要说清楚。我可不想死在这里,刚才那座桥实在是太吓人了。"

赵劲夫这才接着道:"如果这是一件威斗,那这一定是北斗七星阵了。"

吴心刚吓了一跳,道:"又是阵法?"

赵劲夫道："这个阵法是开启藏宝之地的机要关键。杜飞，拿出你们的文物。"

杜飞冷笑道："赵教授，你还是先讲清楚，什么是威斗，拿出文物，是要怎么办？拿文物破阵？"

赵劲夫道："这件石室只有柱、梁，没有墙壁，其实这是四扇巨窗，每根柱上，均雕刻北斗七星。但这中间平台上的威斗，却是前四星组成车舆，后三星组成车辕。很明显，这是天帝乘坐的帝车。你们仔细看，这辆帝车之上有什么？"

杜飞将火把举高，灯火闪耀处，只见威斗呈深绿色，一个又一个凹处，呈七星状散布其上。

杜飞思索片刻，道："你的意思是说，那几件文物要放在威斗之上？"

赵劲夫道："这么大的石洞，必定有藏宝地。开启的法门便是这件威斗。九件文物，按照北斗明七暗九顺序排列，才能打开通道。"

九件文物被依序放在平台之上，赵劲夫一一安置：文王先天八卦铜瓶，第一星天枢；冰玉壶，第二星天璇；十二生肖兽首人身青铜镜，第三星天玑；崇祯御押，第四星天权；河图洛书铜算图，第五星玉衡；太虚铜人盘，第六星开阳；北斗七星铜带钩，第七星瑶光；铜围棋盘，第八星招摇；九曜厌胜钱，第九星天锋；兽人炉，北极星的位置。

九星放置上去，发现并未严丝合缝。赵劲夫想了想，将北斗七星铜带钩拆解，用厌胜钱各自连接起机扣，再各放其位，按照九星顺序，一一转动，只听得"咯咯"声响，威斗缓缓转动。平台渐渐打开一道缝隙，随着九星转动，裂缝越来越大，一道石梯出现在石室之下，一直延伸。

杜飞不由大喜，急急让手下将文物分别装入三只特制的箱子，又命令李小军先行下去，片刻，听到下面并无异常响动，方才押着刘亦然、陈蕾等人踏上石梯。

沿着石梯越往下走，水声四起，似乎洞被包裹在水中。下行至二十多米时，在三十几支火把的照耀下，一个巨大的门柱出现在众人眼前。杜飞拿起火把仔细照看，发现石门上满刻云纹。穿过石门，眼前豁然开朗，当先是一个巨大的石制灵龟，越过灵龟，一座地下城池出现在所有人眼前。

那座地下城池，围绕着石制灵龟，建有六座石门，除南门、北门是正向建筑，前如龟首，后似龟尾，大东门、小东门、大西门、小西门错落有致排列，形状如灵龟的四足。众人一直听到隐隐的水流声从四方传来，洞内却找不到一滴水。

杜飞哈哈大笑，笑声回荡在灵龟城中。他志得意满地对吴心刚道："吴心刚，你猜猜，这些银子藏在什么地方？"

吴心刚道："杜先生，我怎么可能知道银子藏在什么地方？"说着就要下令手下寻找。

杜飞呵呵怪笑道："不用找了，你就站在银山之上。"

吴心刚低头一看，除了硬硬的石头，什么也没有，正要发作，突然看到石门左近，在火把的照耀下散发出星星点点的微光。

他几步跑向前去，以火把照亮俯身观看，只见整排的大木箱下，几十块银锭从腐烂的箱底散落开来。他一脚踢过去，"哗啦啦"一声响，白晃晃的银锭如同水银铺开，落满地面。

杜飞命人将所有火把点燃，高举在手，这才看清，成千上万个木箱一排排摆放在六座门附近，数名手下手持枪托，向木箱砸去，白银滚落，映着火光，星星点点，散发出耀眼的光芒，如同银子堆成的小山。

吴心刚笑道："王会长，崇祯的藏宝已经找到了。现在，该你出手了。"

王峰手中一动，一把勃朗宁手枪指向杜飞。

吴心刚道："杜先生，一路之上我一直拎着脑袋，防备你下手。你总归是要杀我们的，我打不过你，只得和王会长联手，王也是唯一能对付你的人。鉴于你本有心杀我，我们杀了你，你也不要怪我。"

杜飞哈哈大笑，道："吴心刚啊，吴心刚，你真要对付我？"

吴心刚道："你不杀我，我便杀你，没办法，江湖上便是如此。"

杜飞冷笑道："吴心刚，你是聪明一时，糊涂一世。王会长，你若要开枪，最好瞄得准些，别一枪打不死。"

吴心刚笑道："好，就满足杜先生的愿望。王会长，你瞄着他的心脏打。"

"啪"的一声枪响，吴心刚满脸震惊，只见王峰的枪口冒着蓝烟，自己的胸前剧痛，不由摔倒在地，鲜血渐渐洇湿上衣。

杜飞上前一步，左脚踏住吴心刚的胸膛，道："你以为，是谁告诉了我崇祯藏宝的消息？实话告诉你，七年前我在香港参加拍卖会，结识的人就是他，赵义。"

刘亦然、陈蕾、李小军、赵劲夫都是大吃一惊，王峰，竟然就是赵义？

杜飞伸手指向赵义，接着道："我一直说的那个人，就是亲手开枪打死你的人。吴心刚，你知道是谁杀了你，也算当个明白鬼。"

吴心刚呵呵惨笑，每笑一声，嘴边就涌出鲜血，虚弱地道："杜飞，他能杀我，也能杀你。"

杜飞一怔，抬头看时，赵义的枪口早已对准了他。

杜飞放声大笑，道："赵义，我为你七年来忙碌，只要两成，你却要独吞？好，你的枪里有几颗子弹，你打死了我，我的手下也一样能打死你。"他提高声音，对手下喊道，"你们都给我听好了，只要他开枪，你们把他们两个都打成筛子。"

赵义笑道："你觉得他们听谁的？你再试试，看看你的手下是不是听你的。"话音未落，只见杜飞的手下，齐齐把枪口指向了他。

杜飞满脸震惊之色，道："他给了你们多少钱？我五倍，不，十倍给你们。这里有六千七百万两白银，只要杀了他，都是你们的。"

赵义道："你以为，他们是为了银子？"

忽听赵劲夫道："我知道了，你催眠了杜飞、吴心刚的手下。"

杜飞这才注意到，他的手下目光呆滞，明显是被人控制了。

王峰哈哈大笑，道："赵劲夫，你是怎么看出来的？"

赵劲夫道："那几个手下的神情不对，和我父母当时的情况几乎一模一样。刘亦然的父母，在北京火车站把我认作刘亦然，我那时便怀疑是催眠术，只是一直没有找到证据。你以催眠术控制了我们的父母，对王希贤的太太，用的也是同样的手法。而香港那边的赵义，只不过是你的傀儡，你只是利用他吸引注意力，不让人识破身份。没错，你是七个家族的成员，怎么可能放过亲手发现崇祯宝藏的机会？更何况，你与陈家和李家之仇不共戴天，你自然要亲手报仇了。"

赵义哈哈大笑道："杜飞，赵劲夫说对了，那又怎么样？反正你是逃不过一死的。不过，既然你要求被打成筛子，那好，满足你这个愿望。"

话音未落，十余支冲锋枪一起开火，子弹如雨点倾泻在杜飞身上。

看着杜飞的尸体被扔在一边，赵义吩咐手下清点银两，这才转身走到陈刚、李继明身前，道："1644年，崇祯皇帝有命，我们的祖先为同一个目标走到了一起。三百年啊，十四代人相安无事，一直谨遵圣命，保护崇祯藏银。直至清末民初，时局动荡，你们陈、李两家，不过因我家祖先提出顺应时势，献出藏银，便引发了内讧。七门之中，你陈、李两家绝四户，我赵家七十余口，被杀得只留下两人，身负重伤，这才拼命保住冰玉壶，逃往美国旧金山。另一郑姓人家则逃往香港避祸。"

陈刚打量着他道："赵义，若是你的祖先不欺你，你自然知道，你家祖先要献银于袁世凯这个窃国大盗，七家人谁能同意？"

赵义冷笑道："难道你陈家就清白？我赵家人为了让祖先宝藏同归七门，才回到香港，借基金会的名义四处寻觅；你陈家却交宝于故宫博物院，这祖先哪一条规定，允许你们这么干了？这财宝不是你陈家的，也不是你李家的。这是七个家族共同拥有的宝藏，你陈家怎么就可以独自做主？那死绝的四门，你问过他们同不同意吗？"

说至此处，赵义将枪指向陈刚，冷笑道："我现在就送你到地府亲口问问你爷爷，我看他该怎么回答你。"

话声未落，只听一个声音道："他们会说，你赵义，就是一个背师灭祖的败类，可杀可诛。"

赵义大吃一惊，还未来得及回头，只见一个人影闪过，踢中了他的手腕，那支手枪也不知被甩到了何处。陈刚、李继明大喝一声，将指向他们的枪支一把拨过，与两名手下打在一处。李小军则向王也奔去。来人与赵义战在一处，你来我往，不可开交。

一片混战中，吴心刚强忍剧痛，以手肘使力，拖着身体爬到装备包旁。他摸索着翻出炸药，以最大的力气喊道："赵义，你个狗娘养的，你玩弄了老子，别以为刀相派的人好欺负，我得不到的东西，你也别想得到。"炸药被拉开引信，四处瞬间响起爆炸声。

剧烈的连续爆炸撼动山洞，突然，数道水流猛地涌进洞来，原来是地下暗河被炸开了，满地无数银锭瞬间被卷入幽深的暗河。

陈刚已经与赵义缠斗起来，李继明、刘亦然、赵劲夫还在与赵义的手下交手。王也一边与李小军交手，一边退避，突然他奋力承受了李小军一击，顺势冲向不远处的陈蕾。

李小军大惊失色，迅疾冲向前去，不管不顾地一把紧紧抱住了王也。此时水势迅猛，眨眼间两人已同时被卷入水浪之中，陈蕾只听得李小军大喊道："陈蕾，我只是代表我自己。"

水声隆隆，激荡着银锭，卷走了洞内的一切，众人被水冲散，自顾不暇，眼见李小军与王也消失于激流之中。

刘亦然奋力向陈蕾游去，急切地喊道："陈蕾，你还记得你教过我潜水的。"陈蕾慌乱地点点头，双眼含泪，四处寻找着李小军的踪影，只见周围水势越涨越高，所有人都跌入了水中，随水势散落各处。

赵劲夫也游了过来，大声喊道："你们两个再不走就来不及了。"

刘亦然转身，看向激荡的水浪，坚定地道："陈蕾，赵劲夫，带走那三只箱子。"

三只装有文物的箱子在水中漂浮，三个人将箱子抓在手中，紧紧锁在自己手上。刘亦然深吸一口气，在水浪来时，拉着陈蕾一头扎进水中。水势卷起身体，送进暗河。

一分、二分、三分、四分十五秒，刘亦然感觉身体随着水势左冲右荡，他左手紧紧地抓着陈蕾，右手牢牢紧握赵劲夫的手，三个人随地下暗河，随水流奔涌向前，呼吸越来越快，胸腔里的空气几乎被挤压干净，嘴一张，大量的水流冲进喉咙，向肺里挤去。他不由咳嗽连连，紧接着手上几乎再也没有力气抓住什么，他不想放开陈蕾的手，但是头脑已经渐渐失去了意识。

也不知道过了多久，刘亦然感觉自己的胸腔被外力不断挤压，伴随着好像人工呼吸的节奏，耳朵里嗡嗡直响。突然，世界仿佛静止了，他听到了熟悉的声音："亦然，亦然。"

他嘴一张，猛地吐出数口清水，努力睁开双眼，只见陈蕾双眼含泪，紧握着他的双手。远处，赵劲夫坐在湖边，陈刚正在和一个中年人说着什么。他环顾四周，没有看到王也、赵义和李小军、李继明。三十余名公安干警已经将十几个赵义和吴心刚的手下控制住了。

一个小时之后，刘亦然等人被警车送到了八卦村，村里的五名武装分子早已被公安干警抓获，八十余名村民悉数得到解救。随后，从那条安全的路线，车辆将刘亦然等人送回了北京。当天晚上七点半，他和其他几人参加了由公安部和文物部门等组成的联合专案组会议。

经过专案组会议通报，赵劲夫才明白，原来刘亦然在见到陈蕾的那一刻，就意识到将陷入巨大的危险。在那天晚上，他将前因后果一再梳理，最终决定将所有的一切写进一封信里。在准备盗取机密档案的那一天，他考虑再三，最终还是将信悄悄交给了崔魁。崔魁立刻向上级汇报，鉴于案情重大，公安部连同文物部门及相关部门，秘密联系香港方面，立即成立了联合专案组，制订了请君入瓮的计划。

于是，他们的每一步行动，刘亦然都会通过特殊的方式，沿途做出记号。专案组派出的作战小组，正是通过刘亦然的记号，一步步抓获了国际犯罪分子。赵义犯罪集团的行动，一直在专案组的控制之下。

那个最先赶来的中年人郑山，则正是七个家族中去往香港的宗族的后人。他在新闻上看到香港展出的文物中有兽人炉，立即意识到此事不妙。于是他找到王希贤基金会，从基金会得知他们已经派人来了北京，又马上赶至北京。他在陈刚家中一无所获，却无意中发现赵义等人行动诡异。

一路尾随，监听之下，他发现赵义向香港拨出的电话，号码并不是王希贤的，而是一个神秘的地址。他将此情况告知香港方面，那时公安部已经与香港政府相关部门联系，最终锁定了电话地址，发现正是悍匪的藏身之处。于是警方一边稳住悍匪，一边拆掉了炸弹，成功解救了陈蕾的母亲赵建雅。在北京公安干警抓获犯罪分子的时候，香港警方同时行动，一举破获了这起绑架、爆炸案。

回到北京后，刘亦然、赵劲夫的父母被送往专科医院，检查结果证实，确实是受了催眠术的影响，经过治疗，症状终于逐步消除。

刘亦然、陈蕾、赵劲夫从灵龟城里抢救出的文物，最终被送到了香港国际会展中心，成为特殊的展品。他们也接到了王希贤文物保护基金会的邀请，去参加展览的开幕式。

唯一遗憾的是，李小军父子依然生死不知。当时水势汹涌，众人无法寻得两人，不过没见到尸体，还是抱着一丝希望的。但是，随着事后寻到的希望越来越渺茫，大家也只能叹息一声，暗暗祈祷着也许他们有一天真的会突然回到万安村的家中。

刘亦然、赵劲夫、陈蕾、陈刚、赵建雅、郑山最后决定前往万安村一趟，不管怎样，毕竟要给李小军的母亲一个交代。在万安村，陈、李、郑三家人相见，直述旧情，不免同为心伤。

从万安村回到北京，刘亦然、陈蕾和赵劲夫在机场转机，登上了飞往香港的航班。

7月28日，"文明华夏：中国古代科技文物展"专题展览，在香港国际会展中心如期举行，世界各国媒体都给予了报道，一时轰动。

参观的人流络绎不绝，一件件国宝级文物，蕴涵着中国古代灿烂的科技文明，展现在众人眼前。在百余件展出文物中，有一个特殊的展柜，文物依次摆放，呈北斗九星形状。

　　参观的众人不时对着展柜中的文物拍照，仔细观看文物介绍：涉及中国古代数学、中医、天文学、农学等相关的科技文明。

　　赵劲夫道："谁又能想到，他们眼前的文物，不仅蕴藏着中国古代科技文明，还涉及崇祯皇帝的秘密？"

　　说到此处，赵劲夫不由叹息一声。刘亦然、陈蕾再次将目光投向展柜中的藏宝文物。人流聚集于前，那九件文物在灯光的照耀下，巧夺天工、庄严华美、雅正圆润，无言讲述着隐藏在历史中的传奇故事。正是，悠悠百年默然，白云苍狗人间……

（第一部完）

附　　录

小说是时间的艺术：从叙事视角到时间轨迹

孟繁勇

阅读本书，读者自然会感觉到故事的不同，我想说的是，本故事是用时间轨迹的手法创作完成的，用这种手法创作的故事超级好看。那么，什么是时间轨迹？这就需要厘清一个重要问题，小说是什么。

我认为，小说是时间的艺术。在小说的世界里，时间拥有至高无上的权力，是统治文学世界所有一切的国王。

关于时间在小说中的存在

对于文学所表现的时间，一种解释为感知世界过程中的心理时间或者生活时间，比如以乔伊斯、普鲁斯特的作品为代表的意识流小说——这正是时间通过感知的方式被理解的局限性。

在我们所感知的世界中，客观的时间和自然的时间（包括宇宙时间与历史时间等等），在时间的发生过程中刹那即逝，难以被抓住。导致的结果，便是文学在表现自然时间与客观时间时的无能为力，似乎只能以心理时间或者生活时间进行记录——比如，在意识流小说中,一瞬间发生的事情,就需要用大量的文字进行还原。文字相对于时间,容量太小,很容易满溢。

也就是说,如何感觉时间和如何理解时间,是两个问题的方向。我们的世界被时间统治,而对于时间理解的偏差及时间的深不可测,为我们理解世界为什么以某种姿态存在,而不是另一种状态存在,蒙上了一层神秘的面纱。在此情况下,必须搞清楚两个问题:什么情况下时间才可以存在?它的存在方式又如何呈现?

如果任何存在无时间性,那么我们只能得到一个结果:宇宙从未开始,世界就此终结。正因如此,当我们说到存在的时候,理解就出现了偏差。实际的情况是:从时间的意义上讨论存在,我们讨论的就是一个缺乏时间内涵的存在。而把存在的现象,如日出日落、开花结果等理解为时间的维度,事实上那只是主观意识中时间的空间化,而远非时间的真相。也就是说,当用时间标志事物发展的某一个位置(或者阶段),我们得到的结果,实际上只是将时间空间化了——这恰恰是导致我们对时间问题迷惑的根本原因之一。

而对空间的时间维度理解偏差,由此带来的问题是:

第一,什么时间是流逝而去的时间(过去)?

第二,什么时间是能够捉到的时间(现在)?

第三,什么时间是还未到来的时间(未来)?

我认为,在小说中存在的时间,含义完全不同。时间顺序并非过去、现在、未来,而是过去、未来、现在。在此过程中,过去,是早已消逝的未来。未来,是尚未到来却已注定消逝的现在。现在，是不断消逝的过去。

关于时间的运行方向

人类经验告诉我们，在能量本身是有效的状态下，物质（事件）才可能存在变化过程，实际上，这正是时间从有效转向无效的过程。能量的转变从形态上产生的变化，即成为时间的运行方向，这不是通常认知下的线性时间之箭，而是呈发散状的非线性时间。无数能量转变形成的世界，则是在时间存在的前提下相互作用、碰撞的结果，最终形成了神秘、博大、不知何始、不知何终的世界模样。进而，由时间控制的逻辑，造就了世界的神秘。

世界的变化，某种程度上是物质的相对位移，空间是基础，时间是其决定因素。时间相互作用的意义，在于世界在此基础上，才能够形成原因与结果两者之间的对等关系：因，可以成为果；果，也可以成为因。因此，对于文学中的世界，唯一的可能，是我们只能够借助时间去观察、描述真正的世界。

世界的呈现，具体到某一事件过程，是在纷繁世界中的特殊表现。被证明了的只有一点：被特殊性事件掩盖了的，是决定事件为何发生的关键时间。时间，被遮掩于存在的面纱之下，每一个时间都被与之相邻并发生相互作用的时间所禁锢。宏观上观察，世界如此不可思议，甚至是神秘莫测的，无法全部理解的。但在微观上，每一个时间，对应的则是无法计数的时间之间的相互作用。时间在多个方向上任意过渡，取决于每一个时间作用力的大小，是连续地吸收其他时间的结果，进而循环，彼此互为因果。这就是心理时间或者生活时间中的可逆与自然时间存在的可逆的重要区别：前者模仿世界；后者，将自然世界从 A 点直接搬到了 B 点，进而在文学的意义上生成（而非创造）了第二个真实且神秘的世界。

关于感官系统与时间的关系

世界之所以精彩，首先在于感官对事物的识别，如视觉、听觉、嗅觉、味觉、触觉等感官系统。正是由于有了眼睛（视觉）、耳朵（听觉）、鼻子（嗅觉）、舌头（味觉），以及手、脚等身体其他各个部位（触觉），感官相对于世界某一特殊物体的刺激做出回应，世界才呈现于人前。这是我们获取外部信息的唯一方式，同样也是作家借以感知世界并描述世界的唯一渠道。

当感官系统受到某一特殊事物的刺激时，反应不仅取决于刺激的强度，更取决于感官世界据此所判断的刺激物之间的关系。这就是贝纳特的"适应水平说"，即焦点的刺激、背景的刺激和残存的刺激。这个心理物理学上著名的观点，被用于解释社会行为和人格过程。

小说被以文字的形式描述呈现，无论是全知全能视角、内视角、外视角等，基础是建立于某个感官系统之下的叙事视角。脱离开感官系统，不会产生任何叙事视角。也就是说，叙述语言中对故事内容进行观察和讲述的特定角度，同样的事件从不同的角度观察就可能呈现出不同的面貌，来源于刺激物为感官系统提供的角度。但上述叙事视角有一个共同弱点，都忽视了时间存在的重要影响。

我们将重新定义的时间概念（以下所述时间，皆为重新定义的时间概念和时间存在状态），时间状态顺序为过去、未来、现在，而非过去、现在、未来。三个时间概念在小说中的存在模式，分别为"过去，是早已消逝的未来。未来，是尚未到来却已注定消逝的现在。现在，是不断消逝的过去"（每一个皆为独立时间，每一个独立时间，皆包含着过去、未来与现在）。引入上述感官系统"叙事视角"，对于物理世界中的感官系统而言，是在时间存在的前提下，上述感官系统对刺激物多重关系相互作用的结果。感官系统对于世界的反应，决定权在时间运行轨迹的基础之上，与感官系统的差别存在，以及感官系统的某一特殊感官对某一事物的刺激最先做出反应。不能不说的一点是，这是由复杂至极的无法计数的时间运行轨迹引发的连锁反应，但人们（包括作家）仅关注到感官系统的直接结果，感官对刺激物所做出反应的强度为何，决定了感官系统对世界的判断，而忽视了其背后的时间存在。

也就是说，依附在时间之上的事件的发生，则是在时间控制下的感知世界的功能，如视、听、嗅觉等感官系统的协同作用之下，才得以展现。刺激物被感官突出强化的结果，与被感官系统漠视的结果，是由时间存在运行轨迹这一基础决定的。

比如在触觉中产生的疼痛感，肌肤感觉痛，取决于在哪一个时间点事先察觉，进而引发其他感官系统在时间轨迹存在的前提下产生的连锁反应。在此之前，其他感官系统是无法察觉的，痛觉的关键独立时间存在，是被感官强化的结果。而感官系统的其他部分，则在这一时间点处于停滞状态。感官系统如视觉、听觉等参与由痛觉引发的活动（反应），在于引发痛觉的关键时间何时发生。进而，随着时间轨迹的不同，所引起特殊事件的感官系统连续反应也是不同的。甚至由于时间轨迹出现细微的变化，事件会产生截然不同的多维方向。

也就是说，感觉世界的方式，取决于感官系统，如听、视、嗅觉等。感官系统呈现世界的方式，取决于感官对刺激物的反应呈现何种时间轨迹。并且，时间轨迹发生的顺序，影响下一个依附在时间之上的事件（行为），进而，形成特殊事件发生的轨道，由此决定了事件为何以某种方向运行。

关于时间轨迹的雪球效应

时间轨迹如同一个抛出的雪球（雪球就是那个独立的时间），在时间无边无垠的雪地上沾起与之相邻的时间雪粒，随着连续吸收其他雪粒的结果，导致不同独立时间相互作用的雪球效应越来越大，汇集为决定事件为何发生的独立关键时间。而独立的时间雪球，对应的则是无法计数的不同的时间雪球，它们之间连续碰撞、吸收、互相发生作用力，使得依附其上的事件发生质变，最终呈现出世界的本原模样。

时间雪球最终因体积过大与其他时间雪球碰撞导致崩溃,使得事件达到顶点,这就是事件高潮。随后,从高峰瓦解重归至时间雪粒,时间转而由有效转向无效,等待下一次雪球效应的到来,被吸收,组成另一个时间雪球,进而开始下一次循环。

时间轨迹在事件发生的轨道上,与周围的时间发生碰撞之时,彼此之间紧密结合。同一时间,相邻部分皆为独立存在的时间,每个独立存在的时间,皆包含着"过去、未来、现在"三种属性。时间的运行轨迹方向,可能是上述三种情况中的任何一种,之所以成为过去、未来、现在的任何一种时间状态,原因为与相邻独立时间的结合,连续吸收其他独立时间的结果。而独立时间控制下的独立事件,也就因时间运行轨迹的不同,产生变化,形成事件延续下的阶段结果。

时间雪球效应的发生与空间的关系

微观世界里,一个空间内,对应的则是单一的独立时间。但当时间雪球效应发生,随着连续与之相邻的时间发生相互作用,彼此之间吸收、碰撞时,空间与时间的关系将会发生变化:初始由单一空间对应独立时间,后为一个空间对应 N 个时间轨迹,再转至无数的空间内的时间轨迹存在,直至发展为 N 个空间对应 N 个时间轨迹之后,导致事件发生的独立关键时间出现,无数的关键时间的发生,最终促使建立在时间基础之上的事件沿着时间内生性逻辑确定的方向前行,而由时间内生性逻辑控制的N空间与N关键时间的相互作用,再次产生雪球效应,N循环的结果,就是感官系统呈现的世界模样。

由此,作为影响文学世界的时间轨迹,生成(由时间轨迹主导)而非创造(由作家叙事视角主导)了文学世界。从时间的角度考量,叙事视角的背后,被遮盖了的是更精准的时间轨迹。形成的结果是,文学世界并非由叙事视角引发,而是由时间轨迹为基础构成的时间内生性逻辑控制。

关于扁平化写作与立体多维式写作

叙事视角主导的小说创作,其自身欠缺时间的存在,是单一扁平化(视角)写作方式。无论是全能视角还是其他视角,都是主观意识的产物:由作者借来的单一视角,无法呈现本原世界的多维性。即单一空间,只对应单一时间。所造成的结果,是由叙事视角统治的小说,时间是固定的,文字是固定的,一旦落定,永远不会再动。

而由时间的理论基础形成的文学世界(时间轨迹),是立体多维式写作,如《庄周睡了,庄周醒了》。相对应的时间是运动着的活跃时间,引发的则是文字运动的跳跃,导致整个小说文本是运动活跃的,如同本原世界的事物不会是固定不动的,而永远是运动着的。由此，叙事视角模仿（创造）世界，时间理论则是生成（而非创造）了本原世界：由于时间轨迹的影响，将本原世界从 A 点直接搬到了 B 点。

这一点在《庄周睡了，庄周醒了》中皆有充分实践，同样的文字和情节，在顺序不变的情况下，第一遍读，是一本冒险小说《十洲死亡之旅》。阅读完毕之后，重新翻阅至第一页阅读，则是一本爱情小说《羽化的蝴蝶》。

显然，扁平化写作（视角）意味着缺少时间进而呈现方式受到严重限制。而立体多维式写作建立在时间运行轨迹之上，打破空间与时间一对一的单一模式，变为呈现多时态、多空间下的全方位立体式，将难以捕捉的隐藏在无数空间下的时间抓住，从而使得世界本原状态出现在人们面前。比如说，世界本原是什么样子的，如无数的人在某地出现。你不会知道除你之外的任何世界。但事实上，在某空间里，有无数的时间存在，交织碰撞的结果，也就对应了现实世界的模样。

时间轨迹对创作的影响

时间轨迹对于事物的发展变化起到关键作用，是具有决定意义的导致事件变化的原因，所呈现的本原世界，是发现及重新理解时间后产生的变化。由时间轨迹主导的小说，生成了的世界本原，存在于文学世界中。

比如说，传统小说叙述一定需要一个视角，这是叙述策略中观察故事发展必需的方向。法国结构主义理论学家茨维坦·托多洛夫将此分为三种形态：一全知全能视角；二内视角；三外视角。在小说创作实践中分为四种情况，即第一人称叙述、第二人称叙述、第三人称叙述，人称或视角变换叙述。

传统小说无论是以何种策略叙事，必然要挑选一个观察点，一个看待故事发展的方向和角度。这个方向和角度就是现代叙事学所说的"视角"，"视角"主要解决"谁在看"的问题，决定故事视角，或者说控制故事如何呈现是作家有意识安排的结果。

叙事视角理论的产生，对小说创作影响巨大，但也有些缺陷，比如，视角由此被禁锢在时间与空间的局限里。之所以如此，是因为作家的视角，无论是叙事的全能全知，还是其他方式，实际上正是忽视了时间与空间的关系，淡化了文本中存在的独立时间的意义对叙事的影响，进而导致文本呈现成为时间空间化的结果。

多维时间轨迹创作创新性的时间概念，以及引发出的时间内生性逻辑创作理论主导了叙事。时间轨迹在小说创作中的作用，使得视角消失了，视角不再主导故事讲述，而是时间本身，依循时间轨迹的逻辑发展。

它不再是谁在"看"，而是在观察之前，早已存在的是什么，它是由独立时间与独立空间之间的相互作用形成的时间轨迹来完成故事的结果。比如说，《庄周睡了，庄周醒了》由同样文字构成的第二本书，不是谁在"看"，而是看之前就一直存在，并不由视角决定；并且存在的是什么，早在叙事视角"观察"之前就发生了。第一本书的存在亦然。

在此情况下，叙事视角不见了，由视角主导的叙事消失。谁也不能再讲述小说文本向哪个方向发展，谁也不能控制小说文本应该是何种模样，变为时间轨迹主导建构叙事策略。小说文本的"视角"由无边无际的关键独立时间产生的时间轨迹代替，生成了故事的发展脉络，呈现出本原世界的意义。进而，故事从叙事视角的某一固定的单一性扁平化，朝时间主导的多元性立体化方向发展，由此带来叙事格局、文本呈现方面的变化，迥然有别于传统小说。

应该说，由叙事视角主导的文学世界，恰恰缺失的是时间、空间的存在与创作的关系及影响的重要性问题。叙事视角即主观意识存在，无法达到时间轨迹所要呈现的本原效果。

而没有时间内生性逻辑的支撑，叙事视角本身就是不完整的，需要重新审视。而由时间理论形成的小说，是建立在时间的运行轨迹基础上的，这是写作思维模式的改变。

重新定义与发现时间，并将时间理论应用于小说创作，很可能意味着从之前的扁平化写作（叙事视角），进入立体写作（时间轨迹），迎来小说的多维化创作时代。这在现有的写作经验之外，提供了一个全新的领域可供选择，那里有无数的可能使得小说重新出发，是使人激动和兴奋的。当一旦理解并发现时间轨迹对文学世界创作的影响，便会发现小说的无数种可能性，那时你笔下的文学世界，就完全不同了。

《金银图：天国秘令》
出版预告

一场必死的神秘饭局，清古斋风波再起。

李秀成供述，曾国藩日记，幕僚手记，版本之谜，
数张情报残页推演一段事关天国宝藏的千古谜题。
初遇拳术世家，揭秘真正的武林点穴绝技，
狙击玄武湖畔，引发掘金者一场智力比拼。
当布局者露出真容，破局者箭在弦上，
谁才是这场角逐中最有选择权的人？

寻宝题材与文化悬疑的双重体验

揭秘曾国藩与天国宝藏的不解之谜

扫描二维码，《金银图：天国秘令》精彩章节抢先试读